CIDADE EM CHAMAS

DON WINSLOW

CIDADE EM CHAMAS

Tradução
Marina Della Valle

Rio de Janeiro, 2022

Copyright © 2021 por Samburu, Inc. Todos os direitos reservados.
Copyright da tradução © 2022 por Casa dos Livros Editora LTDA. Todos os direitos reservados.
Título original: *City on Fire*

Todos os direitos desta publicação são reservados à Casa dos Livros Editora LTDA.
Nenhuma parte desta obra pode ser apropriada e estocada em sistema de banco de dados ou processo similar, em qualquer forma ou meio, seja eletrônico, de fotocópia, gravação etc., sem a permissão do detentor do copyright.

Diretora editorial: *Raquel Cozer*
Gerente editorial: *Alice Mello*
Editora: *Lara Berruezo*
Editoras assistentes: *Anna Clara Gonçalves e Camila Carneiro*
Assistência editorial: *Yasmin Montebello*
Copidesque: *Thaís Carvas*
Revisão: *Rowena Esteves*
Adaptação de capa: *Julio Moreira*
Diagramação: *Abreu's System*

Dados Internacionais de Catalogação na Publicação (CIP)
(Câmara Brasileira do Livro, SP, Brasil)

Winslow, Don
  Cidade em chamas / Don Winslow ; tradução Marina Della Valle. -- Rio de Janeiro : HarperCollins Brasil, 2022.

  Título original: City on fire
  ISBN 978-65-5511-302-0

  1. Ficção norte-americana I. Título.

22-116386   CDD-813

Índices para catálogo sistemático:
1. Ficção : Literatura norte-americana 813
Cibele Maria Dias - Bibliotecária - CRB-8/9427

Os pontos de vista desta obra são de responsabilidade de seu autor, não refletindo necessariamente a posição da HarperCollins Brasil, da HarperCollins Publishers ou de sua equipe editorial.

HarperCollins Brasil é uma marca licenciada à Casa dos Livros Editora LTDA.
Todos os direitos reservados à Casa dos Livros Editora LTDA.
Rua da Quitanda, 86, sala 218 – Centro
Rio de Janeiro, RJ – CEP 20091-005
Tel.: (21) 3175-1030
www.harpercollins.com.br

Aos mortos da pandemia.

Requiescat in pace.

"Ílio então vi devorada das chamas vivazes…"
— Virgílio, *Eneida*, Livro II

PARTE UM

A CALDEIRADA DE PASCO FERRI
GOSHEN BEACH, RHODE ISLAND
AGOSTO DE 1986

"Ide agora tomar a vossa refeição, para podermos combater."

HOMERO, *ILÍADA*, LIVRO II

UM

Danny Ryan observa a mulher sair da água como uma visão emergindo de seus sonhos com o mar.
Só que ela é real e é problema na certa.
Mulheres lindas assim costumam ser.
Danny sabe disso; o que ele não sabe é o tamanho exato do problema que ela de fato causará. Se soubesse disso, se soubesse de tudo o que aconteceria, talvez tivesse entrado na água e segurado a cabeça dela lá embaixo até que não respirasse mais.
Mas ele não sabe.
Então, com o sol forte no rosto, Danny está sentado na areia na frente da casa de praia de Pasco e a observa através dos óculos de sol. Cabelos loiros, olhos profundamente azuis e um corpo que o biquíni preto mais acentua que esconde. O abdômen é rígido e liso, as pernas, musculosas e esguias. Ninguém a imaginaria daqui a quinze anos com quadris largos e bunda grande de tanta batata e ensopados de domingo.
A mulher sai da água, a pele brilhando de sol e de sal.
Terri Ryan enfia o cotovelo nas costelas do marido.
— Que foi? — pergunta Danny, fingindo inocência.
— Eu vi você olhando para ela — diz Terri.
Todos estão olhando para ela — ele, Pat e Jimmy, e as mulheres também — Sheila, Angie e Terri.
— Não posso te culpar... que peitos.
— Ótima conversa — diz Danny.
— É, e o que *você* está pensando? — pergunta Terri.
— Não estou pensando em nada.

— Olha seu nada aqui — diz Terri, movendo a mão direita para cima e para baixo. Ela se senta na toalha para ter uma visão melhor da mulher. — Se eu tivesse aqueles peitos, também usaria biquíni.

Terri está usando um maiô preto. Danny acha que ela fica bem assim.

— Eu gosto dos *seus* peitos — diz Danny.

— Boa resposta.

Danny observa a bela mulher pegar uma toalha e se secar. *Ela deve passar muito tempo na academia*, pensa ela. Ela se cuida. Ele aposta que trabalha com vendas. Algo caro — carros de luxo, talvez imóveis ou investimentos. Que cara diria não para ela, tentaria barganhar, pareceria pobre na frente dela? Até parece.

Danny a observa ir embora.

Como um sonho do qual se acorda e não quer despertar, de tão bom que é.

Não que ele tenha conseguido dormir muito na noite anterior, e está cansado. Pegaram uma carga de ternos Armani, ele, Pat e Jimmy MacNeese, lá em cima no oeste de Massachusetts. Moleza. Foi um trabalho interno que Peter Moretti arranjou para eles. O motorista foi avisado, todo mundo fez seu papel e ninguém saiu ferido, mas ainda assim foi uma viagem longa e voltaram para a praia quando o sol estava nascendo.

— Não tem problema — diz Terri, deitando-se de novo na toalha. — Você olha para ela e fica todo animado e com tesão para mim.

Terri sabe que o marido a ama e, de qualquer modo, Danny Ryan é fiel como um cão. A traição não está em sua natureza. Ela não se importa que ele olhe para outras mulheres, desde que volte para casa. Muitos caras casados precisam de alguém novo de vez em quando, mas Danny não.

Mesmo se precisasse, ele se sentiria culpado demais.

Até brincavam sobre aquilo. "Você confessaria para o padre", dissera Terri, "e para mim até publicaria no jornal."

Ela tem razão, pensa Danny, ao se esticar e acariciar a coxa de Terri com o indicador, sinalizando que ela está certa sobre outra coisa: ele *está* animado e com tesão, está na hora de voltar para a casa de praia. Terri afasta a mão dele, mas não com muita força. Ela está com tesão também, sentindo o sol, a areia quente na pele e a energia sexual trazida pela nova mulher.

Está no ar, e os dois sentem.

Algo mais, também.

Inquietação? Danny se pergunta. *Descontentamento?*

Como se essa mulher sexy saísse do mar e, subitamente, eles não estivessem mais tão satisfeitos com a vida que têm.

Eu não estou, pensa Danny.

Todo mês de agosto, eles descem de Dogtown para Goshen Beach porque era o que os pais deles faziam e não sabem fazer outra coisa. Danny e Terri, Jimmy e Angie Mac, Pat e Sheila Murphy, Liam Murphy com a garota que estivesse. Alugam casinhas na avenida da praia, tão perto umas das outras que dá para ouvir o vizinho espirrar e se esticar pela janela para pegar alguma coisa para a cozinha. Mas é isso que deixa tudo divertido, a proximidade.

Nenhum deles saberia o que fazer com a solidão. Como os pais, cresceram no mesmo bairro de Providence, estudaram lá, ainda estão lá, se veem quase todos os dias e viajam juntos nas férias para Goshen.

"Dogtown ao mar", eles a chamam.

Danny sempre acha que o oceano deveria estar no Leste, mas sabe que a praia na verdade fica para o Sul e faz um arco suave de cerca de 1,5 quilômetro para Oeste até Mashanuck Point, onde algumas casas maiores se equilibram precariamente em uma ribanceira baixa sobre as pedras. Ao Sul, a mais de 22 quilômetros no oceano aberto, fica a Block Island, visível na maioria dos dias limpos. No verão, balsas saem o dia todo das docas em Gilead — a vila de pescadores do outro lado do canal.

Danny costumava ir para Block Island o tempo todo, não na balsa, mas antes de se casar, quando trabalhava nos barcos de pesca. Às vezes, se Dick Sousa estivesse de bom humor, paravam em New Harbor para tomar uma cerveja antes de voltar para casa.

Foram bons tempos caçando peixe-espada com Dick, ele sente saudade. Sente falta da pequena casa que alugava atrás da Barraca de Mariscos da Tia Betty, mesmo que entrasse muita corrente de ar e fosse gelada para caramba no inverno. Sente falta de descer no bar no Harbor Inn para beber com os pescadores e escutar as histórias, aprender com eles. Sente saudades do trabalho físico que o fazia se sentir forte e correto. Ele tinha dezenove anos, era forte e correto, e agora não era nada daquilo; uma camada adiposa havia crescido em volta da cintura, e ele duvidava que conseguiria lançar um arpão ou jogar uma rede.

E olhe Danny agora, no fim dos vinte anos, os ombros largos fazendo com que pareça um pouco mais baixo que seu 1,80 metro, e o cabelo castanho grosso, com mechas ruivas, o deixando com uma testa curta que faz com que pareça um pouco menos inteligente do que realmente é.

Danny se senta na areia e olha para a água, nostálgico. O máximo que faz agora é nadar ou praticar bodysurf se há ondas, o que é incomum em agosto, a não ser que haja um furacão se formando.

Danny sente falta do oceano quando não está lá.

O mar entra em seu sangue, como se tivesse água salgada correndo por você. Os pescadores que conhece amam e odeiam o mar, dizem que é como uma mulher cruel que o machuca repetidas vezes, mas você continua voltando para ela mesmo assim.

Às vezes, ele acha que talvez devesse voltar a pescar, mas isso não dá dinheiro. Não mais, com todas as regulamentações governamentais e os navios pesqueiros japoneses e russos que ficam a vinte quilômetros da costa pegando todo o bacalhau, o atum e o linguado, e os políticos não fazem merda nenhuma sobre isso, apenas pressionam os pescadores locais.

Porque isso o governo pode fazer.

Por isso, agora Danny apenas desce de Providence em agosto com o resto do grupo.

Pela manhã, acordam tarde, tomam café em casa e então atravessam a rua e passam o dia reunidos na praia na frente da casa de Pasco, uma entre a dúzia de casas de ripas erguidas em pilares de concreto perto da praia na ponta leste de Goshen Beach.

Eles abrem as cadeiras de praia, ou apenas se deitam em toalhas, e as mulheres bebericam coolers de vinho, leem revistas e conversam, enquanto os maridos bebem cerveja ou jogam uma linha de pesca. Sempre há um grupinho agradável ali, Pasco e a mulher, filhos e netos, e toda a turma dos Moretti — Peter e Paul Moretti, Sal Antonucci, Tony Romano, Chris Palumbo, mulheres e filhos.

Sempre muita gente que aparece, vem e vai, e se diverte.

Nos dias de chuva, ficam nas casinhas montando quebra-cabeças, jogando cartas, dormindo, falando merda ou escutando os narradores do Sox falarem durante os atrasos causados pelo mau tempo. Ou então dirigem até a cidade principal, a uns três quilômetros, para ver um filme, tomar sorvete ou ir ao mercado.

À noite, fazem churrasco nos gramados entre as casas — em geral cada um dando um pouco de dinheiro —, grelham hambúrgueres e salsichas para cachorro-quente. Durante o dia, às vezes, um dos homens vai até as docas ver o que tem de fresco e naquela noite eles grelham atum, anchova ou cozinham umas lagostas.

Em outras noites, andam até o Dave's Dock, sentam-se em uma mesa no grande deque que dá para Gilead do outro lado da baía estreita. O Dave's não tem licença para vender bebidas alcoólicas, então levam as próprias garrafas de vinho e cerveja, e Danny adora ficar sentado observando os barcos pesqueiros, os pescadores de lagosta e a balsa de Block Island vindo enquanto toma caldo, come peixe com batata frita e bolinhos de marisco gordurosos. É bonito e pacífico quando o sol se suaviza e a água brilha no crepúsculo.

Algumas noites, apenas caminham para casa depois do jantar, reúnem-se nas casinhas uns dos outros para mais rodadas de baralho e conversas; em outras, dirigem até Mashanuck Point, onde há um bar, o Spindrift. Sentam-se, tomam umas bebidas e ouvem uma banda local, às vezes dançam um pouco, às vezes não. Mas normalmente o grupo todo vai parar lá e sempre há muito riso até a hora de fechar.

Se estão mais ambiciosos, amontoam-se nos carros e vão até Gilead — 45 metros indo pela água, mas 22 quilômetros quando se pega a estrada —, onde há alguns bares maiores que quase se passam por casas noturnas e onde os Moretti não esperam receber, e jamais recebiam, a conta da bebida. Depois voltam para suas casinhas, onde Danny e Terri ou desmaiam, ou dão uns amassos e *aí* desmaiam, e acordam tarde e fazem tudo de novo.

— Preciso de mais bronzeador — diz Terri, passando o tubo.

Danny se senta, despeja uma porção de creme de bronzear nas mãos e começa a espalhar nos ombros sardentos dela. Terri queima com facilidade, com aquela pele irlandesa. Cabelo preto, olhos violeta e pele de porcelana.

Os Ryan têm pele mais escura, e o pai de Danny, Marty, diz que é porque eles têm sangue espanhol. "De quando aquela armada afundou por lá. Alguns marinheiros espanhóis chegaram até a costa e fizeram o serviço."

Eles são nortistas, como a maioria dos *micks* que se instalaram em Providence, e que por lá são chamados de irlandeses escuros. Homens duros do solo pedregoso e derrotados constantemente pelo Donegal. *Exceto os Murphy que estão se dando muito bem agora*, pensa Danny. E logo se sente culpado por isso, pois Pat Murphy é seu melhor amigo desde que usavam fraldas, sem mencionar que agora são cunhados.

Sheila Murphy levanta os braços, boceja e diz:

— Vou voltar, tomar um banho, fazer as unhas, coisa de menina.

Ela se levanta da toalha e limpa a areia das pernas. Angie também se levanta. Assim como Pat é o líder dos homens, Sheila é a líder das esposas. As outras agem de acordo com ela.

Ela olha para Pat e pergunta:

— Você vem?

Danny olha para Pat e os dois sorriem — os casais vão todos voltar para transar e ninguém está nem preocupado em ser sutil. As casinhas vão ficar agitadas naquela tarde.

Danny está triste porque o verão está acabando. Sempre fica assim. O fim do verão significa o fim dos dias lentos e compridos, dos pores do sol demorados, das casinhas de praia alugadas, das cervejas, da diversão, do riso, das caldeiradas de marisco.

Significa voltar a Providence, voltar às docas, voltar ao trabalho.

Voltar para casa, para o apartamentinho deles no último andar de um prédio de gabletes de três andares no centro da cidade, um entre as centenas de velhos prédios residenciais que foram erguidos na Nova Inglaterra no auge das fábricas e usinas, quando eram necessários para providenciar acomodação barata para os trabalhadores italianos, judeus e irlandeses. As fábricas e usinas desapareceram em sua maioria, mas os prédios de três andares sobrevivem e ainda conservam um pouco da reputação de classe baixa.

Danny e Terri têm uma pequena sala, uma cozinha, um banheiro e um quarto com uma varandinha de fundos e janelas em todos os lados, o que é bom. Não é grande coisa — Danny espera comprar uma casa de verdade para eles um dia —, mas é suficiente por agora e não é tão ruim. A sra. Costigan, do andar de baixo, é uma senhora tranquila, e o proprietário, sr. Riley, mora no andar térreo, então mantém as coisas nos trinques.

Mesmo assim, Danny pensa em sair dali, quem sabe até sair de Providence.

— Talvez devêssemos nos mudar para algum lugar onde é verão o tempo inteiro — disse ele a Terri na noite anterior.

— Tipo onde? — perguntou ela.

— Califórnia, talvez.

Ela riu dele.

— Califórnia? Não temos família na Califórnia.

— Tenho um primo de segundo grau ou algo assim em San Diego.

— Isso não é família de verdade — disse Terri.

É, talvez a ideia seja essa, pensa Danny. Talvez fosse bom ir para um lugar onde não tivessem todas aquelas obrigações — as festas de aniversário, as primeiras comunhões, os jantares obrigatórios de domingo. Mas ele sabe que isso não vai acontecer — Terri é muito apegada à enorme família, e o pai dele precisa do filho por perto.

Ninguém nunca vai embora de Dogtown.

Ou, se vai, volta.

Danny voltou.

Agora, ele quer voltar à casinha.

Ele quer transar e depois tirar uma soneca.

Vai ser bom tirar um cochilo, sentir-se revigorado para a caldeirada de Pasco Ferri.

DOIS

Terri não está a fim de preliminares.
Ela entra no quarto, fecha as cortinas e puxa a roupa de cama. Então tira o maiô e o deixa cair no chão. Normalmente toma banho ao voltar da praia, assim não leva areia e sal para a cama. E em geral, obriga Danny a fazer o mesmo, mas neste momento ela não se importa. Enfia os dedões no elástico da sunga dele, sorri e diz:

— É, você ficou assanhado com aquela piranha na praia.
— Você também.
— Talvez eu seja bi — provoca ela. — Ah, olha como você ficou quando eu disse *isso*.
— Olha como *você* ficou.
— Quero você dentro de mim.

Terri goza rápido, como sempre. Costumava ter vergonha, achava que isso a tornava uma puta, mas depois, quando conversou com Sheila e Angie, as amigas disseram como ela era sortuda. Depois ela levanta os quadris, se esforça para fazê-lo gozar e diz:

— Não pense *nela*.
— Não estou pensando. Não vou.
— Me diz quando for gozar.

É um ritual — toda vez, desde a primeira vez que transaram, ela quer saber quando ele está prestes a gozar, e agora, ao sentir o gozo chegando, ele avisa e ela pergunta como sempre faz:

— Tá gostoso? Tá gostoso?
— Muito gostoso.

Ela o aperta até as estocadas pararem, então deixa a mão nas costas dele, e Danny sente quando o corpo dela fica sonolento e pesado, e aí sai de cima. Ele dorme por alguns minutos, depois acorda e fica deitado ao lado dela.

Ele a ama como a vida.

E não, como algumas pessoas acham, porque é a filha de John Murphy.

John Murphy é um rei irlandês, como os O'Neill no velho país. Recebe os súditos na sala dos fundos do bar Glocca Morra como se fosse Tara. É o chefe de Dogtown desde que o pai de Danny, Marty, caiu na bebida e a família Murphy tomou a liderança dos Ryan.

É, pensa Danny, *eu poderia ser Pat ou Liam, mas não sou.*

Em vez de ser príncipe, Danny é tipo um duque sem importância ou algo assim. Sempre é escolhido para trabalhar sem precisar pagar os chefes das docas, e, de vez em quando, Pat se certifica de chamá-lo para outro tipo de trabalho.

Estivadores pegam emprestado com os Murphy para pagar os chefes e não conseguem devolver ou apostam o pagamento em algum jogo de basquete que dá errado. Aí Danny, que é um "rapaz robusto", nas palavras de John Murphy, faz uma visita a eles. Tenta fazer isso no bar ou na rua, para não os envergonhar na frente da família, chatear as esposas, assustar os filhos, mas há ocasiões em que precisa ir à casa deles, e Danny odeia isso.

Em geral, uma advertência é o suficiente, e eles combinam algum tipo de plano de pagamento. Mas alguns são devedores que bebem o pagamento e o aluguel, e então Danny precisa usar um pouco de violência. Mesmo assim, ele não é um quebrador de ossos. De todo modo, esse tipo de coisa é rara — um homem com a perna quebrada não pode trabalhar, e um homem que não pode trabalhar não pode pagar nem os juros, que dirá o principal. Assim, Danny até pode machucá-los, mas não muito.

Ele consegue uma grana extra desse jeito. Há também as cargas que ajuda a tirar das docas e os caminhões que ele, Pat, Jimmy e Mac às vezes pegam na estrada de Boston até Providence.

Eles trabalham com os Moretti nessas empreitadas, recebendo o aviso e a concordância dos irmãos e então pegam os caminhões, os cigarros livres de imposto que vão para as máquinas de venda dos Moretti, a bebida, para os clubes protegidos por ele, ou para o Gloc ou outros bares em Dogtown. Ternos como os que pegaram na noite passada são vendidos em porta-malas em Dogtown e os Moretti recebem uma parte. Todo mundo ganha, a não ser as seguradoras, mas elas que se fodam, cobram o olho da cara mesmo e depois aumentam os preços se você tem um acidente.

Portanto, Danny ganha seu dinheiro, mas nada como os Murphy, que recebem pontos dos chefes das docas, os trabalhos fantasma no porto, as operações de agiotagem, a jogatina e as propinas que vêm do Tenth Ward, que inclui Dogtown. Danny fica com algumas migalhas disso, mas não se senta à mesa grande na sala dos fundos com os Murphy.

Dá vergonha.

Até Peter Moretti comentou sobre isso.

Estavam andando na praia no outro dia quando Peter falou: "Sem ofensa, Danny, mas, como seu amigo, eu não consigo deixar de ficar pensando".

"Pensando o quê, Peter?"

"Com você se casando com a filha e tal, nós todos achamos que ia ter uma ajudinha para subir. Você sabe do que estou falando."

Danny sentiu o calor chegando ao rosto. Pensou na equipe dos Moretti sentada no escritório das máquinas de jogo em Federal Hill, jogando cartas, bebericando expressos e falando merda. Danny não gostava que seu nome fosse mencionado, especialmente a respeito daquilo.

Ele não soube o que responder para Peter. A verdade é que achou que teria uma ajuda, mas não aconteceu. Esperava que o sogro o levasse para a sala dos fundos do Gloc para uma "conversa", colocasse o braço em seu ombro e lhe desse um pouco de ação nas ruas, um jogo de cartas, um lugar na mesa — alguma coisa.

"Não gosto de pressionar", disse Danny por fim.

Peter assentiu e olhou para o horizonte, além de Danny, onde a Block Island parecia flutuar como uma nuvem baixa.

"Não me leve a mal, eu amo Pat como um irmão, mas... Não sei, às vezes acho que os Murphy... Bem, você sabe, porque antes eram os Ryan, né? Talvez tenham receio de promovê-lo, você poderia querer restaurar a velha dinastia. E se você e Terri tiverem um menino... que seja Murphy *e* Ryan? Quer dizer, veja bem."

"Só quero ganhar a vida."

"Não queremos todos?", Peter riu, e Danny deixou a conversa morrer.

Ele sabia que Peter estava sondando. Ele gostava de Peter e o considerava um amigo, mas Peter era Peter. E Danny precisava admitir que havia verdade no que dissera. Ele achava aquilo também — que o Velho Murphy o deixava de fora porque tinha medo do nome Ryan.

Danny até que gostava de Pat, um cara gente boa que trabalhava duro, gerenciava bem as docas e não bancava o chefão para cima de ninguém. Pat era um líder nato, e Danny, bem, se fosse para ser honesto consigo mesmo, era um seguidor nato. Ele não queria liderar a família, ficar no lugar do pai. Ele adora Pat e o seguiria até o inferno com uma pistola de água.

Meninos de Dogtown, estiveram juntos a vida inteira — ele, Pat e Jimmy. Ensino fundamental St. Brendan, depois Colegial St. Brendan. Jogaram hóquei juntos, perderam de lavada para os meninos franco-canadenses do Mount St. Charles. Jogaram basquete juntos, perderam de lavada para os meninos negros em Southie. Não fazia diferença perder de lavada — jogavam duro e não deixavam de enfrentar ninguém. Jantavam juntos quase todos os dias, às vezes na casa de Jimmy, quase sempre na de Pat.

A mãe de Pat, Catherine, os chamava para a mesa como se fossem uma pessoa só: "*Patdaaannyyjimmyyyy!*". Pela rua, através dos pequenos quintais. *Patdaaannyyjimmyyyy! Jaaaaaanta!* Quando não havia comida em casa porque Marty estava bêbado demais para fazer qualquer coisa, Danny se sentava à mesa grande dos Murphy e comia carne de panela e batatas cozidas, espaguete com almôndegas, às sextas, sempre peixe e batata frita — mesmo depois que o papa disse que se podia comer carne.

Sem família própria — Danny era aquela anomalia, um filho único irlandês —, ele amava a casa cheia dos Murphy. Havia Pat e Liam, Cassie e, é claro, Terri, e eles acolheram Danny como se fosse um deles.

Danny não era exatamente órfão, mas algo próximo disso, com a mãe que fora embora quando ele ainda era bebê e o pai que o ignorava porque a única coisa que conseguia ver no filho era ela.

Enquanto Marty Ryan se afundava mais na amargura e na bebida, não era exatamente um pai adequado para o menino, que se refugiou nas ruas com Pat e Jimmy e na casa dos Murphy, onde havia gargalhadas e sorrisos, e quase nunca gritaria, a não ser quando as irmãs brigavam pelo banheiro.

Catherine Murphy sempre achara Danny um menino triste e solitário, e o que mais poderia se esperar? Então, se ele ficasse na casa um pouco mais que o normal, ela ficava feliz em lhe dar um sorriso e um abraço de mãe, uns biscoitos e um sanduíche de manteiga de amendoim, e, quando ele cresceu e seu interesse em Terri ficou óbvio — bem, Danny Ryan era um bom menino do bairro, e Terri poderia arrumar coisa pior.

John Murphy não tinha tanta certeza.

"Ele tem aquele sangue."

"Que sangue?", perguntou a mulher dele, embora soubesse.

"Aquele sangue dos Ryan", respondeu Murphy. "É amaldiçoado."

"Pare de ser bobo", disse Catherine. "Quando o Marty estava bem..."

Ela não terminou seu pensamento, pois, quando Marty estava bem, ele, e não John, mandava em Dogtown, e o marido não gostava de pensar que devia sua posição à queda de Marty Ryan.

Por isso John não se importou quando Danny se formou no colégio e se mudou para o sul do condado, justo para ser pescador. Era o que o menino queria, ainda que não entendesse que o trabalho nos barcos era duro e que ele só tinha conseguido o emprego no barco de peixe--espada porque o dono achou que os Celtics levariam em casa contra os Lakers e não levaram. Então, se o dono quisesse manter o barco, o jovem Danny Ryan estaria a bordo.

Não havia motivos para que Danny soubesse, no entanto. Por que estragar tudo para o menino?

Pat também não entendeu a decisão de Danny.

"Por que está fazendo isso?", perguntou.

"Não sei", respondeu Danny. "Quero tentar uma coisa diferente. Trabalhar ao ar livre."

"As docas não ficam ao ar livre?"

Sim, ficam, Danny pensou, mas não era o oceano, e ele estava falando sério — queria algo diferente de Dogtown. Sabia a vida que o aguardava: pegar sua carteirinha do sindicato, trabalhar nas docas, descolar um troco ajudando os Murphy. Noites de sexta nos jogos de hóquei do P-Bruins, noites de sábado no Gloc, jantar de domingo na mesa de John. Ele queria algo mais — diferente, de qualquer modo —, queria trilhar seu caminho no mundo. Trabalho duro e honesto, ter seu dinheiro, a própria casa, não dever nada a ninguém. Sim, sentiria falta de Pat e de Jimmy, mas Gilead ficava a o quê, meia hora, quarenta minutos de carro, e desceriam para lá em agosto de qualquer modo.

Então ele arrumou um emprego no barco de pesca de peixe-espada.

Um total pateta no começo, sem noção do que estava fazendo, e Dick quase ficou rouco de tanto gritar, tentando ensinar a Danny o que fazer, o que não fazer, chamou Danny de todos os nomes e, por um bom ano, Danny achou que seu nome fosse "Desgraça".

Mas ele aprendeu.

Tornou-se um ajudante decente e superou o preconceito da maioria dos caras mais velhos que achava que alguém que não fosse pelo menos da terceira geração de pescadores não conseguiria trabalhar em um barco. E ele adorava tudo. Conseguiu sua casinha que entrava correntes de ar, aprendeu a cozinhar — bem, pelo menos ovos com bacon, caldeirada de mariscos, chili mexicano —, ganhava seu salário, bebia com os homens.

Durante o verão, trabalhava na pesca de peixe-espada, no inverno, com os barcos que pescavam peixes de fundo — bacalhau, hadoque, linguado, o que conseguissem pegar na rede, o que os russos e os japoneses não pegavam e o governo ainda deixava ficar com eles.

Os verões eram divertidos, os invernos, uma desgraça.

O céu cinzento, o oceano escuro, a única palavra que podia descrever Gilead no inverno era "desolada". O vento entrava em sua casinha como se fosse convidado, e à noite ele usava casacos pesados com capuz para dormir. Quando os barcos podiam sair no inverno, o oceano fazia todos os esforços para matá-lo e, quando não podiam, o puro tédio se fazia presente. Nada para fazer além de beber, ver a barriga crescer e a carteira esvaziar. Olhar pela janela para a neblina, como se estivesse vivendo dentro de um frasco de aspirina. Talvez assistir a um pouco de TV, voltar para a cama, colocar o gorro, enfiar as mãos no casacão de lã e andar pelas docas para olhar para seu barco, infeliz como ele. Ir para o bar, sentar-se e reclamar com os outros. Aos domingos sempre tinha os Patriots, se alguém já não estivesse infeliz o suficiente.

Mas, nos dias que podiam sair, Jesus, como era frio, mais frio que teta de bruxa, mesmo com camadas de roupa o suficiente para ficar parecido com a porcaria do boneco da Michelin. Ceroulas e camiseta de manga comprida térmicas, meias de lã grossas, um casaco de lã e outro casaco, luvas grossas e ainda sentia frio. Lá fora nas docas às quatro da manhã, tirando o gelo do atracadouro e dos equipamentos enquanto Dick, Chip Whaley, Ben Browning ou quem estivesse trabalhando com ele tentava fazer o motor girar.

Então era passar pelo canal e atravessar o Harbor of Refuge, a espuma branca batendo nas rochas geladas do píer, depois pelo West Gap ou East Gap, dependendo de onde estivessem os peixes. Às vezes, ficavam no mar por três ou quatro dias, às vezes, por uma semana se estivessem pegando muito bem, e, como o resto deles, Danny tirava sonecas de duas ou três horas entre vigílias ou jogava a rede e, puxando-a de volta, jogava o que pescaram nos recipientes. Descia do convés para pegar um copo fervendo de café amargo nas mãos trêmulas ou mandar para dentro uma tigela de chili ou de caldeirada. Pela manhã, havia sempre bacon e ovos com torrada, tanto quando quisesse, pois os capitães nunca economizavam na comida; um homem trabalhando duro daquele jeito precisava comer.

Nas viagens em que tinham a sorte de atingir a cota, quem fosse o capitão anunciaria que estavam voltando, e era uma sensação gloriosa de dever cumprido e ser recompensado, haveria um pagamento gordo com sua parte da carga cheia e os homens voltariam para suas mulheres e namoradas orgulhosos por poder colocar comida na mesa, sairiam para um cinema e um jantar.

Outras vezes, quando davam azar, as redes voltavam leves ou até vazias, parecia não haver um peixe em todo o oceano Atlântico e o barco voltava para o porto com uma sensação de vergonha perpassando toda a equipe, como se tivessem feito algo errado, como se não fossem bons o suficiente. E as mulheres e as namoradas sabiam que deviam pegar leve, porque seu homem estaria com raiva e envergonhado, não se sentia homem o bastante, e as hipotecas e os aluguéis talvez não fossem pagos, os consertos no carro precisariam esperar.

E aquilo acontecia cada vez mais.

Os verões, no entanto.

Os verões eram maravilhosos.

Nos verões, Danny ficava no barco de pesca de peixe-espada, leve e rápido, sobre mares e sob céus azuis atrás do peixe, o posto dele era bem na proa, pois era um bom arpoador. E Dick conseguia encontrar peixes-espada como se fosse um deles. Uma verdadeira lenda naquele porto. Às vezes, ele levava clientes para pescar — caras ricos que podiam contratar barco e equipe —, e iam atrás dos peixes-espada e dos atuns com varas e linhas, e então a tarefa de Danny era principalmente preparar iscas e certificar-se de que os clientes tinham cervejas geladas. Levaram umas pessoas famosas naquele barco, mas Danny jamais se esquecerá do dia em que Ted Williams — o grande Ted Williams — foi, e foi um cara bacana, e deu cem dólares de gorjeta no fim.

Outras vezes, saíam para pegar peixes-espada para vender nos mercados de peixe, e aí era só negócio, Danny na proa com seu arpão, e, quando chegavam a um grupo de peixes-espada, ele jogava a lança, que era ligada a uma baliza pesada que puxava os peixes para baixo, e às vezes tinha cinco ou seis presos antes de voltarem para puxar os peixes cansados para dentro do barco, e aqueles eram dias maravilhosos, porque voltavam ao anoitecer, celebravam, bebiam, festejavam e Danny caía de cara na cama, feliz e exausto, e se levantava para fazer o mesmo no dia seguinte.

Bons tempos.

Foi em um daqueles verões, um daqueles agostos, que a turma da Dogtown estava na praia e Danny se juntou a eles para bebidas, cachorros-quentes e hambúrgueres e viu que Terri não era mais a irmãzinha de Pat.

O cabelo dela era escuro como o mar de inverno, seus olhos não eram azuis, Danny jurava que eram violeta, e seu corpinho tinha emagrecido em alguns pontos, mas enchido em outros. Na época, ela não tinha dinheiro para comprar perfume, e a mãe não a deixava comprar, de qualquer jeito, então ela passava extrato de baunilha atrás das orelhas. Até hoje Danny brinca que biscoitos doce ainda o deixam de pau duro.

Ele se recorda da primeira vez que se pegaram, agarrados atrás de umas dunas de areia. Beijos quentes, molhados, a língua dela uma surpresa agitada, entrando e saindo da boca dele. Ficou tão feliz quando ela deixou que ele abrisse os dois botões da blusa branca dela, enfiasse a mão por dentro, desse uma apertada.

Umas semanas depois, em uma daquelas noites quentes e úmidas de agosto, no carro estacionado na praia, ele abriu o botão dos jeans dela e ela o surpreendeu de novo ao levantar o quadril para permitir que a mão dele entrasse e sentisse o fundo da calcinha de algodão branco, e a língua dela se apertou na dele, e Terri o apertou mais e disse: "Faz assim, isso, faz assim". Em outra noite ele a esfregava e ela endureceu e gemeu, e ele percebeu que ela tinha gozado. O pau dele estava tão duro que doía, e então sentiu a mão pequena dela abrir seu zíper e apalpar lá dentro, insegura e desajeitada, mas ela o pegou e o acariciou, e ele gozou na cueca e precisou puxar a camisa sobre os jeans para esconder a mancha escura antes que voltassem para se juntar ao grupo sentado do lado de fora da casinha.

Danny estava apaixonado.

Mas Terri não queria ser namorada de pescador nem mulher de pescador.

"Não posso viver aqui longe", disse.

"É meia hora", respondeu Danny.

"Quarenta e cinco minutos", retrucou Terri.

Ela era muito apegada à família, aos amigos, ao cabeleireiro, à igreja, ao seu quarteirão, à vizinhança. Terri era uma menina de Dogtown e sempre seria, e Goshen era bom por algumas semanas no verão, mas jamais conseguiria morar ali, especialmente com Danny viajando por várias noites seguidas, e ela preocupada se voltaria. E era verdade, Danny sabia, namorados e maridos morriam no mar, escorregavam do convés na água gelada, tinham o cérebro esmagado quando uma retranca voava solta no vento. Ou bebiam até morrer quando a pesca era ruim.

E aquilo não dava dinheiro.

Não para um ajudante de convés.

Se você fosse dono de barco talvez tivesse duas temporadas seguidas boas, mas a maioria dos donos estava mal naquele momento, com os peixes dando trabalho.

Terri cresceu com conforto na casa dos Murphy e não se via como uma pobre "mulher de peixe", como dizia.

"Papai pode conseguir para você uma carteirinha do sindicato", disse ela, "e um trabalho no porto."

O Porto de Providence, ou seja, não Gilead.

Nas docas, jogando ganchos.

Pagamento bom, emprego sindicalizado bom, e depois quem poderia saber? Um degrau acima com os Murphy. Talvez um emprego de escritório como representante do sindicato, algo assim. E um pouco dos outros negócios dos Murphy. O que ele teria tido de qualquer jeito, se o pai não tivesse bebido até se acabar. O velho ficava tão bêbado tantas vezes que se transformou em risco e eles o tiraram do posto de chefe, e depois tiraram o resto. Pelos velhos tempos, deram-lhe o suficiente para viver, e foi isso.

Houve uma época, quando Danny era menino, em que o nome de Marty Ryan dava medo. Agora, só gerava pena.

Danny não queria aquilo, de qualquer jeito, não queria nada com as fraudes, a agiotagem, a jogatina, os roubos de carga, o sindicato. O problema é que ele queria Terri — ela era engraçada, inteligente e o escutava sem levar a sério suas besteiras, mas não ficaria com ele sem ao menos um noivado, e seu pagamento nos barcos não dava para um diamante, quanto mais para um casamento.

Então Danny aceitou a carteirinha do sindicato e voltou para Dogtown.

A primeira pessoa a quem ele contou sobre querer pedir Terri em casamento foi Pat.

"Vai dar um anel para ela?", perguntou Pat.

"Quando conseguir dinheiro para comprar algo decente."

"Vá falar com Solly Weiss."

Weiss tinha uma joalheria no centro de Providence.

"Estava pensando na Zales", disse Danny.

"E pagar o preço cheio do varejo?", disse Pat. "Vá ver Solly, diga a ele que está com a gente, para quem é, ele vai fazer um bom preço."

Não por acaso, o lema não oficial do estado era: "Eu conheço um cara".

"Não quero dar um diamante que caiu de um caminhão para Terri", disse Danny.

Pat riu.

"Não é roubado, meu Deus, que tipo de irmão você acha que eu sou? Nós cuidamos do Solly. Você já ouviu dizer que ele foi roubado?"

"Não."

"Por que acha que isso acontece?", perguntou Pat. "Olha, se está com vergonha, vou com você."

E assim foram, visitaram Solly e ele vendeu a Danny um anel de diamante de quilate cheio, corte quadrado, a preço de custo, com pagamentos de sinal, sem juros.

"O que eu falei?", perguntou Pat quando saíram da loja.

"É assim que funciona, hein?"

"É assim que funciona", disse Pat. "Agora, você precisa ir falar com o velho, e eu não vou junto."

Danny encontrou John Murphy no Gloc — onde mais — e pediu um minuto do tempo dele. John o levou para os fundos e apenas olhou para Danny. Não facilitaria as coisas.

"Vim pedir a mão de sua filha em casamento", disse Danny, sentindo que era um idiota e morto de medo.

John queria Danny Ryan como genro tanto quanto queria uma hemorroida, mas Catherine já o avisara de que aquilo deveria acontecer, e que se ele queria uma casa feliz era melhor dar a permissão.

"Vou encontrar outra pessoa para ela", dissera John.

"Ela não quer outra pessoa", respondeu Catherine, "e vamos logo com isso antes que ela entre no altar de camisolão."

"Ele a engravidou?"

"Ainda não", disse Catherine. "Ainda não estão nem dormindo juntos, se é que dá para confiar em Terri, mas..."

Então John fez seu papel com Danny.

"Como você planeja sustentar minha filha?"

Danny pensou: *Como você acha? Você me arranja a carteirinha, meu emprego nas docas, alguma coisa por fora.*

"Eu trabalho duro", disse Danny. "E amo sua filha."

John lhe deu todo o sermão de "amor não é suficiente", mas por fim deu sua bênção, e naquela noite Danny levou Terri para um jantar bom no George's e ela fingiu surpresa quando ele se ajoelhou e fez o pedido, ainda que ela tivesse dito ao irmão para se certificar de que Danny receberia umas dicas sobre como conseguir um bom anel sem ficar devendo.

O casamento foi sofisticado, como cabia a uma filha de John Murphy.

Não sofisticado como os casamentos italianos, não chegava a tanto, mas todos os italianos estavam lá e foram com envelopes — Pasco Ferri e a mulher, os irmãos Moretti, Sal Antonucci com a esposa, e Chris Palumbo. Todos os irlandeses importantes de Dogtown também foram, até Marty apareceu para a missa de casamento na St. Mary e na festa no Biltmore. John bancou tudo aquilo, mas não a lua de mel, então, Danny e Terri atravessaram a Blackstone Bridge até Newport para um fim de semana prolongado.

Ninguém ficou mais feliz que Pat quando Danny e Terri se casaram.

"Nós sempre fomos irmãos", disse Pat no jantar de ensaio do casamento. "Agora é oficial."

Sim, era oficial, então Terri finalmente cedeu.

Entusiasticamente, energeticamente — Danny não tinha do que reclamar. Ainda não tem. Cinco anos de casamento e o sexo ainda é bom. O único problema é que ela ainda não tinha engravidado, e todos achavam por bem perguntar sobre o assunto, e ele sabia que isso a magoava.

Danny não tem pressa para ter um filho, não sabe se quer um.

"É porque você foi criado por lobos", disse Terri uma vez.

O que não é verdade, considerava Danny.

Os lobos ficam.

Agora, ele olha para o pequeno relógio em cima da velha cômoda e vê que está na hora do encontro no Spindrift antes da caldeirada de Pasco.

Na noite de sábado anterior à primeira segunda de setembro, feriado do Dia do Trabalho, Pasco Ferri faz uma festa e convida todo mundo. A pessoa pode estar apenas passando por Pasco na praia, na frente da casa, notar o buraco que ele cavava, e ele a convida, não quer nem saber. Ele passa o dia cavando aquele buraco e colocando as brasas, e aí vai pegar os mariscos e amêijoas frescos da água.

Às vezes, Danny vai com ele, afundado até os tornozelos na lama morna das lagoas de maré com o ancinho de mariscos de cabo longo. É um trabalho demorado, puxar aquele ancinho do fundo, cavando a lama com os dedos para achar os mariscos, e então jogá-los no balde boiando no tubo interno que Pasco amarra ao cinto com um pedaço velho de corda de varal. Pasco trabalha com a precisão de uma máquina

— despido da cintura para cima, a pele mediterrânea bronzeada até um castanho profundo, sessenta e tantos anos e os músculos ainda duros e saltados, os peitorais começavam a cair só agora. O homem manda em todo o sul da Nova Inglaterra, mas fica feliz como nunca na lama debaixo do sol, trabalhando como um velho *paisan*.

É, mas quantos caras aquele velho paisan *mandou eliminar,* Danny às vezes pensa, observando-o trabalhar tão contente e em paz. Ou matado ele mesmo? As lendas locais diziam que Pasco matara pessoalmente Joey Bonham, Remy LaChance, os irmãos McMahon de Boston. Nas conversas de fim de noite tomando uísque com Peter e Paul, sussurrava-se que Pasco não era atirador, mas fazia o trabalho com um arame ou uma faca, tão perto que podia sentir o cheiro do suor.

Em alguns dias, Pasco e Danny iam para o Almacs, compravam umas coxas de frango e iam até o rio Narrow, onde Pasco amarrava um longo barbante na carne, jogava na água e então a puxava de volta lentamente. O que acontecia era que um caranguejo-azul apertava as garras na carne e não soltava até que Pasco o puxasse para a rede que Danny segurava.

"Uma lição para você", disse Pasco uma vez, enquanto observavam um caranguejo se debater no balde, tentando sair.

Ele então amarrou outro pedaço de frango e repetiu o processo até que tivessem um balde cheio de caranguejos para cozinhar à noite.

Lição: Não se agarre a algo que vai lhe puxar para uma armadilha. Se vai soltar, faça isso logo.

Melhor ainda, não morda a isca.

TRÊS

Danny e Liam pulam para dentro do Camry de Pat e dirigem cinco minutos até Mashanuck Point.

— Então, essa reunião é sobre o *quê*? — pergunta Pat ao irmão.

— Os Moretti estão cobrando o Spindrift — diz Liam, recordando-o.

— É território deles — diz Pat.

— O Drift não — responde Liam. — É isento.

É verdade, pensa Danny, olhando pela janela. O resto dos lugares na costa era dos italianos, mas o Spindrift era irlandês desde o tempo do seu pai. Danny conhece bem o lugar, costumava ficar bêbado ali quando trabalhava nos barcos, às vezes ia ouvir as bandas de blues locais que eles contratavam no verão.

O dono, Tim Carroll, é um amigo.

Eles passam pelas plantações de milho, Danny sempre fica espantado por aquele terreno não ter sido tomado por construções. Pertence à mesma família há trezentos anos, e eles são teimosos, ianques do pântano, preferem plantar milho a vender a terra e garantir uma aposentadoria pomposa. Mas Danny é grato por isso. É bonito ali, as fazendas bem perto do oceano.

— Então, o que aconteceu? — pergunta Pat a Liam. — Tim foi falar com você?

É uma quebra de protocolo. Se Tim tem um problema, deveria falar com John ou, ao menos, Pat. Não com o irmão mais novo, não com Liam.

— Ele não veio *falar* comigo — diz Liam, um pouco na defensiva. — Eu fui tomar uma cerveja, começamos a conversar...

Há tantas pequenas penínsulas e pântanos ao longo da costa, pensa Danny, *que para chegar a qualquer local é preciso dirigir para o interior, depois pela costa e aí de volta ao mar.* Seria mais rápido se drenassem os pântanos e construíssem algumas estradas, mas isso acontece em Connecticut, não em Rhode Island.

Em Rhode Island gosta-se de coisas difíceis, escondidas.

O outro lema não oficial do estado: "Se fosse para você saber, saberia".

Eles levam alguns minutos para dirigir até o Spindrift, quando poderiam apenas ter caminhado pela praia. Mas vão pela estrada, passando o milharal e depois a pequena quitanda, a carrocinha de cachorro-quente, a lavanderia, a barraquinha de sorvete. Conforme fazem a curva que os leva de volta ao oceano, há um estacionamento de trailers à esquerda, e então o bar.

Eles estacionam em frente.

Basta entrar pela porta para ver que aquilo não é nenhuma máquina de fazer dinheiro. É uma velha casa de ripa, castigada pelo ar salgado e pelos ventos de inverno por uns sessenta anos, e é um milagre ainda estar de pé. *Um bom sopro*, pensou Danny, poderia derrubá-la, e a temporada de furacões estava chegando.

Tim Caroll está de pé do outro lado do balcão, servindo cerveja para um turista.

Tim Carroll magrelo, pensa Danny, não segurava peso nem com cola. Tim está com o quê, 33, e já parece envelhecido com a responsabilidade de gerenciar o lugar desde que o pai morreu. Ele limpa as mãos no avental e sai de trás do balcão.

— Peter e Paul já estão aqui — avisa ele, apontando com o queixo para o terraço. — Chris Palumbo está com eles.

— E qual é o problema, Tim? — pergunta Pat.

— Eles entram de cara amarrada — diz Tim. — Vêm aqui quase todas as tardes, bebendo jarros que não pagam, pedindo sanduíches, hambúrgueres... Já viu quanto custa a carne hoje em dia? O pão?

— Tá, certo.

— Agora querem um envelope também? — continua Tim. — Eu tenho basicamente dez, onze semanas de verão para ganhar dinheiro, o resto do ano estou fodido. Uns poucos locais, marinheiros que levam duas horas para beber cada cerveja. Sem ofensa, Danny.

Danny balança a cabeça, como se dizendo "tranquilo".

Eles passam por uma porta de correr aberta para um terraço engastado de modo precário sobre rochas que a prefeitura colocara para tentar prevenir que o prédio deslizasse para dentro do oceano. Dali, Danny pode ver toda a costa sul, do farol em Gilead até Watch Hill.

É lindo.

Os irmãos Moretti se sentam em uma mesa de plástico branco perto do parapeito em que Chris Palumbo apoia os pés.

Peter Moretti parece mais o mafioso clássico — cabelo grosso, alisado para trás, camisa preta com mangas arregaçadas para mostrar o Rolex, jeans de marca com mocassins.

Paulie Moretti é um italiano magrelo, talvez 1,60 metro, com pele cor de caramelo, cabelo castanho-claro com mechas e cachos miúdos de permanente. *Permanente*, pensa Danny, que é o estilo atual, mas ele não consegue engolir. Danny acha que Paulie sempre pareceu um pouco porto-riquenho, embora não diga isso.

Chris Palumbo era outra história. Cabelo ruivo como se viesse da porra de Galway, mas de resto tão italiano quanto o ensopado de domingo. Danny se lembrava do que o velho Bernie Hughes dissera sobre ele: "Nunca confie em um carcamano de cabelo vermelho. São os piores".

É, Peter é inteligente, mas, por mais inteligente que seja, Chris é mais. Peter não faz nenhum movimento sem ele, e, se Peter der o grande passo, sem dúvidas Chris será o *consigliere* dele.

Os rapazes irlandeses puxam cadeiras enquanto uma garçonete traz duas jarras de cerveja e as coloca sobre a mesa. Os homens se servem, então Peter se vira para Tim.

— Você foi correndo para os Murphy?

— Eu não corri — diz Tim. — Estava só falando para Liam...

— Somos todos amigos aqui — corta Pat, sem querer entrar no protocolo de quem disse o que a quem.

— Somos todos amigos aqui — repete Peter —, mas negócios são negócios.

Liam fala:

— Este lugar não paga a taxa. Nunca pagou, nunca vai pagar. O pai de Tim e o meu pai...

— O pai dele morreu — diz Peter, e então olha para Tim. — Que descanse em paz, sem desrespeito. Mas o acordo morreu com ele.

— É isento — diz Pat.

Peter pergunta:

— É livre de taxas para sempre porque trinta anos atrás um irlandês cozinhou uma batata aqui?

— Peter, o que é isso... — diz Pat.

Chris entra na conversa:

— Quem você acha que fez o Departamento de Obras colocar aquela rocha ali para o lugar não virar uma jangada e você não virar a porra do Huckleberry Finn? Isso dá trinta, quarenta mil em material, sem falar do trabalho.

Pat ri.

— Que foi, *você* pagou?

— Nós *conseguimos* — diz Chris. — Não ouvi Tim lamentar na época.

Tim diz:

— Eu já uso o seu fornecedor de comida. Com o que me cobram pela carne, poderia arrumar coisa muito melhor em outro lugar.

É verdade, pensa Danny. Os Moretti já estão ganhando dinheiro com aquele lugar, com as máquinas de venda e as propinas dos atacadistas. Sem falar das boquinhas.

— E a última vez que viu um inspetor sanitário examinar de verdade a sua cozinha... será a primeira vez — diz Chris.

— Então é só não comer a porra da minha comida, certo?

Peter se inclina sobre a mesa na direção de Pat.

— Só estamos dizendo que ultimamente tivemos despesas relacionadas com o local e achamos que Tim deveria contribuir um pouco. Não estamos sendo razoáveis?

— Não posso dar o que não tenho — reclama Tim. — Não tenho o dinheiro, Peter.

Peter dá de ombros.

— Talvez a gente possa combinar alguma coisa.

Aí vem, pensa Danny. A exigência da taxa era apenas o começo. Os Moretti sabem que Tim não tem dinheiro. Aquilo era só para abrir a porta para o que realmente queriam.

— O que você tem em mente? — pergunta Pat.

— Um dos nossos foi fazer uma pequena transação no banheiro masculino na semana passada e o Tim aqui pegou pesado com ele — diz Peter.

— Ele estava traficando cocaína — esclarece Tim.

— Você botou as mãos nele — fala Paulie. — Você o jogou para fora fisicamente.

— É, e vou fazer de novo, Paulie — diz Tim. — Se meu velho soubesse que isso estava acontecendo aqui...

Danny se recorda de uma discussão que Pat e Liam tiveram sobre as viagens de Liam para Miami. Ele vai para lá para o que chama de "fornicações". Danny tem suas suspeitas em relação a essas viagens.

Pat também.

Danny estava presente quando Pat encurralou Liam e disse:

— Juro por Deus, Liam, se estiver trazendo mais coisa da Flórida além de herpes...

Liam riu.

— Está falando de coca?

— É, estou falando de coca.

— Pó dá muito dinheiro, mano.

— Muito tempo de cadeia também — replicou Pat. — Muito problema com os federais e os daqui. Não precisamos disso.

— Sim, Poderoso Chefão — disse Liam. Ele começou a fazer sua imitação de Marlon Brando: — Vamos perder nossos juízes, nossos políticos...

— Não estou brincando, irmãozinho.

— Não precisa surtar — disse Liam. — Não estou vendendo coca nenhuma, pelo amor de Deus.

— Acho bom.

— Jesus. Chega.

Agora, Danny se lembra daquela conversa e tem que se perguntar sobre que merda estão falando aqui.

— Olha — interrompe Peter —, talvez a gente possa dar uma colher de chá nos pagamentos se Tim for um pouco mais flexível com essa outra coisa.

— Por que aqui? — pergunta Pat. — No inverno, só tem pescadores.

— Pescadores não usam pó? — pergunta Paulie. — Não se engane. Quanto pior a pescaria, mais eles precisam. Quanto melhor é, mais eles querem.

Danny não gosta da observação. É difícil ganhar a vida, sustentar a família — os caras usam o pouco consolo que encontram. Costumava ser bebida, mas agora é pó. Bom, ainda é bebida, mas é pó também.

— Estou só dizendo que tem outros lugares para vocês fazerem esse negócio — insiste Pat.

É verdade, pensa Danny. Ele conhece ao menos cinco outros pontos na costa onde se pode comprar coca.

— Não dá para balançar o pau no urinol nesses lugares sem bater num policial do narcóticos — diz Peter. — Achei que fôssemos todos amigos aqui. Um amigo nega um favor a outro?

— É uma porra de um favor imenso para pedir — responde Tim. — Eu posso perder minha licença para vender bebidas. Merda, podem até confiscar o lugar.

Pat estende a mão para silenciá-lo. Danny reconhece o gesto. Ele viu o Velho Murphy fazê-lo centenas de vezes. Deve ser genético.

— Quem está vendendo aqui? — Pat pergunta.

— Você conhece Rocco Giannetti.

Danny o conhece — vinte e poucos, elegante, dirige a porra de uma BMW. Agora Danny sabe como ele faz com os pagamentos, o seguro.

— Rocco é exibido — diz Pat. — Barulhento. Atrai atenção.

— E você, é dos recursos humanos agora? — pergunta Paulie.

Peter pergunta:

— Prefere outra pessoa?

— Prefiro um *adulto* — diz Pat.

— Podemos fazer isso — responde Peter. — Que tal o Chris aqui?

Aí está, pensa Danny — essa era a jogada o tempo todo, colocar Chris Palumbo para vender cocaína ali. E não era ideia dos Moretti, era de Chris; o carcamano ruivo provavelmente tinha deixado os Moretti empolgados com a taxa, depois sugerido o acordo da coca como compromisso. Ele vai ganhar uma grana com a droga e passar parte para Peter e Paul.

Pat dá o veredito:

— Duas vezes por semana, fora de temporada. Nada durante o verão. Chris pode encontrar o comprador dentro, mas vai para o carro para movimentar a parada. Nunca além de trinta gramas, nunca.

— Não podemos fazer negócio no verão? — reclama Paulie. — O que é isso?

— Não precisamos dar *nada* para vocês — diz Liam.

— Vão se foder...

— Chega — diz Peter, calando o irmão mais novo.

— Tim, está de acordo com isso? — pergunta Pat.

— Creio que sim.

Ele está relutante, e Danny compreende. Mas o que se pode fazer? É assim que o mundo funciona. O mundo deles, pelo menos. Pat não deu nada que os Moretti não pudessem simplesmente pegar. Apenas faz sentido ser diplomático sobre as coisas que não pode impedir.

Além disso, Pat está olhando para o futuro. Pasco vem falando em se aposentar — Mashanuck no verão, Flórida no inverno. Alguém vai subir para o cargo principal, e esse cara pode ser Peter Moretti. Ele é jovem, mas já é capitão e faz muito dinheiro, e, se o Moretti pai não estivesse cumprindo vinte anos na Instituição Correcional de Adultos, *ele* seria o cara, então Pete acha que lhe é devido. Pat Murphy sabe no fundo que vai fazer negócio com Peter e quer manter um bom relacionamento.

— Você acerta isso com o Pasco? — Pat pergunta.

— Não precisamos incomodá-lo com isso — responde Peter.

Um instante de silêncio, e todos caem na gargalhada. Que diacho, sentiam o vigor, a força e a juventude, sabendo que estão tomando o mundo. Podem fazer as coisas sem os velhos saberem, sem o aval deles. Não que não seja um negócio sério traficar no quintal de Pasco sem que ele saiba; era apenas engraçado o modo que Peter dissera e, por um momento, eram todos amigos, todos meninos dando risada, pregando uma peça.

— E, Peter — diz Pat —, dá um tempinho nos hambúrgueres, tá?

— Está preocupado com a minha cintura?

— Pague por um sanduíche, seu mão de vaca.

Aquilo faz com que comecem a rir de novo.

É bom, Danny pensa, *ser jovem nos dias doces de verão.*

Mas, no caminho de volta, ele não consegue tirar da cabeça a impressão de que Liam acaba de se colocar para traficar coca com os irmãos Moretti.

QUATRO

Danny volta, Terri o manda sair imediatamente.

— Leve as compras para o seu pai — diz ela.

Ela fora ao Stop & Shop pela manhã, comprara comida para eles e para Marty. Para Marty, bacon, ovos, café, leite, pão, cigarro Lucky Strike, Bushmills, Sam Adams, carne enlatada Hormel e seus bilhetes de loteria. Colocara tudo em duas sacolas plásticas para que Danny entregasse.

É justo, pensa Danny — ela fez as compras. Ficou na fila no fim de semana do Dia do Trabalho, todos comprando coisas para festas.

Danny pega as sacolas e vai à casa de Marty, bem acima na via de cascalho, uma casa de um andar que o velho insiste em alugar o ano todo. Ele bate na porta de tela, não espera por resposta e a abre com o pé.

— Sou eu!

Marty está sentado na poltrona, como sempre, suga um Lucky Strike, bebe uma cerveja e escuta o jogo dos Sox no rádio. Ned Egan está sentado no sofá perto da janela. Em geral, não é preciso procurar muito além de Marty para encontrar Ned.

— Você trouxe minha Hormel? — pergunta Marty.

— Quando Terri se esquece de sua Hormel? — pergunta Danny, colocando as sacolas no balcão da cozinha. — Oi, Ned.

— Danny.

— Achei que talvez *você* tivesse feito as compras.

Ned se levanta e começa a desembalar as compras, colocá-las nas prateleiras, na geladeira. Com cerca de quarenta anos, Ned tem um corpo como um hidrante. Ainda puxa peso dia sim, dia não. Quando ele se estica para guardar as latas, o .38 no coldre de ombro aparece.

Se alguém quer chegar a Marty, precisa passar por Ned, e ninguém passa por Ned. Marty Ryan não é mais importante o suficiente para alguém querer matá-lo, mas Ned não corre riscos. De qualquer jeito, Danny fica feliz que o pai tenha companhia, alguém para esquentar seu picadinho, com quem reclamar dos Sox.

— Você comprou minhas raspadinhas? — pergunta Marty.

Marty joga na loteria como se tivesse uma conexão com São Judas. Normalmente ganha apenas o dinheiro para a cerveja, mas certa vez ganhou cem dólares, e isso o faz continuar. Ele tem certeza de que um dia vai ganhar o maior prêmio ou algo assim, e Danny se pergunta o que o pai faria com alguns milhões de dólares se ganhasse.

Um homenzinho magrelo, amargurado, sentado naquela poltrona com a camisa vermelha que Terri lhe dera há, o quê, três Natais? Abotoada até o pescoço, com um pedaço da camiseta branca aparecendo por baixo? Calça cáqui larga, velha, que Terri precisa convencê-lo a lavar talvez uma vez a cada mês. Meias brancas e sandálias.

Marty Ryan.

Martin Ryan.

Uma puta lenda.

Quando Big Bill Donovan veio de Nova York e disse aos rapazes de Providence que iam se juntar ao ramo no sindicato dos trabalhadores marítimos, fora Marty Ryan, então apenas um moleque, que o botara para correr. Marty e John Murphy, na época. Olharam fixamente para a cara de Nova York e foi Nova York quem piscou primeiro, por isso, temos nosso sindicato e nossas docas, Danny lembrava-se. Alguns anos depois, o próprio Albert Anastasia apareceu, tentou fazer a mesma merda, Marty disse a ele: "Temos nossos próprios carcamanos aqui".

Era verdade — o jovem Pasquale Ferri estava bem ao lado deles. Marty, John e os italianos tinham chegado a um acordo. Os irlandeses ficavam com as docas, os italianos ficavam com o transporte de caminhões e os dois sindicados eram gerenciados de Providence. Marty e John disseram aos forasteiros que "local" significava exatamente aquilo — local. Não tinham saído da Irlanda para ser colônia de ninguém. Então, por anos, em Providence, nada chegava sem passar por Marty Ryan,

John Murphy ou Pasco Ferri. Por caminhão ou barco, não importava. Tinham uma brincadeira sobre a parte que tiravam, a chamavam de "Paul Revere" — um se for por terra, dois se for por mar.

As coisas que saíam dos barcos e caminhões alimentaram Dogtown por décadas. Não só os estivadores e motoristas. Caras que trabalhavam em fábricas, faziam bijuterias, ferramentas e ganhavam apenas o suficiente para pagar o aluguel sabiam que podiam comprar um novo par de tênis para os filhos nos fundos do Glocca Morra. Podiam conseguir comida enlatada, bebida, cigarros, sem pagar o preço do varejo que deixaria os ianques ricos ainda mais ricos. Mais tarde, quando as fábricas foram para o sul e a cinta apertou no Cinturão da Ferrugem, os caras não conseguiam pagar o aluguel e aquelas vendas foram uma questão de sobrevivência. Homens que preferiam enfiar uma bala na cabeça antes de pegar cupons de ajuda alimentícia iam até Marty para saber o que havia saído dos caminhões e barcos naquela semana. Latas de sopa, de atum, de cozido criavam pernas e andavam até as mesas das famílias.

Aquele era Marty na época em que seu pescoço era grosso de tanto balançar o gancho de estivador e os punhos. Quando ele ainda tinha seu orgulho.

— Você vai para a caldeirada, certo? — pergunta Danny a ele.
— Não sei.
— Você deveria ir — diz Danny. — Sair vai te fazer bem.

Nas noites de sexta, Terri normalmente consegue arrastar Marty até o Dave's para comer peixe frito com batata. Marty come peixe e batata frita toda sexta à noite desde que Danny se lembra, uma quebra em sua dieta de bacon com ovos, picadinho de carne enlatada e bebida.

— Não sei — diz Marty.

Ned não fala nada. Ele raramente fala.

Um cara durão, Ned Egan. Quando criança no St. Michael, os padres e as freiras batiam nele quase até a morte tentando endireitá-lo. As irmãs faziam Ned esticar as mãos sobre a mesa, aí acertavam a ponta de uma régua em seus dedos, e ele apenas olhava para elas e sorria. Voltava para casa, o pai via as marcas nas mãos e imaginava que Ned tinha feito alguma coisa para irritar as irmãs, então, deitava o menino na cama e batia com uma correia de navalha nas pernas de Ned até ele chorar.

O problema é que Ned *não* chorava, e o velho não desistia. Naqueles dias, ninguém tinha ouvido falar do Serviço de Proteção à Criança, não era nem um conceito, então, Ned levou surras ferozes. Ele ia para a escola no dia seguinte com sangue escorrendo na parte de trás da calça, que grudava na cadeira toda vez que se levantava. Em dias como aqueles, os professores aprenderam a não chamar o menino até a lousa, para não o envergonhar.

Quando Ned tinha catorze anos, seu velho pegou a alça e mandou que se deitasse, mas, em vez disso, Ned pulou em cima dele, deixou-o no chão, depois fugiu e tentou se alistar à marinha mercante. Riram dele e disseram para voltar em quatro anos. Então morou nas ruas por um tempo, até Marty Ryan colocar um catre no armário do estoque do Gloc e permitir que o menino varresse o lugar por uma tigela de cozido de carneiro, torta de carne ou o que houvesse sobrado de noite.

Numa tarde, o pai de Ned entrou no bar com um taco de beisebol e anunciou que ensinaria ao filho imprestável uma lição que ele nunca esqueceria. Marty estava sentado à sua mesa e disse: "Billy Egan, a não ser que a lição seja como rebater uma bola curva, sugiro que se vire e saia por aquela porta. Estou meio sem dinheiro para mandar rezar uma missa para você". O pai de Ned ficou branco e se mandou. Ele sabia exatamente o que Ryan estava lhe dizendo e nunca mais botou os pés no Gloc outra vez.

No dia em que fez dezesseis anos, Ned largou a escola e foi para as docas onde o sr. Ryan conseguiu sua carteirinha do sindicato. Ned começou a balançar os ganchos, ganhava um salário decente, arrumou um apartamentinho na rua Smith e fazia as próprias compras. O pai, quando o via na vizinhança, atravessava a rua. A mãe lhe mandou uma carta quando o velho morreu. Ned não respondeu. Para ele, Marty Ryan era seu pai.

Agora Danny diz para o pai:

— Levo você de carro até lá.

— Ned pode me levar.

— Eu levo — repetiu Danny.

Marty tem em torno de 65 anos, mas age como se tivesse oitenta. *O que cigarros, amargura e bebida fazem com uma pessoa*, pensa Danny.

Para Marty, pelo menos.

Danny se lembra dele explodindo, gritando: "Você é igual sua mãe! Tem o sangue daquela piranha!" Naquela claridade silenciosa antes de desmaiar, Marty murmurou: "Eu nem sabia que tinha você. Fui para Vegas, tive um caso com uma moça que encontrei em um bar — um ano depois ela aparece com uma criança. Você. E me diz: 'Aqui está seu filho. Não fui feita para ser mãe'. A única verdade que saiu daquela boca mentirosa".

Também era verdade que Marty a amava. Mantinha a fotografia dela debaixo da cama. Danny a encontrou uma vez, procurando por revistas *Playboy* — uma dançarina alta, escultural, cabelo ruivo, olhos verdes, pernas longas, peitões. Foi só depois, durante uma das diatribes bêbadas de Marty — dessa vez no estilo "mostre e conte" —, que Danny percebeu que aquela era a mãe dele.

Era difícil acreditar, porém, que aquele velho algum dia tinha conseguido uma mulher como ela. Quem olhava para Marty Ryan não via um sucesso com as mulheres. O velho Pasco explicara a questão para Danny. Estavam caçando mariscos, e Pasco disse: "Seu pai, quando era novo, era um cara bonitão. Quando Marty chegava na festa, você escondia sua mulher".

Danny sabe que o pai ainda tem a fotografia.

CINCO

Quando chegam à casa de Pasco, ela já está cheia.

Gente por todo lado, as mulheres se movimentando na cozinha como uma equipe bem treinada, Mary Ferri comandando a coisa toda. Danny coloca Marty em uma cadeira, volta e vê Terri ajudando na cozinha.

— Para onde você foi de tarde? — pergunta ela. — Acordei e você não estava lá.

— Negócios.

Terri diz:

— Bebendo cerveja?

— Uma ou duas canecas, só isso.

Ela olha para o irmão.

— Quantas Liam bebeu?

— Ele está bem.

— Ele parece bem *demais* — diz Terri. — Fica de olho nele, tá?

Danny diz que sim, mas se irrita um pouco. Todo mundo sempre precisa ficar de olho em Liam. Pat vem fazendo isso a vida toda. Até no hóquei, todos sabiam que se alguém fosse para cima de Liam Pat ia partir para a briga.

Isso remonta a um tempo anterior até mesmo ao nascimento de Liam, Danny sabe. Em uma noite bêbado, Pat lhe contara a história de como a gravidez de Liam foi difícil para Catherine, talvez até correndo risco de morte, e de como John, sendo o católico devoto que era, queria que ela abortasse. Mas Catherine se recusou e o bebê, Liam, nasceu uns dois meses prematuro, com menos de 1,3 quilos, sem expectativa de sobreviver, e foi declarado morto duas vezes.

Então, mimar Liam, cuidar de Liam, salvar Liam das consequências de qualquer que fosse a merda que ele fizesse eram hábitos da família Murphy.

Danny olha para onde Liam está encantando Mary Ferri e vê que ele está com o rosto avermelhado e aquele sorriso de "tudo me diverte", "por cima da carne-seca".

— Jimmy e Angie chegaram? — pergunta Danny.
— Lá fora — responde Terri.
— Quer uma bebida?
— Aceito uma cerveja.

Danny vai até um grande balde de aço no chão, cheio de gelo, e puxa duas cervejas geladas. Então vê Cassandra. Alta, cabelo ruivo ondulado, aqueles olhos castanho-escuros impressionantes. Ela sorri para Danny, e ele se sente desajeitado com as duas cervejas na mão.

— Oi, Danny.
— Cassie, oi — diz. — Não sabia que tinha voltado do...
— Tratamento? — pergunta ela. — Pode falar, Danny.

Tinha sido sua segunda ou terceira temporada, talvez, na clínica de reabilitação ou no hospital psiquiátrico? Cassie é a renegada da família Murphy, e John mal se dá ao trabalho de esconder a vergonha que sente dela. Tinha sido o anjo, a menininha do papai — Terri uma vez admitiu para Danny que tinha ciúme da irmã mais velha —, uma boa cantora de música folk, dançarina premiada em *céilís*, mas começou a beber, depois foi maconha e aí todo tipo de droga. Passou um tempo na rua depois que os Murphy endureceram e a expulsaram de casa, e depois Danny soube que ela concordara em ir para esse lugar em Connecticut.

Danbury, ou algo assim.

Ela parecia bem agora, no entanto.

Olhos e pele brilhando.

— Uma dessas cervejas é para *mim*, Danny? — pergunta.
— Jesus, Cassie, nem brinque.

Ele e Cassie sempre foram próximos — talvez porque os dois pareciam não pertencer à própria família, de modo que eram aliados naturais.

— Não, eu posso *brincar* — diz ela. — Só não posso *beber*.
— Provavelmente, uma boa ideia, não?
— Ao menos é o que dizem nas reuniões — diz Cassie.
— É, você está indo às reuniões?
— Noventa em noventa.

Qualquer um que mora em uma vizinhança irlandesa sabe o que aquilo quer dizer — noventa encontros dos Alcoólicos Anônimos em noventa dias.

— Que bom, Cassie — diz Danny.
— É, que bom — responde ela.

Cassie sempre gostara de Danny. Havia algo de suave nele, algo ferido. Nenhuma surpresa sendo filho de Marty.

— Melhor você voltar para Terri antes que a cerveja esquente.
— Verdade.

Danny leva a cerveja de volta para Terri e diz:

— Cassie está aqui.
— Está?
— Ela deveria estar? — pergunta Danny. — Com a bebedeira e tudo o mais.
— Ela precisa aprender a lidar com a vida real *algum* dia — diz Terri, pegando a bebida da mão dele. — Além disso, ninguém aqui vai deixar que ela beba.

Mary Ferri está provocando Liam por não ter uma acompanhante na festa.

— É a primeira vez. — Ela está dizendo. — Normalmente, é alguma modelo de Nova York ou uma atriz, sempre a moça mais linda...
— Decidi manter as escolhas abertas hoje — diz Liam.
— Não tem tanta escolha assim — intromete-se Terri.

Quase todo mundo está casado agora, começando uma família. As caldeiradas — até entre a geração mais nova — tinham decididamente ganhado um sabor doméstico. Meio chato para Liam.

— Vou precisar dar o meu melhor — diz Liam.
— Você deveria se casar — diz Mary a ele. — Esquecer todas essas modelos e atrizes. Quer que eu encontre uma boa menina italiana para você?
— Você faria isso com uma boa menina italiana? — pergunta Terri.

— Essa é minha irmã — brinca Liam. — Obrigada.

— Liam é um doce — diz Mary. — Ele só precisa da mulher certa.

— Ele *tinha* a mulher certa — responde Terri — e estragou tudo.

Danny sabe que ela está falando da ex-namorada de Liam, Karen. Uma enfermeira da emergência do Hospital Rhode Island, ela tinha tudo — beleza, inteligência e um bom coração. Todos gostavam muito dela. E ela amava Liam, mas ele estragou tudo fodendo por aí.

Liam é bonito feito um Kennedy — cabelos pretos encaracolados, olhos castanhos penetrantes — e deixou um rastro de sexo por Rhode Island, algo difícil de se fazer em um estado de maioria católica, onde a maior parte das garotas tinha irmãos mais velhos.

— A mulher certa? — pergunta Liam. — Mas você já está casada, Mary.

A brincadeira é que Liam não beijou a Pedra de Blarney — a pedra é que beijou *ele*.

Beijou?, pergunta-se Danny. *Ela deu uma chupada nele.*

— Escute só... — diz Mary, contente.

Ela olha para Terri e diz:

— Talvez Tina Bacco.

— Talvez — diz Terri, e dá uma olhada para Danny.

Ambos sabem que Liam levou Tina para Atlantic City em um fim de semana e transou com ela de tudo quanto foi jeito. Ao menos foi o que Tina contou a Terri. Liam era bom de cama, boa companhia, mas como marido? Esquece.

— Você é a mulher mais bonita daqui — diz Liam para Mary. — Deveria largar o Pasco e fugir comigo.

— Faça um favor — começa Mary — e vá perguntar ao meu marido se a comida já está pronta.

— Vou com você — oferece Danny.

Eles caminham até a praia, onde Pat está ajudando Pasco a tirar os mariscos do buraco, Peter e Paulie e o grupo estão assistindo.

Sal Antonucci está lá.

Danny não gosta dele.

Sal tem a própria equipe agora, fazendo uns trabalhos sérios para os Moretti. Um dos caras, Tony Romano, está ao lado dele, sorrindo para Danny como um símio. Sal e Tony cumpriram pena juntos e são como irmãos. Passaram literalmente anos revezando pesos, e agora são uns *guidos* musculosos.

O problema é que Sal é um matador de aluguel.

Ele subiu com os Moretti porque faz o trabalho sujo para eles. Alto, musculoso, a cara larga como uma laje de mármore, olhos azuis frios como uma manhã de janeiro, Sal sorri para Danny e diz:

— Como vão as coisas?

— Vão bem, Sally — responde, porque sabe que Antonucci não gosta de ser chamado de Sally, e, por alguma razão, Danny gosta de irritá-lo ou talvez precise mostrar que não tem medo dele.

Danny olha para Romano.

— Tony.

Tony assente com a cabeça. É basicamente tudo o que ele faz, pois é mais burro que uma pedra. O que Tony tem a seu favor é a amizade com Sal, seus músculos e sua aparência. Cabelo grosso, escuro e cacheado, rosto esculpido, corpo esguio, ele poderia ser um daqueles modelos masculinos vendendo perfume e cuecas da Calvin Klein ou seja lá o que fosse nas revistas.

"Eu transaria com ele", dissera Cassie a Danny uma vez, "se ele só trepasse comigo até cansar e não abrisse a boca."

Cassie fala muito, Danny acha, mas, até onde sabe, ela nunca esteve com ninguém.

Danny acena de volta para Tony — é o máximo de conversa possível com Romano — e segue para cumprimentar Jimmy e Angie, mas não continua.

Porque ele avista, andando pela praia...

... aquela mulher.

A deusa que saiu do mar.

SEIS

Ela está com Paulie Moretti.

— Quero apresentar a vocês minha namorada, Pam — diz Paulie.

Quem diria, pensa Danny.

Quem diria que Paulie conseguiria uma mulher como aquela? A mulher de pele branca dos sonhos de qualquer carcamano. E precisava ser a porra de uma Pam. Não uma Sheila, uma Mary, uma Theresa. Uma Pam.

— Prazer em conhecer todos — diz Pam.

Ela é simpática, mas um pouco reservada. *Quem não seria*, pensa Danny, *encontrando aquele grupo pela primeira vez*. E não é metida como Danny pensou que seria quando a viu saindo da água. Mas ela tem o tom de voz parecido com sexo, grave e um pouco rouco — eles todos sentem, até as mulheres, e isso gera um pequeno tremor no grupo.

— Como vocês conhecem Paul? — pergunta Pam, puxando conversa.

Ela é esperta, pensa Danny — incluindo todos na conversa, mas fazendo com que ela seja em torno de Paulie, como se tentasse dizer: *Não estou atrás de seus homens. Não sou uma ameaça para vocês*. Mulheres lindas também carregam seus fardos, ele percebe — o ciúme das outras mulheres é um deles.

— Nossas famílias se conhecem desde a arca de Noé — diz Danny, um pouco tímido.

Ela usa uma camisa masculina branca caindo por cima do jeans, e Danny se pergunta se é de Paulie, se colocou depois que fizeram amor, pois estava à mão ou porque achou que ficava bem nela, o que era verdade.

Paulie colocou o braço em torno dos ombros dela.

Isto é meu. Ela é minha.

— Como você conheceu Paulie? — pergunta Liam, em um tom como se não acreditasse que aquilo pudesse acontecer, para começo de conversa.

— Em um bar — responde ela, com um sorriso autodepreciativo.

E ela pronuncia o *r* de "bar", e não "bah", como os locais, e até aquilo é sexy.

— Saí com alguns colegas de trabalho e lá estava Paul.

"Paul", Danny escuta. Não "Paulie", mas "Paul". Ele não ouvia Paulie ser chamado de Paul desde, bem, nunca.

— De onde você se mudou? — pergunta Terri a Pam.

Ela estava começando a conseguir a informação detalhada, pensa Danny. As mulheres vão atacar Pam como carne fresca e arrancar toda a história da vida dela, de tão raro que é um cara, que não seja Liam, trazendo uma pessoa nova. Todos se conhecem desde sempre e nem mesmo arrumavam encontros com alguém de fora do colégio. Conheciam bem demais a história uns dos outros, e era o mesmo diacho de história, de qualquer modo.

— Connecticut — responde Pam. — Trabalho com imóveis, e Rhode Island me parece oferecer mais oportunidades.

Outra novidade, pensou Danny — alguém usando "oportunidades" e "Rhode Island" na mesma frase.

— Pasco. — Danny se lembrou de dizer. — Mary está perguntando da comida.

— Diga a ela que pode começar a servir a massa — diz Pasco, sem tirar os olhos do que está fazendo.

— Prazer em conhecê-la, Pam — diz Liam.

De volta para casa, Danny diz:

— Não.

— O quê? — pergunta Liam.

Ele sabe.

— Apenas não.

— É a primeira mulher com quem Paulie sai que não tem bigode — diz Liam.

— Não vai fazer suas zoeiras.

— Desde quando eu faço zoeira?

— Desde sempre — diz Pat.

É verdade, pensa Danny. Liam gosta das suas piadas e sempre se safa com elas. Ele gosta especialmente de irritar Paulie, talvez porque seja extremamente fácil. E Danny sente novamente o que sentiu na primeira vez que a viu sair da água.

Ela é problema.

Mulheres lindas assim costumam ser.

SETE

Senhor, a comida, pensou Danny.

Os mariscos, as amêijoas, os caranguejos. As grandes panelas de espaguete e molho, pimentões recheados e a doce s*ausiche* italiana. A brincadeira era que os irlandeses nunca, *nunca* tinham permissão de cozinhar, mas uma vez Martin envolveu uma batata em papel-alumínio e fez Danny enterrá-la secretamente entre as brasas e, quando Pasco retirou os mariscos, encontrou a batata e berrou: "Marty, seu velho *mick*!".

Deus, como eles comem. A comida nunca para. Depois dos frutos do mar e da massa, da *sausiche* e dos pimentões, as mulheres trazem caixas de biscoitinhos doces italianos da padaria Cantanella, em Knightsville. Só os biscoitos da Cantanella já seria o bastante; alguém era escolhido para parar em Cranston no caminho para o centro e pegá-los.

Na primeira vez que Danny foi pegar a encomenda na Cantanella, as caixas de biscoitos estavam no balcão esperando por ele, mas, quando ele puxou a carteira, a moça olhou como se estivesse puxando uma arma. Lou Cantanella veio dos fundos abanando os braços, parecendo um juiz de futebol sinalizando um passe incompleto.

Danny sentiu-se um pouco mal com aquilo quando estava colocando as caixas no porta-malas, mas também sabia que Lou jamais precisaria se preocupar com assaltos na loja, encomendas que não chegavam a tempo, inspetores sanitários paralisando o serviço por causa de alguma violação inventada ou a prefeitura decidindo instalar parquímetros nas calçadas em frente aos negócios. E, sempre que um dos italianos se casava, Lou Cantanella providenciava o bolo, e o pai da noiva pagava o preço cheio, porque era o casamento de uma filha e pagar era questão de honra.

Como aqueles biscoitos eram doce em contraste com o espresso forte, amargo, e como descia gostoso o café quente enquanto a neblina caía e a noite ficava mais fria. Mary sempre mantém blusas extra na casa, grandes suéteres grossos, desbotados pelo sol e pelo uso, Danny entra para pegar um para Terri e decide ir ao banheiro já que estava de pé.

Ele abre a porta do banheiro e lá estão Paulie, Pam e o maldito Liam curvados sobre linhas de coca na bancada. Olham para ele como crianças culpadas e Liam diz:

— Ops.

— Esquecemos de trancar a porta — explica Paulie, desnecessariamente.

E Danny fica: *Como assim, estão loucos, cheirando pó na casa de Pasco Ferri?* Aparentemente, sim, porque Liam termina de cheirar uma carreira e estende a nota enrolada para Danny.

— Não quero, não — responde ele. — Limpem o nariz antes de saírem, pelo amor de Deus.

Ele se esquece de mijar, encontra um suéter para Terri, volta para fora e a ajuda a vesti-lo.

— Obrigada, amor — agradece ela, e se inclina na direção dele.

Alguém trouxe um bandolim e o toca enquanto Pasco canta uma balada triste e doce em italiano. Sua voz sai da neblina como se tivesse atravessado o Atlântico vinda de Nápoles — uma velha canção sobre um velho país que vem dar na costa do Novo Mundo como madeira levada pela água.

Vide'o mare quant'è bello,
spira tantu sentimento,
Comme tu a chi tiene mente,
Ca scetato 'o faie sunnà.

Guarda gua' chistu ciardino;
Siente, sie' sti sciure arance:
Nu profumo accussi fino
Dinto 'o core se ne va...

Pasco termina a canção e tudo fica em silêncio.
Ele diz:
— Sua vez, Marty.
— *Nah* — diz Marty.

É um ritual. Marty se recusa, Pasco insiste, então, Marty se permite ser persuadido a cantar. Enquanto isso acontece, os três voltam do banheiro — Pam agora usando um suéter, ainda sexy como nunca. Ela e Paulie se sentam juntos, enquanto Liam chega pelo lado oposto da fogueira e se joga ao lado de Danny e Terri.

Aí, Marty canta "The Parting Glass", em sua voz trêmula.

Of all the money e'er I had,
I spent it in good company.
And all the harm I've ever done,
Alas! It was to none but me.

And all I've done for want of wit
To mem'ry now I can't recall,
So fill to me the parting glass
Good night and joy be with you all.

Como tinham brigado entre si, os dois grupos imigrantes, por um lugar para fincar o pé. Os irlandeses em Dogtown, os italianos em Federal Hill, pontos de apoio esculpidos no granito relutante da Nova Inglaterra. Os velhos ianques odiavam os irlandeses engomados e os italianos gordurosos, forasteiros que vieram arruinar a cidade protestante impecável com seus santos católicos e suas velas, imagens sangrentas e padres que balançavam incenso. Suas comidas fedidas e corpos ainda mais fedidos, a incontinência da procriação.

Primeiro foram os irlandeses, por volta da Guerra Civil, que lotaram os prédios em torno dos matadouros cheios de vira-latas ferozes caçando miúdos e dando o nome à vizinhança, Dogtown. Os homens trabalhavam nos matadouros, nas pedreiras, nas fábricas de ferramentas, fazendo fortunas às velhas famílias ianques; depois marcharam para morrer na guerra, e os que voltaram vieram determinados a reclamar um pedaço da cidade. Saíram de Dogtown e tomaram os quartéis dos bombeiros e recintos policiais, então, organizaram-se e votaram neles mesmos para o poder — se não econômico — político, satisfeitos em gerenciar a cidade se não podiam ser donos dela.

Por volta da virada do século, chegaram os italianos, de Nápoles ou de algum lugar do Mezzogiorno, e brigaram com os irlandeses. Dois grupos de escravos lutando um contra o outro pelas migalhas do prato do senhor, até que por fim perceberam que eram numerosos o suficiente para tomar a mesa. Fatiaram a cidade como um assado, mas foram espertos o bastante para deixar aos ianques nacos suficientes para mantê-los gordos e felizes.

Oh, all the comrades e'er I had,
They're sorry for my going away,
And all the sweethearts e'er I had,
They'd wish me one more day to stay.

But since it falls unto my lot
That I should rise and you should not,
I gently rise and softly call,
Good night and joy be with you all.

Uma noite, na caldeirada, Danny viu Pasco Ferri se aproximar e tocar a mão de Marty e ambos começaram a rir. Sentados ali, cheios de comida e vinho, envolvidos pelo afeto dos amigos e da família, dos filhos e dos netos, apenas riam. E Danny imaginou as coisas que tinham visto, o que tinham feito para comer aquela caldeirada na praia.

Pasco pareceu ver a questão nos olhos de Danny, e, sem nenhum pedido, disse: "Nós não os vencemos na luta, *os velhos ianques...*". Ele fez uma pausa para se certificar de que as crianças estavam na cama e as mulheres dentro de casa, e então continuou: "Nós os vencemos *no amor*. Levamos nossa mulher para a cama e fizemos bebês".

Era verdade, o que os tornava pobres — casas pequenas cheias de bocas famintas — os tornava ricos. O que os tornava ostensivamente fracos os tornava poderosos.

Olhar para eles agora entristece Danny. Liam interrompe o seu devaneio:

— O que ela está fazendo com aquele seboso?

Danny não precisa perguntar de quem ele está falando. Ele olha através da fogueira para Pam que está encostada em Paulie. Mesmo com o capuz da blusa cobrindo a maior parte do cabelo, ela está linda à luz do fogo.

— Deixe quieto.

— Vou deixar — diz Liam.

Marty termina sua canção.

> *If I had money enough to spend*
> *And leisure time to sit awhile,*
> *There is a fair maid in this town*
> *That sorely has my heart beguiled.*
>
> *Her rosy cheeks and ruby lips,*
> *I own she has my heart in thrall,*
> *Then fill to me the parting glass,*
> *Good night and joy be with you all.*

Então fica tudo silencioso. Mary e algumas das mulheres começam a recolher coisas e levá-las de volta para casa, e outras pessoas simplesmente ficam sentadas e olham o fogo ou começam a se afastar.

Danny cutuca Terri.

— Vamos descer para a praia.

Tentando parecer discreto, mas se sentindo constrangido, Danny se levanta, e ele e Terri escapam para a praia até que a neblina os esconde. Ele a puxa para baixo e abre o botão dos jeans dela.

— Duas vezes no mesmo dia? — pergunta Terri. — É quase um recorde.

— O bebê não vai se fazer sozinho.

Ele não aguenta muito e, com o sol do dia todo, o sexo e a bebida, eles adormecem.

Ela tinha catorze anos.

Cassie estava na cama, lendo um livro, tendo escapado da festa dos pais lá embaixo, quando "Tio Pasco" abriu a porta e entrou no quarto dela.

"Subi para usar o banheiro", disse ele, "e vi sua luz acesa."

Estava cansada da festa.

"Eu te entendo. Um monte de velhos. Nada para interessar uma menina bonita como você. Você é bonita, sabe disso, não sabe?"

"Não sei", respondeu ela, sentindo um enjoo subitamente.

"Sabe sim", disse Pasco. "Você sabe que é bonita e sabe como usar isso. Eu andei prestando atenção em você."

Ele fechou a porta atrás de si.

Cassie ainda consegue sentir o cheiro dele. Quinze anos depois, sentada na praia ao lado das brasas da fogueira, os braços em torno do próprio corpo, ainda consegue sentir o cheio da colônia de Pasco, da fumaça de charuto nas roupas dele, o vinho tinto em seu hálito quando veio para a direção dela na cama, inclinou-se, pegou o queixo dela na mão, puxou o rosto dela e a beijou. Ela ainda consegue sentir a língua dele girando na boca dela, a baba da boca dele caindo na dela.

"Não", disse. "Por favor."

Ele respondeu correndo a mão por dentro da blusa dela.

"Delícia", falou ele.

"Não", repetiu. "Não quero."

"Ah, quer sim. Só não sabe que quer."

"Por favor, tio Pasco."

As mãos dele passaram para baixo dos jeans dela.

"Eu vou contar", disse ela.

"Ninguém vai acreditar em você", retrucou Pasco. "E, se acreditarem, o que vão fazer? Sabe quem eu sou? Sabe o que iria acontecer com seu pai, seus irmãos, se viessem atrás de mim? Você sabe o que iria acontecer, porque é uma menina inteligente."

Ela sabia.

Catorze anos, ela conhecia os costumes do mundo deles. Sabia quem o pai dela era, quem era Pasco Ferri, o que iria acontecer. Então, quando ele abaixou os jeans dela e subiu em cima de seu corpo, ficou quieta.

Ainda está quieta.

Não foi muito depois daquilo que ela começou a tomar goles das garrafas que os pais mantinham no bar, escondido. Ou encontrar gente para comprar para ela. Depois foi maconha e depois heroína, porque heroína a distanciava daquela noite, fazia aquilo parecer apenas um pesadelo.

Quando a mãe lhe perguntou o motivo e o pai gritou com ela e a chamou de viciada desgraçada, ela segurou a língua e nunca contou, pois temia que não acreditassem nela e temia ainda mais que acreditassem.

Ela nunca mais quis ser tocada por um homem outra vez.

E nunca mais foi.

Danny estava desmaiado quando ouviu a gritaria na praia.

A voz de Pam, não tão grave, mas ainda rouca:

— *Ele me agarrou!*

Danny levanta a cabeça e a vê, um tanto bêbada, cambaleando pela areia funda, indo na direção dele, andando de volta para a fogueira, que está escura a esta altura. Ele fecha a braguilha, levanta-se e, ainda zonzo, pergunta:

— Qual o problema? O que está acontecendo?

É como um sonho estranho, ruim.

— Ele me agarrou! Aquele filho da puta agarrou meu peito!

Agora Danny vê Liam vindo atrás dela, um sorriso idiota no rosto, as mãos abertas em uma imitação de inocência:

— Foi um acidente. Um mal-entendido.

— Porra, Liam! — Terri está de pé agora.

Ela abraça Pam, e a moça começa a chorar.

— Está tudo bem. Está tudo bem.

Terri olha para Danny, como quem diz: *Não vai fazer alguma coisa?* Então Danny escuta pessoas correndo na direção deles, Paulie, Peter, Pat, Sal Antonucci e Tony saem correndo da neblina.

Danny pega Liam pelo cotovelo.

— Vamos. Saia daqui.

Liam puxa o braço.

— Não é nada demais. Eu só rocei o braço no peito dela, só isso. Mal-entendido.

— Precisamos tirar você daqui.

— Onde você estava? — pergunta Paulie a Pam. — Te procurei em toda parte!

— Eu saí para caminhar — diz ela. — Para clarear a cabeça. Aquele filho da puta deve ter me seguido!

Ela aponta para Liam.

— Ele te machucou? — questiona Paulie.

— Ele agarrou meu peito.

— Que porra, Liam! — Peter grita.

Sal começa a se aproximar. *Aquele é Sal*, pensa Danny, ele toma conta das coisas para os Moretti. Pat se coloca entre os dois.

— Pega leve.

— Um engano — Liam dá um sorrisinho. — Estava tentando andar na neblina, estiquei o braço e... peito. *Ops.*

— Cala essa boca estúpida. — Pat perde a paciência.

Danny pega Liam com força e o puxa para longe, pois Paulie está ficando furioso.

— Vou acabar com a porra da sua raça — grita Paulie. — Eu vou matar você, filho da puta!

Liam grita:

— *Tenta*, cuzão.

Danny prende os braços dele de um lado da cabeça.

— Cala a boca.

Liam se solta e corre para a praia, para longe deles. Danny começa a segui-lo, mas Jimmy Mac está lá, puxa Danny e diz:

— Deixa ele ir.

Jimmy parece tão irlandês quanto carne enlatada. Cabelo ruivo encaracolado, pele clara com sardas, um rosto aberto como um livro. Ele é robusto, mais para o gorducho, e Danny sabe que às vezes sua suavidade faz com que as pessoas achem que ele é mole.

É um grande engano.

Jimmy é um aficionado por mecânica, talvez o melhor manobrista da Nova Inglaterra. Se ele não consegue fazer algo com um carro, é porque não dá para ser feito. Ele o coloca para dentro e o coloca para fora. Mas ele é mais que isso — se você entrar em uma confusão, quer Jimmy ao seu lado. Ele vai atacar com as mãos, com uma faca, com uma arma, o que for preciso. Angie manda nele como se o homem fosse um cocker spaniel, mas é porque ele a ama e permite.

Jimmy Mac tem colhões.

Então, Danny não briga com ele, observa Liam desaparecer na neblina.

Pat anda até Paulie e Pam.

— Eu sinto muito. Peço desculpas pelo meu irmão.

— Ele é um cuzão — diz Paulie.

— Não posso discordar.

— O que ele fez *não* é aceitável — fala Peter.

— Ele está bêbado.

— Não é desculpa.

— Não, não é — diz Pat. — Vou falar com ele. Vamos cuidar disso.

— Podemos tirá-la do frio? — pergunta Terri. — A pobre moça está tremendo.

— Ele não fez nada mais com você, fez? — pergunta Paulie a ela.

— Não, ele só tocou no meu peito.

Eles levam Pam de volta para a casinha deles porque não querem acordar Pasco e Mary com aquilo. Terri a acomoda, até rindo um pouco, e então Paulie a leva de volta para a casa.

— A porra do seu irmão — diz Danny, quando todos foram embora. — Eu juro por Deus.

Terri parece triste.

— Não consigo deixar de me sentir mal por ele.

— Por quê?

— É o jeito dele de conseguir atenção — diz Terri. — Não é fácil ser o irmão mais novo de Pat... Pat, a estrela do hóquei, Pat, a estrela do basquete, Pat, a estrela nos estudos... o filho-estrela. A vida toda Liam esteve à sombra de Pat. Papai agora confia cada vez mais em Pat nos negócios... *aquilo* será de Pat. Liam só quer algo que seja *dele*, sabe.

Mas Pam não é dele, pensa Danny. É esse o problema.

— Vai ser um inferno pagar por isso.

— O que eles vão querer?

— Dinheiro — diz Danny.

No fim das contas, os Moretti sempre querem dinheiro.

Liam Murphy tropeça pela neblina sentindo uma gloriosa pena de si mesmo. Todo mundo está puto com ele, e não deveriam estar. *Certo*, ele pensa, *bebi demais e passei a mão no peito dela. Não é como se eu a tivesse estuprado, meu Deus.*

Ele se joga na areia, bebe o resto da cerveja e joga a lata vazia na água.

Vou levar a minha amanhã, ele pensa. *Conseguirei de Pat, do meu pai, de todas as esposas. Sem mencionar Pasco e Mary Ferri. E os irmãos Moretti. Vou passar os próximos dois dias me desculpando com todos — incluindo, é claro, Pam — e vou receber uma saudável dose de humilhação. Talvez devesse apenas ir para a Flórida até que isso tudo se esgote.*

De qualquer modo, é problema para amanhã.

Ele se levanta da areia para seguir para sua casinha. Dormir até a bebedeira passar, lidar com a ressaca e aí pensar no que fazer. Ele anda pela praia e está quase na estrada quando vê quatro figuras na neblina.

Peter, Paulie, Sal e Tony.

— Oi, filho da puta — diz Paulie.

Paulie levanta o taco de beisebol.

Liam sorri e diz:

— Acho que o negócio da coca não está valendo mais, né?

Paulie levanta o taco.

Danny está dormindo há talvez uma hora, uma hora e meia, quando ouve a porta de tela batendo.

Que merda é essa?, pensa ele. Danny rola para fora da cama, veste a calça e uma camisa e vai até a porta.

Liam está no degrau, uma mão esticada na direção da maçaneta. Está coberto de sangue.

— Jesus Cristo — diz Danny.

Então grita:

— Pat! Jimmy! Corram aqui!

Eles colocam Liam no banco de trás, e Jimmy Mac dirige como um morcego saído do inferno subindo a Goshen Beach Road e a Rota 1 para o Hospital de South County. Levam longos dez minutos e não têm certeza de que Liam resistirá. Ele convulsiona, o corpo se debatendo e se estirando enquanto Pat tenta imobilizá-lo.

O médico também não tem certeza se Liam sobreviverá. O crânio dele está fraturado, há inchaço no cérebro. Ele tem duas costelas fraturadas e talvez ferimentos internos, algo sobre um baço rompido.

— Que merda aconteceu com ele? — pergunta o médico.

Ele é um cara jovem, um membro da equipe novo para fazer esse turno, e está perturbado. Ninguém lhe diz nada embora todos saibam muito bem que merda tinha acontecido: Paulie, Peter, Sal e Tony saíram procurando Liam, o encontraram na praia e meteram a porrada.

Eles tinham se empolgado demais. *Alguma coisa* ia acontecer com Liam, sem dúvidas. Deveriam ter batido um pouco nele, mas não aquilo.

As enfermeiras levam Liam para a sala de cirurgia.

Longa noite maldita naquele hospital. Andando na sala de espera, bebendo café, esperando por um aviso.

— Eu juro, se ele morrer... — diz Pat.

— Não pense assim — diz Danny.

Eles falam as bobagens de sempre — ele é um lutador, é jovem, é forte.

Terri chega com os pais. John Murphy viu muita coisa na vida, mas não viu um filho morrer.

— Que merda aconteceu? — pergunta ele a Pat como se fosse culpa dele, como se ele tivesse sido encarregado de cuidar do irmão e tivesse falhado.

Pat conta.

— Não deveria deixar ele beber. — A mãe de Pat diz a ele. — Você sabe disso.

A sala de espera está lotada — os Murphy, Danny e Terri, Jimmy e Angie, Pat e Sheila, Cassie. É Sheila quem mais fala com os médicos, volta com informações de que não há nada a informar. A não ser que é uma situação crítica.

Lá embaixo, perto da máquina de café, Cassie diz a Danny:

— Não banquem os irlandeses nessa. Se forem atrás dos Moretti, vai ter uma guerra, e aí vão matar alguém.

Danny não comenta nada.

Cada coisa no seu momento. Vão ter de ver o que acontecia — mas, se Liam morrer, não havia como impedir Pat.

Ele partiria para a briga.

* * *

Pasco Ferri também sabe disso.

Peter Moretti é inteligente o suficiente para ir até a sua casa de manhãzinha e contar o que aconteceu, porque o velho não gosta de surpresas, e Peter não quer que ele ouça a notícia pelos Murphy.

Pasco não está nada feliz.

Escuta a história, pensa por um longo minuto, então olha para a xícara de café e diz:

— *Agora* você vem me pedir permissão? Não... você pede permissão *antes* de fazer alguma coisa. E se tivesse vindo, eu não teria dado.

Paulie começa a dizer:

— O que Liam Murphy fez...

— Se você queria ser homem — diz Pasco —, deveria ter ido atrás dele um contra um, com os punhos, não com mais três caras e um taco. Agora só parece fraco.

— Fraco? Eu afundei a cabeça dele.

— Um dos meus *convidados*! — grita Pasco. — Na *minha* festa! Na frente da *minha* casa! Eu devia te mandar para a maca ao lado dele!

Peter diz:

— Você tem razão, Pasco. É claro. Deveríamos ter esperado.

— Agora precisamos endireitar isso — diz Pasco.

— Endireitar como? — pergunta Peter.

— Vocês vão pagar metade das despesas médicas.

— Nem *fodendo*! — grita Paulie.

— Quer repetir isso, Paulie? — Pasco se inclina levemente sobre a mesa e olha para ele.

Paulie baixa os olhos. Ele sabe que a próxima palavra que sair de sua boca pode colocá-lo em um lixão.

Pasco está furioso. *Tudo que passamos anos construindo, mantendo de pé, vai ser destruído por causa de um rabo de saia?! Se aquele irlandês de pau duro morrer, vou ter que dar alguma coisa a John, talvez até Paulie Moretti, ou entrar em guerra com Murphy. E, se eu fizer isso, posso perder toda uma ala da família, difícil saber como o pai de Paulie vai reagir de dentro da prisão. Difícil saber que caminhos os Antonucci e Palumbo do mundo iriam tomar. Não sei, talvez John se contente com um deles. Se eu for para a guerra contra John, vou ganhar. Mas a que custo, em sangue e dinheiro?*

Fodam-se esses esquentadinhos.

— Fique grato por ser *metade* — diz Pasco. — Vá até a igreja, acenda uma vela e reze para o garoto não morrer.

Colocam Liam em uma ambulância e o levam para o Hospital Rhode Island, em Providence, porque o South County não pode fazer a cirurgia que ele precisa para aliviar a pressão no crânio. Ele ainda está inconsciente, e os médicos não sabem se ele vai sobreviver.

A ex-namorada de Liam, Karen, entra na sala de espera e abraça Cassie.

— Eu sinto muito... não posso trabalhar nele. Sou muito próxima.

— Eu entendo — diz Cassie.

— Mas eles têm gente muito boa ali dentro — garante Karen. — Os melhores. Vou manter vocês informados. Prometo.

Ela parece abalada, pensa Danny. *Céus, ela ainda ama Liam.*

— Obrigada.

As esposas se unem. Sheila, Terri e Angie cuidam de Catherine Murphy, vão buscar café, trazem bandejas de comida, dão os telefonemas necessários.

Jimmy Mac puxa Danny para o lado.

— Acho que devemos atacá-los agora.

Danny diz:

— Precisamos esperar. Se Liam sobreviver, estamos diante de um cenário; se não sobreviver, de outro.

— Devíamos ao menos dar uma surra neles — diz Jimmy.

— Vamos esperar para ver o que deveríamos fazer com eles.

Ele para de falar porque dois homens entram e Danny os identifica como policiais — detetives — imediatamente. Eles vão até Danny, e um deles diz:

— Detetive Carey, Polícia de South Kingston. Você é Daniel Ryan?

— Sou.

— Você encontrou a vítima?

— Ele foi até a minha porta.

— Ele falou quem fez isso com ele? — pergunta Carey.
— Não — diz Danny. — Ele desmaiou. Permanece inconsciente.
— Você tem ideia de quem poderia ter feito isso com ele?
— Não — respondeu Danny.
— Vocês todos são de Providence, certo? — pergunta Carey. — Alugam casas em Goshen?
— Isso mesmo.
— São amigos de Pasco Ferri?

Então aquele policial sabe exatamente quem somos, pensa Danny. Ele sabe a verdade — ninguém vai contar merda nenhuma para ele, e vamos lidar com a situação internamente.

— Sim, eu conheço Pasco.
— Vamos falar com ele também — diz Carey.
— Não acho que ele saiba de alguma coisa.

Carey dá um sorrisinho.

— Nem eu.

Pasco tem um bom relacionamento com os policiais locais.

Carey passa seu cartão de visitas a Danny.

— Se lembrar de algo que pode ter esquecido, dê um alô. Pensamentos positivos para seu amigo.

— Obrigado — diz Danny. — Ei? Não incomode a família. Eles também não sabem de nada.

Carey sai, e Danny vai até uma lata de lixo e joga o cartão fora. É quando ele vê Chris Palumbo saindo do elevador.

— Merda — fala Danny.

Ele e Jimmy andam até ele para levá-lo para fora.

— Talvez não seja a melhor hora, Chris — comenta Danny, imaginando quem o havia mandado, se fora Peter Moretti ou Pasco. Ou talvez tenha vindo por conta própria ver se há alguma informação que possa usar.

— Jesus, Danny — diz Chris. — Isso é terrível. Uma coisa terrível.
— É.
— Como saiu de controle desse jeito? — pergunta Chris.
— Pergunte aos seus amigos — respondeu Jimmy.

Chris levanta as mãos.

— Não tenho porra nenhuma com isso. Se tivessem me perguntado antes eu teria dito a eles: vão pelos canais.

— Pena que eles não perguntaram — diz Danny.

— Olha — começa Chris —, sei que todo mundo está à flor da pele no momento...

— Você acha? — pergunta Danny.

— Mas precisamos manter a cabeça fria — continua Chris. — Vamos esperar Liam estar fora perigo, então podemos...

— Saia daqui, Chris — diz Danny. — Nada pessoal, mas ninguém quer ver alguém da família Moretti no momento. Jesus, se Pat vê você aqui...

— Eu entendo — diz Chris. — Já fui. Mas me faz um favor? Se o momento certo chegar? Mande meus pêsames?

— Tá, certo. Tchau, Chris. Até mais.

Palumbo volta para o elevador.

— A cara de pau desse merda — diz Jimmy.

— Ele está se garantindo — fala Danny. — Provavelmente está a caminho de Federal Hill agora, para dizer aos Moretti que fizeram a coisa certa.

E para contar a eles que Liam ainda está vivo.

Liam sobrevive à cirurgia, que Karen explica a eles que é algo muito importante. Mas ainda não está fora de perigo. Serão mais dois longos dias até que estejam prontos para dizer que Liam sobreviverá.

Ele perde o baço e precisa de cirurgia plástica para consertar o osso orbital debaixo do olho. Mas o cérebro está bem.

Bom, tão bem quanto o cérebro de Liam pode estar, pensa Danny.

Ele e Pat vão falar com Pasco.

Eles o encontram na praia em frente da casa, duas varas na água, com iscas para robalos listrados.

— O que Liam fez não foi certo — diz Pasco, antes que Pat possa dizer uma palavra.

Pat responde:

— Mas ele não merecia *aquilo*.

— Bateram nele quase até a morte — diz Danny. — Ele quase morreu.

— Ele tocou na mulher de um mafioso — fala Pasco, ajustando a tensão de uma das linhas. — Se aquela garota e Paulie fossem casados, Paulie teria direito de *matar* seu irmão.

— Liam estava bêbado — diz Pat. — Todos nós estávamos.

Pasco dá de ombros. Bêbado ou sóbrio, Liam havia desrespeitado Paulie Moretti de um jeito muito pessoal. A surra tinha saído do controle, sem dúvidas, mas o rapaz Murphy tinha se arriscado.

— Vim aqui por respeito — diz Pat. — Vim aqui para pedir sua permissão.

— Para fazer o quê? — pergunta Pasco. — Dar uma surra em Paulie? Em Peter, Sal e Tony também? Você acha, mesmo se eu der a permissão, que consegue enfrentar os quatro?

— Acho que *nós* conseguimos — responde Pat.

Pasco sorri.

— *Patdannyjimmy.*

— Apenas os punhos, prometo — diz Pat.

— Onde você acha que está, no colegial? — pergunta Pasco. — Deixa disso. Seu irmão está vivo, graças a Deus, eu fiz Paulie pagar as contas, deixa isso passar. O que seu pai disse?

— Não falei com ele sobre isso ainda.

— Quando falar — continua Pasco —, ele vai lhe dizer o que estou lhe dizendo e o que disse a Peter e Paulie: trabalhamos muito duro para construir isto. Não vou deixar tudo se desfazer porque seu irmão ficou bêbado e apertou alguma *tette*.

Jovens são idiotas e pensam com a cabeça de baixo. Pasco se recorda de quando as coisas eram assim com ele, e os touros velhos precisaram ensinar-lhe o que era o quê. Agora ele precisa ser o professor. Ele se vira e olha para esses dois rapazes, inflamados de indignação e com fome de vingança. Eles precisam aprender — vingança é um luxo caro, caro demais, nesse caso. Demais para *eles*, pelo menos. Ele diz:

— Leve seu irmão para casa. Fique feliz por não estar no velório dele.

Danny sabe que, se acertassem os irmãos Moretti ou Sal, seria uma afronta pessoal para Pasco Ferri. Aí Pasco aprovaria um ataque a *eles*.

— Eles vão se safar dessa — comenta Pat, enquanto dirigem de volta para Providence.
— Parece que sim.
É uma merda, mas é isso.
Fim da história.

OITO

Mas só que não é.
    Tudo poderia ter passado como uma ventania de verão, mas, uma semana depois, Danny vai visitar Liam no hospital e, quando entra no quarto, ela está lá.
Pam.
Sorridente, maravilhosa em um vestido branco de verão, segurando a mão de Liam, e ele sorri de volta, de modo fraco, mas corajoso.
Danny não sabe o que dizer, mas Liam diz:
— Danny, acho que você já conhece a Pam, né?
Você acha que eu conheço a Pam, seu babaca? Acha que eu conheço a *Pam*?
— Claro. Sim. Oi.
— Oi, Danny.
Como se fosse apenas outro dia na porcaria da praia. Ela fala sobre alguma merda do mercado imobiliário ou algo assim, mas Danny não escuta nada. A mente dele está girando. Por fim, ele a ouve dizer:
— Bem, é melhor eu ir andando.
— Obrigado pela visita — diz Liam.
Pam se inclina e o beija na bochecha.
Danny a segue para o corredor.
— Sem querer ser desrespeitoso — fala ele —, mas Pam, que porra é essa?
— Ele se desculpou comigo — conta ela. — Foi muito fofo. E o que Paulie fez com ele foi errado.

— Que caralho acha que Paulie faria com Liam *agora* — pergunta Danny, perdendo a paciência — se visse você com ele, segurando a mão dele?

— Não estou mais com Paulie — diz Pam. — Ele é um animal.

Exatamente, ele é um animal, pensa Danny. "Animal" nem começa a descrever o que Paulie vai fazer quando souber disso.

— Ele sabe?

— Sabe o quê? — responde, bastante indiferente, como se Danny não tivesse motivos para lhe fazer perguntas.

— Que você deu o pé na bunda dele.

— Ele liga — diz ela. — Eu não retorno.

— Jesus, Pam.

— É a minha vida — diz ela.

Sim, é e não é, pensa Danny. *É sua vida, mas também a vida de todos nós que você está ferrando, e precisa entender isso, você não é burra.*

Pam diz:

— De qualquer modo, eu me sinto um pouco culpada, porque talvez parte disso que aconteceu tenha sido minha culpa. Eu estava meio bêbada, talvez eu o tenha instigado... e ele não me machucou. Talvez eu estivesse apenas sendo, você sabe, dramática.

Certo, é *agora* que você acha isso, Pam?

Ela encolhe os lindos ombros nus e se afasta. Passa bem ao lado de Pat, que anda pelo corredor com um milk-shake de café para Liam. Pat dá uma olhada para ela, entra no quarto de Liam, entrega o copo e diz:

— Seu merda burro.

O sorriso de Liam é falso.

— Ela só veio pedir desculpas pelo que aconteceu.

— Certo, bem, diga a ela que a perdoa — diz Pat —, e é isso.

— Irmãozão — fala Liam —, não me diga o que fazer.

— Você já causou problemas o suficiente.

— E o que você fez a respeito disso? — pergunta Liam. — Nada.

— Não é tão simples assim.

— Sei.

— Vai se foder, Liam — diz Pat.

— É, eu vou me foder.
— Fique longe daquela garota.

É, mas na semana seguinte quando Liam sai de cadeira de rodas do hospital, quem o empurra é Pam, quem o leva de carro para casa é Pam, quem se muda para a casa dele é Pam.

Certo, pensa Danny, *talvez Liam esteja realmente apaixonado por ela, mas talvez seja um foda-se gigante para Paulie Moretti. Do tipo, olhe quem de fato ganhou a briga. Você pode ter mandado me espancar, mas olha na cama de quem ela está agora. Veja quem está transando com sua garota. É genial.* Liam não pode revidar fisicamente, então, ele se vinga do pior jeito — cortando as bolas de Paulie, transformando--o em um *cornuto*.

Em cada bar, cada clube que Paulie entra, ouve falar sobre isso. Seus chegados se arriscam com ele — "Ei, o que aconteceu com aquela mina Pam? Eu vi seu caso antigo outra noite? Com quem a vi? Não me lembro". Coisa perigosa, mas irresistível. Quer dizer, é preciso tirar sarro, certo?

Quem poderia saber que Paulie a amava de verdade? Que ela não era apenas um troféu, um símbolo de status? Quem poderia saber que, como ele confessou para o irmão nas primeiras horas de uma manhã escura, Pamela tinha partido seu coração?

Agora, há uma lenta combustão acontecendo em Federal Hill. Os Moretti soltam fumaça — as brasas do ressentimento avivadas pelas piadas sussurradas, os olhares maliciosos, sarcásticos, a visão de Pam com Liam Murphy. Providence é uma cidade pequena em um estado pequeno. Não se pode ir a lugar algum sem ver alguém que você conhece, alguém que conhece você, alguém que conhece alguém.

Vai acontecer, Danny sabe.

Só é necessário uma faísca.

É o idiota do Brendan Handrigan que a acende.

Handrigan é um pião menor — como Danny, um coletor das operações de agiotagem dos Murphy. No começo de outubro, ele e Danny estão sentados em um bar depois de um trabalho tomando umas, e Brendan diz:

— O pau do Liam é como a nave estelar *Enterprise*, indo audaciosamente aonde nenhum homem jamais esteve. Uns cinco centímetros a mais que Paulie, pelo menos, ouvi dizer.

— Meu Deus, Brendan — diz Danny.

E Frankie Vecchio ouve aquilo. Frankie é soldado na equipe dos Moretti; está sentado à mesa ao lado com dois dos seus caras, escuta e olha para eles.

— Fica de boca fechada se souber o que é bom para você.

Bem, Brendan Handrigan nunca soube o que era bom para ele — se soubesse, teria se formado no ensino médio, ido para a marinha ou algo assim. Brendan dá alguma resposta besta sobre ser um país livre, termina a bebida e vai embora do bar.

— Você deveria dizer ao seu amigo para fechar a boca — diz Frankie V. a Danny.

— Ele não falou por mal — responde Danny.

Era uma piada boba, do tipo que os caras fazem uns com os outros dezenas de vezes por dia. Na época dos bons tempos, antes da caldeirada, teriam rido. Mas isso era antes, e agora os sentimentos estavam à flor da pele, e Liam tinha roubado a mulher de Paulie, e não tinha graça.

Frankie V. mal pode *esperar* para encontrar Paulie e contar a ele — corre para o escritório da American Vending Machine, um velho prédio branco de dois andares na avenida Atwells que serve como base da família Moretti e clube social, e fofoca feito uma garotinha.

Paulie fica previsivelmente furioso.

— Precisamos fazer alguma coisa — diz ele ao irmão.

Liam Murphy bolinar sua garota em uma festa é uma coisa. Tomá-la é outra... e agora a cidade inteira está tirando sarro dele? Um babaca feito Brendan Handrigan acha que pode falar merda?

— Quer dizer, onde isso vai parar, Peter?

Peter entende. Se as pessoas começam a desrespeitá-lo em uma área de sua vida, isso transborda para as outras. Logo não querem fazer os pagamentos, não acham que precisam fazer o que mandam e pensam que talvez possam pegar seu lugar. Com a subida que Peter quer fazer, não pode se dar ao luxo de deixar o irmão mais novo parecer um idiota. Ele tem outros motivos, também. Peter é meio que um filósofo — acredita que todo problema esconde uma oportunidade.

— O que você quer fazer?

— Você sabe o que eu quero fazer.

Mas Pasco Ferri diz que não.

De pé na pequena cozinha, ele mexe a caldeirada que está fervendo no fogão desde o começo da manhã. Caldeirada verdadeira de Rhode Island, com caldo claro, não aquele vômito de bebê leitoso que servem em Boston. Ele se vira e olha deliberadamente para Paulie Moretti.

— Se você matar o filho de John Murphy, vamos entrar numa guerra que não acabará até matarmos cada irlandês em Rhode Island.

— Por mim, tudo bem — diz Paulie.

— Ah, é? — pergunta Pasco. — Tudo bem por você se alguns dos seus forem assassinados no meio do caminho? Se isso atrapalhar os nossos negócios? Tudo bem por você se perdemos alguns policiais e políticos quando começarmos a encher o estado com corpos? Esse *stronza* vale tudo isso? Alguma piada sobre seu *pesce* pequeno vale tudo isso?

Não vale, Pasco pensa, ao virar os olhos para Peter. *Mas as docas controladas pelos Murphy valem, não valem, Peter?*

Para você, porém. Não para mim.

Lutei minhas guerras.

Paulie diz:

— Se meu pai estivesse encarregado...

— Mas ele não está — diz Pasco. — Se quiser ir até a prisão e perguntar a ele o que deve fazer, pode ir. Ele vai lhe dizer a mesma coisa: não pode matar Liam Murphy por isso.

— Eles nos desrespeitaram — retruca Peter. — Não podemos simplesmente não fazer nada.

— Eu disse não fazer nada? — pergunta Pasco.

Ele experimenta a caldeirada, então coloca um pouco mais de pimenta. O médico lhe disse nada de pimenta, mas o que os médicos sabem?

NOVE

Danny termina seu *chop suey* e limpa o molho com o pão. Os velhos restaurantes chineses ainda servem fatias de pão branco com o *prato* porque seus fregueses, a maioria *gweilo*, não querem desperdiçar um bom molho.

Brendan está fazendo a mesma coisa.

Os dois foram comer o almoço especial de três dólares antes de visitar um inadimplente na rua Hope. A ironia que um jogador degenerado more em uma rua chamada "esperança" não passa despercebida para Danny.

Onde mais ele iria viver?

— Vamos lá — diz Brendan.

Danny assente. Nenhum dos dois está muito feliz com aquilo. Nunca é divertido dobrar um cara. Ele limpa os lábios no guardanapo de papel, empurra a cadeira para trás e segue Brendan para a rua Eddy. A princípio, acha que é molho de tomate em sua camisa, mas se recorda que comeu comida chinesa, não italiana, então vê Brendan cair na calçada.

— Filho da puta bocudo — diz Paulie e atira mais duas vezes no estômago de Brendan. Então, entra em um carro e Frankie V. dirige para longe.

Danny não acredita que aquela porra está acontecendo — jamais tinha visto alguém ser baleado antes. Brendan está chorando, tentando segurar suas entranhas dentro de si.

— Meu Deus, Danny, me ajuda. Jesus.

Ele sangra, bem na frente de Danny, bem ali na rua Eddy, no clichê da luz do dia. Todo mundo vê tudo, mas ninguém vê nada.

É o que John Murphy diz a Danny naquela noite na sala dos fundos do Glocca Morra em Dogtown.

É um bar irlandês-americano clássico, feito em madeira escura, com poucas mesas e baias fundas. Uma bandeira tricolor na parede, música irlandesa no jukebox, fotos desbotadas de mártires republicanos na parede. Pôsteres que o fazem não se esquecer dos homens atrás das cercas. *Você entra naquele bar para ser irlandês*, Danny pensa, como se já não fosse o suficiente, como se pudesse escapar, de alguma forma, em algum lugar.

Nas noites de sábado, eles têm música ao vivo — alguns músicos da Irlanda ou americanos que *acham* que são de lá —, violinos, flautas irlandesas, banjos e violões e é um pouco "pátria-mãe" demais para o gosto de Danny. A cozinha serve cozido de cordeiro e torta de carne, peixe e batatas fritos e um hambúrguer decente; com frequência se vê três gerações ali ao mesmo tempo.

Todos nostálgicos, pensa Danny, *de uma vida que nunca tiveram*.

Mas o Gloc é o quartel-general da máfia irlandesa desde a virada do século, e isso não vai mudar, ainda que Dogtown estivesse morrendo. Menos irlandeses, judeus, chineses; mais negros, porto-riquenhos, dominicanos. De certo modo, é uma coisa boa, pois mais irlandeses haviam se mudado para as partes melhores da cidade ou para os subúrbios. Deixaram as docas e as fábricas para se tornarem médicos, advogados e empresários.

Os velhos ficam porque o bairro é como uma cadeira antiga com a qual se acostumaram. Estão sentados na sala dos fundos, agora, o santuário interno onde John Murphy governa, ele e seus cupinchas, bebericando uísque e fazendo planos. *Conspirações que não dão em nada*, pensa Danny, *sonhos natimortos*.

John Murphy é rei de um império que morreu há muito tempo.

A luz de uma estrela há muito morta.

Os velhos se curvam naquela baia como *leprechauns* e aconselham que agora não têm escolha, não há dúvidas no momento, dessa vez precisam revidar.

Pat concorda.

O pai, não.

— Isso é o que os Moretti *querem* que a gente faça — diz John. Ele bate a ponta dos dedos do lado da cabeça. — Use o cérebro. Você acha mesmo que Peter liga que seu irmão roubou a namorada do Paulie? Ele só se importa com dinheiro; venderia as irmãs para um bordel chinês se achasse que ganharia um dólar. Seu irmão idiota só deu uma desculpa, só isso, para uma provocação.

— O que quer dizer? — pergunta Pat ao pai.

— Enquanto Pasco for o chefe — explica John — teremos paz. A não ser que faça algo idiota. Mas Pasco logo vai se aposentar, e os Moretti só estão procurando uma desculpa para começar uma guerra. Você quer dar isso a eles de presente, embrulhado e com um belo laço?

— Eles querem as docas. — Bernie Hughes entra na conversa.

Alto, magrelo, saturnino — cabelo branco e ralo como algodão no frasco de remédio —, Bernie é contador, o homem do dinheiro de John, antes disso, o homem de Marty. Ele não vê nada além do saldo final.

— Peter quer ocupar o lugar vazio de Pasco, mas para isso precisa mostrar que pode ganhar muita grana, trazer muito dinheiro para todo mundo. Porém ele já está no nível máximo de seus negócios, as máquinas de venda, a proteção, a jogatina, as drogas e precisa de uma fonte nova de renda. Ou seja, a *nossa* fonte de renda, Pat.

— Aquele Peter é esperto — diz John. — E Chris Palumbo é mais ainda. Se dermos uma guerra a eles, vão tomar as docas. Não podemos impedi-los. Eles têm muitos homens e muito dinheiro. Já teriam feito isso, a única coisa que os segura é Pasco. Se revidarmos por Handrigan, Pasco não terá escolha a não ser mandar toda a família contra nós. Vai trazer gente de Boston, se precisar, e de Hartford. Talvez até Nova York.

— Então precisamos simplesmente engolir isso?

Bernie Hughes diz o que John não quer dizer.

— Olha, nós sabemos que era Liam quem deveria ter levado o tiro. Pasco Ferri segurou Paulie nisso, mas precisou dar alguma coisa para ele, então o deixou matar Handrigan. Pode acabar aqui.

— Foda-se — diz Danny. — Vou contar o que vi aos policiais.

O sangue de Brendan ainda está salpicado em sua camisa.

— Não é assim que fazemos as coisas — diz John.

— Foda-se essa bobagem de *omertà* — retruca Danny. — Não devo nada para aqueles italianos.

— O que você deve a nós? — pergunta John.

A questão paira no ar.

Por fim, Pat diz:
— Você é família, Danny.
— Sou? — pergunta Danny.
— Quantas vezes você comeu na minha mesa? — pergunta John. — Quantas vezes coloquei comida na sua boca quando seu próprio pai...
— Basta — diz Pat.
— Eu te dei minha filha, puta merda — John esbraveja. — Minha filha!

E esta é a primeira vez, pensa Danny, *a primeira vez que você me trouxe aqui para a sala dos fundos para me sentar com os homens, com a família.*

Mas ele não diz isso.

Naquela noite, dois investigadores do departamento de homicídios levam Danny para a sala de interrogatórios. Lá fede a fumaça de cigarro e medo. Eles o sentam na mesa e começam.
— Você estava com Handrigan quando atiraram nele — afirma O'Neill.

É o clássico policial irlandês veterano — rosto largo, nariz cheio de vasinhos vermelhos, ficando gordo, olhos mortos.
— Estava.
— Quem atirou nele?
— Não vi.
— Merda — diz Viola. — Você estava coberto com o sangue dele, eu ouvi.

Viola é o parceiro mais novo — mais magro, mais moreno, cabelo preto alisado para trás, nariz de furão.
— Não vi nada — diz Danny.

Danny sabe que eles estão apenas cumprindo protocolo e que a última coisa que querem é que ele diga o nome de Paulie Moretti.

O acordo está de pé.

Eles fazem aquela dança por uma hora e então o mandam embora.

Danny volta para casa, Terri o espera.
— O que disse para eles? — pergunta ela.

Ele a olha como se ela fosse uma completa idiota. Ela é filha de John Murphy, sabe o que ele disse para os policiais.

DEZ

John Murphy dirige até a praia e encontra Pasco no estacionamento do Stop & Shop. Ele sai do carro e entra no de Pasco.
— Parte meu coração — diz Pasco — que isso tenha começado na minha festa.
— Os jovens têm a cabeça quente.
— Eles pensam com o pau — diz Pasco. — Bem, e nós éramos diferentes?
Murphy ri.
— Não.
— Eu lamento muito pelo Liam — fala Pasco. — Se tivessem vindo falar comigo antes…
Pasco está de saco cheio de tudo aquilo. O que ele quer fazer na velhice é ficar na praia, cavar atrás de amêijoas, pegar caranguejos, tirar uns cochilos, brincar com os netos. Ele fez o dinheiro, estabeleceu reputação, agora quer uma vida sob o sol. Passar os verões na casa da praia e algumas semanas em Pompano em janeiro e fevereiro.
— Não vai reagir a essa última coisa? — perguntou Pasco.
— Para mim, acabou — diz John.
Foi um bom negócio para ele — o insignificante, pobre e burro Brendan Handrigan levando bala no lugar do seu filho.
— Mas e os irmãos Moretti? Estão dispostos a deixar isso para lá?
Pasco diz:
— Ajudaria se Liam parasse de sair com aquela mulher.
— Vou falar com ele.

* * *

Danny está presente na conversa. Depois do almoço de domingo na casa dos Murphy. Estão ao ar livre no gramado, ele, Pat, Liam e o velho, bebendo umas cervejas enquanto as mulheres lavam a louça, e Murphy diz:

— Essa moça está fora de sua vida.
— De acordo com quem? — pergunta Liam. — Os Moretti?
— Entre outras pessoas.
— Quem? — repete Liam, com apreensão na voz. — Pasco Ferri? Que porra.
— Olha a boca.
—E agora são eles que falam quem podemos amar? — pergunta Liam. — Quem não podemos? Então, pai, por que não abaixamos as calças e deixamos comerem nosso cu?
— Na casa da sua mãe, em um domingo!
— Há milhares de mulheres por aí — argumenta Pat. — Por que ela?
— Eu a amo.
— Mais que a sua família? — pergunta Pat.
— Ame outra pessoa — diz Murphy. — Ela não é para você.
— Eu a *amo*, pai.

Pat o pega pelo colarinho e o empurra contra o velho carvalho.

— Babaca egoísta. Vamos enterrar Brendan Handrigan e você só pensa em si mesmo.
— Solte ele, Pat — ordena Murphy.

Pat o solta.

— Ela está fora de sua vida, Liam — repete Murphy. — Fim de papo.

Olhando para o rosto de Liam, Danny se pergunta se é verdade.

O funeral é perversamente triste.

Brendan não tinha muitos amigos, não tinha mulher, nenhuma namorada. O pai morrera quando tinha uns doze anos, então eram apenas duas irmãs e a mãe. Porém todo o clã dos Murphy e companheiros aparecem. Murphy não precisa mandar.

Respeito é respeito.

Mas Liam não está lá.

— Cadê meu irmão? — sussurra Terri para Danny conforme eles andam pela nave central da igreja e entram em um dos bancos para se ajoelharem.

— Ele vai vir — diz Danny.

Mas ele não tem tanta certeza. Liam provavelmente está com vergonha de aparecer, sabe que em parte aquilo é culpa dele. E talvez seja melhor que não venha, talvez seja melhor para a família de Brendan.

A mãe vem até Danny nos degraus da igreja depois da missa, o rosto vermelho retorcido de dor.

— Você não viu nada, Danny Ryan? — pergunta ela. — Você não viu *nada*?

Danny não sabe o que dizer.

Ela se vira e as filhas a levam até o carro para irem ao cemitério.

— Está tudo bem — diz Terri.

— Não, não está — responde Danny.

Eles vão até Swan Point para o enterro.

Ficam de pé em torno da cova em seus ternos e vestidos pretos — *como corvos*, pensa Danny — ouvindo o padre falar.

Então as gaitas de fole começam.

Fazem o velório de Brendan no Glocca Morra.

A mãe de Brendan está muito magoada com os Murphy, mas não tanto que não permita que façam o banquete. O que ela vai fazer? Não tem dinheiro, e é o mínimo que os Murphy podiam fazer depois que o filho levou uma bala no lugar do filho deles.

Assim, há um banquete, bebidas à vontade, é claro, e as pessoas tentam pensar em boas coisas para falar sobre Brendan até que a bebida e a comida fazem efeito, e tudo termina virando apenas mais uma festa.

Então Liam entra.

Com Pam.

Clássico Liam Murphy na-sua-cara, foda-se-o-mundo, faço-o--que-quiser.

— Você acredita nisso? — pergunta Jimmy Mac.

— É um babaca — diz Danny.

Cassie está ironicamente divertida. Observa a cena se desenrolar e diz:

— Ah, isso vai ser bom.

O lugar inteiro fica em silêncio enquanto Liam acompanha Pam até uma mesa, puxa a cadeira para ela e então se senta. Ele parece estar acima do drama, mas Pam não — ela parece imensamente desconfortável. *E é para estar mesmo*, pensa Danny, com Brendan Handrigan recém-enterrado.

No bar, o queixo de Sheila Murphy cai como se estivesse quebrado, e então ela gira o banco e fica de costas.

Pam se encolhe, visivelmente. Ela se inclina e murmura algo para Liam, que balança a cabeça, depois se levanta e vai ao bar fazer o pedido. Fica ao lado de Pat e Sheila.

— Pat, Sheila — diz ele.

Mas os olhos dele dizem: *Vocês têm algo a falar?* Ele pede um Walker Black para ele e uma taça de vinho branco para Pam, espera enquanto Bobby, o atendente do bar, serve as bebidas e volta para a mesa com seu sorriso de foda-se na cara. Ele coloca a taça de vinho na frente de Pam, senta-se e olha em torno para ver se alguém vai confrontá-lo.

Ninguém.

O que, Danny sabe, não será o suficiente para Liam.

Então Liam fica de pé, bate no copo pedindo atenção e anuncia:

— Gostaria que todos aqui soubessem que Pam e eu fomos a Las Vegas e nos casamos. Então, todos: façam um brinde para o senhor e a senhora Liam Murphy.

— Jesus — murmura Danny.

— Inacreditável — diz Cassie.

Terri balança a cabeça.

Bobby sai de trás do bar e some para a sala dos fundos.

— Agora a merda vai voar — observa Jimmy Mac.

— Vai.

A porta da sala dos fundos se abre e John Murphy sai, com Pat bem atrás dele.

— Hora do show — comenta Cassie.

Danny esperava que Murphy pedisse ao filho para ir lá atrás para uma conversa privada, e Liam voltaria e tiraria Pam dali, mas não é o que acontece. O que acontece é que Murphy se curva, beija o rosto de Pam e diz:

— Bem-vinda à família.
— Puta merda — diz Cassie.
Pat se aproxima e se senta ao lado de Danny.
— Pat, que porra é essa?
Ele dá de ombros.
O velho Murphy toma a mão de Pam.
— Isso vai acabar mal — diz Cassie.
Danny acha que é uma das piadas cínicas dela, mas vira e vê que os olhos dela não estão risonhos, estão sérios.
Sérios e tristes.
Como se ela conseguisse ver algo que o resto deles não enxerga.

ONZE

Pam Murphy (Davies sendo o seu nome de solteira) nunca pensou que passaria a lua de mel em uma casa velha no campo. Até então, nunca pensou que se casaria com um irlandês de Providence, Rhode Island.

Greenwich, Connecticut, fica a só duzentos e quarenta quilômetros de Providence, mas poderia ficar do outro lado do mundo. Como uma comunidade arborizada de Nova York, dinheiro antigo, famílias brancas protestantes, Greenwich não poderia ser mais diferente da Providence de irlandeses e italianos da classe trabalhadora, e Pam não poderia ter levado uma vida mais distinta que a do seu marido, Liam Murphy.

O pai dela era corretor da bolsa de valores, não gângster. Ele tomava o trem para o centro todos os dias da semana, voltava para casa para coquetéis às 18h30 e jantar às 19h15 todas as noites. A mãe era uma matrona de Connecticut, uma beleza genuína frequentemente descrita pelos amigos admiradores como "parecida com um cisne", que passava os dias em comitês de caridade, clubes de jardinagem, atividades da Filhas da Revolução Americana e vodca com tônica.

Os irmãos mais velhos de Pam, Bradley e Patton, antigos praticantes lacrosse e hóquei no internato particular, cuidadosamente tiravam as notas para passar e nada mais, velejavam pelo estuário de Long Island e eram bastante protetores com a irmãzinha.

Não que ela precisasse de muita proteção, não contra meninos, pelo menos.

Ela não fora uma criança especialmente bonita. No ensino médio, a descrição mais bondosa para ela seria "comum". Se a mãe fosse, de fato, um cisne, Pam era o patinho feio e sentia intensamente a decepção que a mãe mal escondia.

Pam resistia a todos os esforços de embelezá-la — a maquiagem, os vestidos, as aulas de dança para melhorar sua graça e sua postura —, preferindo ficar no quarto lendo. Depois do ensino básico montessoriano, ela foi enviada para a Miss Porter's School em Farmington, cujas ex-alunas incluíam — além de sua mãe — Barbara Hutton, Gloria Vanderbilt e Jackie Kennedy Onassis.

Ela com certeza não era a menina mais rica de lá, nem a mais pobre, mas encontrava-se em algum ponto abaixo da média. A crueldade daquela idade lhe dera acne e a comparação inevitável com uma pizza. O sadismo das alunas não tinha limites — elas a atacavam por sua pele, sua falta de jeito, sua falta de interesse em rapazes. Alegremente espalhavam boatos que ela era lésbica, que tinha paixões secretas por várias das meninas mais bonitas, que, é claro, a haviam rejeitado sumariamente.

— Se eu fosse cair de boca — disse um de seus supostos alvos, enfiando a língua entre o indicador e o dedo médio —, ia escolher uma muito mais bonita.

Em seu primeiro ano, ela fugia para casa quase todo fim de semana. Enfiava-se no quarto chorando, lendo livros e temendo as noites de domingo, quando os pais a levavam de carro até Farmington, junto com um sermão sobre a importância de fazer amigos e participar da vida social da escola.

Pam não contava a eles sobre as provocações.

Tinha vergonha demais.

Pam pensou em fugir da escola, em fugir de casa, em se matar.

Algo aconteceu entre o segundo e o penúltimo ano.

Ela desabrochou.

A família tinha uma casa de verão em Watch Hill, Rhode Island, a 25 minutos, mas ainda assim a um mundo de distância de Goshen. Pam, uma manhã, se levantou pronta para um novo dia se escondendo debaixo de um boné no clube de praia.

Seria um exagero dizer que acontecera de um dia para o outro, mas parecia ter acontecido de um dia para outro. Olhando no espelho para esfregar o rosto, ela viu que a pele estava quase limpa, como se alguma deusa cheia de compaixão tivesse vindo à noite e a despido de sua vergonha.

O verão pareceu fazer o resto. Nas semanas seguintes, o sol deixou sua pele com um bronzeado claro, moldou seu corpo em um mármore refinado, clareou seu cabelo "acastanhado" em um loiro dourado, os olhos dela eram de um azul oceânico.

Em uma manhã chuvosa que não era dia de praia, Pam perguntou à mãe se podiam sair para fazer compras.

Não de livros — de roupas.

Janet Davies estava em êxtase — finalmente tinha uma filha.

Foram às compras, primeiro em Watch Hill, então em Newport, depois na Quinta Avenida. Davies reclamava das faturas dos cartões de crédito, mas estava secretamente contente, feliz pela mulher e pela filha.

Seria mais fácil agora.

Não foi.

O que fora pena materna se transformou em ciúme materno.

Conforme Pam se transformava em uma jovem mulher de beleza excepcional, amigos, família e até pessoas sentadas em mesas próximas às deles nos restaurantes começaram a falar da beleza e do charme da menina. O cisne começou a ver as rugas em seu pescoço elegante e compará-las de modo desfavorável à pele de alabastro do filhote.

A mãe recuou.

Não fisicamente, Janet sempre estava lá *fisicamente*, mas emocionalmente ela deu um passo atrás. Se fosse questionada, teria negado isso de modo indignado. É provável que não percebesse — espelhos revelam tão pouco —, mas deixou a filha sozinha para passar pela metamorfose imprevista e tentar compreendê-la.

Pam aprendeu a lição errada: que se estava sendo subitamente, pela primeira vez na vida, valorizada pela beleza, a beleza era seu único valor.

Então, quando o rapaz mais bonito de Hotchkiss a viu em uma festinha e deu em cima dela, Pam era tão indefesa quanto um jovem cervo e se viu em um quarto de motel em Farmington, olhando por sobre o ombro dele para um quadro barato de um barco.

O engraçado foi que Trey Sherburne se apaixonou de verdade por ela.

Que rapaz de dezoito anos não se apaixonaria?

Robert Spencer Sherburne III não era tanto um predador quanto era um romântico, e pela manhã quis ir até New Hampshire, onde, por alguma razão, achava que poderia se casar com uma menina de dezesseis anos que ainda não sabia que estava grávida.

Pam estava pronta, ela estava apaixonada.

Não chegaram até New Hampshire; não chegaram nem ao estacionamento. Os irmãos de Pam, com dicas de amigos, acharam-nos no motel pela manhã, deram uma bela surra em Trey e arrastaram a irmã de volta para Greenwich para enfrentar a vergonha coletiva da família.

No começo, o pai queria processar Trey por estupro de vulnerável, mas a mãe queria poupar a filha da desgraça pública ("nosso nome nos jornais, querido"). Os Davies e os Sherburne resolveram aquilo como suas famílias faziam desde a porcaria do *Mayflower* — de modo quieto e discreto. Os Davies não fizeram acusação de estupro contra Trey, os Sherburne não processaram os irmãos por agressão com agravante, Trey passou um ano em um projeto social na Tanzânia e Pam fez um aborto discreto no Novo México.

Pam voltou para terminar a Miss Porter's, depois foi para a Trinity College, onde se formou em Administração de Empresas, com ênfase em Literatura Clássica e Festas de Irmandades. Se algum dia pensou em Trey ou no filho não nascido, nunca foi profundamente ou por muito tempo; aprendera com a mãe a fina arte de enterrar um coração afetuoso sob um campo glacial de gelo.

Depois da faculdade, ela encontrou um trabalho em uma empesa de imóveis de luxo em Westport e se deu muito bem, passando os finais de semana na casa da família em Watch Hill.

Em Watch Hill ou há dinheiro da Nova Inglaterra tão velho que precisa de um andador para circular ou dinheiro "novo" de Nova York, o que quer dizer que as famílias têm casas ali há menos de duzentos anos. Westerly é uma cidade de pedreira de granito, formada por imigrantes italianos, pedreiros que faziam belas igrejas e grandes jantares de domingo.

Em Watch Hill o dinheiro trabalha para as pessoas e em Westerly as pessoas trabalham por dinheiro. Se as pessoas de Watch Hill vão para Westerly, normalmente é por causa de pizza, mas Pam foi um dia visitar a vizinhança pobre em um bar local, onde Paulie Moretti começou a flertar com ela, pois por que não tentar?

Pam flertou de volta porque, bem...

... fora um cara negro ou um porto-riquenho, quem ela poderia namorar que irritaria mais os pais do que um italiano? Até um judeu teria sido preferível, e dormir com Paulie Moretti era a revolta de Pam contra sua profunda origem branca protestante.

Não que algum dia ela o tenha levado para casa para conhecer mamãe e papai — teria sido um desastre total. Sua revolta era secreta, satisfatória apenas para ela mesma, um caso, uma aventura antes de se assentar com Donald ou Roger ou Tad ou quem fosse.

Então, quando Paulie a convidou para uma caldeirada, não em Watch Hill, mas nas paragens mais operárias de Goshen, ela ficou feliz em ir, porque àquela altura havia percebido que ele estava de verdade na máfia, o que adicionava um *frisson* de perigo.

Lá Liam Murphy apertou o peito dela, e Paulie mostrou como um cara da máfia era de fato, e ela foi ao hospital para se desculpar e...

... lá estava a versão irlandesa de Trey.

O menino mais bonito da máfia.

Charmoso.

Ferido.

Vulnerável.

Ela sentiu o gelo derreter.

Antes mesmo de se dar conta, estava em uma capela de Las Vegas se casando com Liam Murphy sem a menor ideia das ramificações.

Agora, enfiada em uma "casa segura" precária, a mais de quinze quilômetros de tudo, com um marido que muita gente quer matar e que reage a esse fato bebendo metade do dia e a noite toda, ela está começando a aprender.

DOZE

A prisão fica na Rota 95, a rodovia central de Rhode Island, como um lembrete constante do que poderia acontecer caso alguém escorregue na casca de banana. Não é possível ir de Warwick a Cranston e a Providence sem vê-la, e talvez a ideia seja essa.

É velha, construída em 1878 — a seção central é feita em pedra cinzenta, com uma cúpula de estanho, os prédios laterais mais novos de tijolos vermelhos, uma cerca alta encimada por anéis de arame farpado envolve o complexo.

Quando Danny estava no ensino fundamental, costumavam levar os alunos para passeios na Instituição Correcional de Adultos para assustá-los, mas normalmente o tiro saía pela culatra, porque um monte de crianças na escola de Danny aproveitava a ocasião para visitar parentes.

Agora os irmãos Moretti sentam-se a uma mesa na frente do pai na sala de visitas da instituição. O cabelo de Jacky Moretti ainda é grosso, mas ficou branco na cadeia. Ele ainda é um homem forte com o pescoço como o de um touro e grandes ombros inclinados. Ninguém mexeria com ele, mesmo se ele não tivesse suas conexões.

A maioria das pessoas ali poderia contar casos de Jacky Moretti. Como ele tinha dezenove anos quando esfaqueou alguém, um revendedor de muamba sem importância que não queria pagar a taxa de rua. Como ele roubou seu primeiro carro e não deixou ninguém de fora — nem os parceiros, nem o desmanche, ninguém. Como ele entrou na máfia enfrentando dois caras de New Haven que achavam que a zona leste de Connecticut devia ser deles e não de Pasco Ferri.

Ou como um apostador degenerado achava que Jacky era um cuzão que não precisava pagar, e Jacky o arrastara da entrada do *frontón* de pelota basca em Newport, o levara para o estacionamento, abrira a porta do carro e perguntara a ele que mão ele usava para tirar a carteira do bolso.

— Quê? — perguntou o homem, apavorado.

— Quando compra um ingresso para a pelota basca, que mão você usa para tirar a carteira?

— A direita.

Jacky o fez colocar a mão direita na porta do carro e a fechou com um chute. Aí, com a mão do cara ainda na porta, ele dirigiu pelo estacionamento.

Depois daquilo, Jacky entrou em ascensão, um carnívoro, um ganhador de dinheiro que tinha a própria equipe, colocava mais dinheiro nas ruas, assaltava bancos e cargas de caminhões.

Mas a maioria das pessoas vai contar a história de Jacky e Rocky Ferraro.

Pasco tinha proibido o uso e a venda de heroína porque aquilo atraía muito a atenção da polícia federal. Rocky Ferraro, membro da equipe de Jacky, ignorou as duas coisas, primeiro vendendo para os negros no sul de Providence, depois começando a usar o próprio produto.

Era um problema, e Jacky disse que ia dar um jeito nele.

Ele e um de seus caras pegaram Rocky uma noite para ir a um jogo de hóquei do Reds, só que nunca chegaram lá. Jacky parou, tirou a arma, colocou na boca de Rocky e puxou o gatilho diversas vezes.

O que torna a história extraordinária é que Rocky era meio-irmão de Jacky.

O que fez com que o jantar de Ação de Graças seguinte fosse, bem, *complicado*.

O que, aparentemente, ofendeu muito o juiz e o júri quando — *seis anos depois* — um dos caras de Jack o delatou e o largou para pagar sozinho pelo assassinato.

— Ele envergonhou a família — explicou Jacky na audiência de sentença.

— Então, você matou o seu irmão — falou o juiz.

— *Meio*-irmão — retrucou Jacky. — Ué, eu devia ter deixado ele só meio morto?

O juiz deu a pena máxima.

Mesmo assim, Jacky teve a chance de se salvar. A polícia federal ofereceu o pacote completo — dedurar Pasco Ferri, mas ele disse que podiam fazer fila e chupar o pau dele. Então, agora uma série de novatos faz essa tarefa para ele enquanto ele mora na Ala Norte do velho prédio de pedras, joga cartas e cozinha massa para os caras aos domingos.

O guarda fica bem longe e permanece de costas. Não deveria ser assim, mas não há agente penitenciário em Rhode Island burro o suficiente para ficar em cima dos Moretti em dia de visita. Os guardas precisam morar no estado, têm irmãos e primos lá fora, e uma bela contribuição é feita todo ano para o fundo de viúvas e órfãos.

Jacky dá um trago no cigarro. Ele tem enfisema, mas sabe que não vai mesmo sair daquele lugar, então, foda-se. Ele olha para Paulie.

— Estão esfregando na nossa cara — diz Peter. — É um desrespeito deliberado.

— O que diz Pasco? — pergunta Jacky.

— Foda-se Pasco — responde Paulie.

— Vai ser difícil repetir isso com terra na boca — fala Jacky. Há coisas que não se diz. Há coisas que nem se *pensa*.

Eles ficam em silêncio por um tempo.

— Deveria ser você — diz Peter. — No topo.

Jacky sorri.

— Eu estou aqui, Pasco está lá fora, é como as coisas acontecem às vezes. O que foi, quer que eu fale com ele?

— Quero — pede Paulie.

— Não — responde Jacky. — Ele é o chefe, ele fez as regras, é isso.

— Ele quer que a gente se sente com os irlandeses — explica Paulie.

— Então, sentem-se — diz Jacky. — Você está na linha do gol, não pise na bola. Pasco se aposenta na Flórida, então você faz o que quer. Pendure os Murphy pelos pintos finos de irlandês. Pasco está mais preocupado com a mão do pinocle, a bocha, o que for. Mas, se você for contra ele agora, ele mandará te matar e eu dou minha bênção.

— Os seus próprios filhos — fala Peter, aparentemente se esquecendo da história do pai.

— Existe o amor pela família — diz Jacky — e existe o amor pela *cosa nostra*. São dois amores diferentes. E, sim, o amor pela *cosa nostra* vem primeiro.

É da velha escola, o pai, pensa Peter.

Porra de velha escola.

Eles concordam em fazer uma reunião.

TREZE

Pasco marca o lugar no último minuto.
Depois muda.
Danny entende que é procedimento padrão para impedir que ambos os lados preparem uma emboscada, mas a realidade é que, no fim das contas, Pasco Ferri é italiano. Se ele decidir que deve ceder aos Moretti e deixar que façam alguma coisa, os irlandeses de Dogtown vão cair que nem patos.
Estão apenas confiando em Pasco.
— Podemos? — pergunta Pat.
Danny dá de ombros. Tantas caldeiradas juntos. Bebidas e risos. O pai dele diz que podem.
— Pasco Ferri é um homem de seu mundo — diz Marty. — Se ele diz que estamos seguros, estamos seguros.
Marty foi convidado para o encontro por insistência de Pasco. Um lembrete, Danny imagina, de que ele e Pasco forjaram a paz entre os irlandeses e os italianos que durou por uma geração, e que quebrar a aliança é uma afronta para os dois.
Marty se veste cuidadosamente para o encontro, enchendo o saco de Danny para endireitar a gravata, uma verdadeira chatice. *O último dia de glória do velho*, pensa Danny. Ele é importante de novo.
Marcaram o encontro no Harbor Inn, um hotel e restaurante em Gilead, bem do outro lado do canal do Dave's Dock. O restaurante foi fechado para o público às quatro para a "festa particular".
Danny e Ned Egan acompanham Marty até a frente do restaurante. Jimmy Mac sai do assento do motorista e fica de pé ali parecendo nervoso, a pistola fazendo volume debaixo do casaco esporte.

Os Murphy estacionam atrás deles. Pat está dirigindo, o pai ao lado, Liam encurvado no banco de trás, como se preferisse estar em qualquer outro lugar no mundo. *Não tiro a razão dele*, pensa Danny.

Pasco sai, ladeado por dois de seus caras. Vito Salerno, seu *consigliere* de muito tempo, e Tito Cruz, meio-siciliano, meio-porto-riquenho, que fez muitos trabalhos de sangue para a família ao longo dos anos. Pessoas sérias, sinal de que Pasco não ia aceitar qualquer palhaçada ali.

Uma boa coisa, pensa Danny.

Pasco anda até ele.

— Todas as ferramentas ficam nos carros, Danny.

Danny vê a centelha de alarme nos olhos de Ned Egan. Pasco também percebe e completa:

— Mesma coisa com os Moretti.

Danny volta para o carro e coloca a arma no console. Jimmy Mac faz a mesma coisa parecendo quase aliviado. Ned leva alguns segundos para lidar com a ideia, mas aí se aproxima e coloca sua .45 na frente do banco do passageiro.

— Vou ficar com o carro — diz Jimmy.

A sala dos fundos do restaurante tem um tema de pescaria: boias e redes pelas paredes, uma pintura bem ruim do porto, algumas fotografias de barco pesqueiro. Uma mesa comprida foi colocada no centro do salão, com algumas garrafas de café, jarras de água, xícaras e copos. Danny entende que Pasco está dizendo que aquilo é negócio, e um negócio com o qual está irritado, então não há jantar ou vinho caros. Apenas resolvam isso, superem.

Por Danny, tudo bem. Se correr bem, ele levar o velho para o outro lado até o Dave's, para um bom prato de peixe frito com batata. Se correr mal, bem, ninguém vai ter apetite.

Peter e Paul Moretti sentam-se de um lado, com Sal Antonucci e Chris Palumbo ao lado deles. Ninguém levanta os olhos quando o grupo dos Murphy entra no salão e se senta do outro lado da mesa; eles apenas olham para as jarras de água, como se houvesse algum belo peixe tropical dentro delas ou algo assim.

O Velho Murphy pega a cadeira mais perto da cabeceira da mesa, com Pat ao lado. Depois Liam, depois Danny, depois Marty. Ned

Egan fica bem do lado de dentro da porta. Pasco entra, e se senta na outra cabeceira. Vito e Cruz fecham a porta e pegam as cadeiras nos cantos.

Pasco se serve de um copo de água, bebe e começa.

— Há um rasgo no tecido da nossa associação. Convoquei esta reunião para consertar esse rasgo. Quem gostaria de falar primeiro?

Danny fica surpreso quando Marty levanta a mão. Orgulho do velho quando ele diz:

— Primeiro, o mais importante. Um dos nossos foi morto. Precisa ter recompensa.

Pasco olha para Peter.

— Ele não tinha família, certo, esse menino Handrigan? — pergunta Peter. — Não tinha esposa, filhos?

— Tinha mãe — diz Marty.

Peter se vira da mesa e se inclina enquanto Chris cochicha em seu ouvido. Então ele se vira de volta e diz:

— Ela tem uma loja de doces? Revistas, jornais, esse tipo de coisa? Temos máquinas nela?

— Isso mesmo — confirma Marty.

— Ela fica com todo o ganho das nossas máquinas — oferece Peter. — Vamos abrir mão da nossa parte. Certo. Resolvemos isso?

— Resolvemos — responde Marty.

Simples assim, pensa Danny. Um item de negociação. Mais alguns centavos de umas máquinas de venda e Brendan está esquecido.

— Ótimo — diz Pasco. — E agora?

— Meu irmão foi insultado — fala Peter olhando para Liam. — Nossa família foi insultada.

Liam dá um sorrisinho de criança e diz, como se fosse ensaiado:

— Eu tinha bebido demais. Meu comportamento foi inaceitável. Eu peço desculpas.

— Ainda está bêbado agora? — pergunta Paulie.

— Por que, quer ela de volta? — Liam ri para ele.

— Não, pode ficar com a sua sobra.

O sorriso desaparece do rosto de Liam e ele fica de pé.

— Você está falando da minha mulher.

— Sente-se — ordena Pat.

— Ele...
— Sente-se.

Liam se senta.

— Vocês receberam um pedido de desculpas — fala Pasco aos Moretti, provocando-os.

— Não vamos nos desculpar pela surra — responde Peter. — Ele provocou. Além disso, *nós* precisamos de recompensa pelo insulto.

— Acho que bater nele quase até matar foi "recompensa" suficiente — diz John Murphy.

— Eu não — discorda Peter.

— O que você quer? — pergunta Pasco.

— Três empregos nas docas — diz Peter.

Murphy olha para Pasco.

— Os tempos estão difíceis. Não tenho três empregos-fantasma nas docas no momento.

— Você tem empregos na prefeitura em Tenth Ward — diz Chris.

— São dos irlandeses — responde Pat.

Chris olha para John.

— Devo falar com *ele* agora?

— Eu devo falar com *você*? — responde John.

Pasco pergunta:

— Há algo que você possa fazer, John?

Murphy balança a cabeça, então pousa o queixo no peito, olha para baixo e pensa um pouco.

— Consigo um emprego em Tenth. Não três.

Peter sorri.

— Um meio-termo: dois.

— Não tenho dois — diz Murphy. — Tenho que cuidar dos negros agora, você sabe. Assim, eles ficam quietos.

Peter e Chris se juntam de novo. *Que inferno*, pensa Danny, *Peter não consegue mijar a não ser que Chris segure o pau dele?* É um sinal de fraqueza, algo a ser notado para o futuro. Para chegar aos ouvidos de Peter, é preciso falar com Chris.

Peter volta e pede:

— Um emprego na cidade, um emprego nas docas.

Murphy olha para Liam, como que dizendo: *Vê o que o seu pau nos custou?*

Então diz:

— Se isso vai manter a paz, tudo bem. Certo.

— Peter? — pergunta Pasco.

— Estamos satisfeitos.

Acabou, pensa Danny. *Feito. Paz para o nosso tempo e toda aquela bobagem feliz.* Até que Paulie abre aquela matraca imbecil.

— Eu tenho uma questão. Liam, ela ainda gosta de tomar no rabo?

Liam se levanta. Vito segura Paul enquanto Tito dá a volta na mesa e fica ao lado de Liam, pronto para agarrá-lo.

— Agora foi longe demais — diz Pat.

— Ele passou do limite — concorda Peter.

Mas Paulie grita para Liam:

— E o que você vai fazer? Hein, marica, o que vai fazer?!

— Você é um filho da puta corajoso quanto tem seus caras junto — diz Liam. — Vamos ver se fala isso tudo quando estiver sozinho.

— É para já.

— Lá fora. Agora.

— Vamos.

Pat diz:

— Liam, você não está em condições de...

— Foda-se — responde Liam.

— Isso é uma bobagem — Danny apela a Pasco.

Mas Paulie e Liam já estão caminhando para a porta, e o resto segue. No caminho de volta, Danny segura o pai pelo cotovelo, e, quando chegam lá fora, Liam e Paulie estão no estacionamento, punhos para cima. E então Danny ouve o tiro e Paulie cai. Ele rola no cascalho, segurando a perna, sangue jorrando por entre os dedos.

Tito está com a arma em punho, olhando para os barcos atracados do outro lado do canal, pois foi de lá que o tiro veio.

Peter ajoelha ao lado do irmão. Liam vai para o carro, Pat andando atrás dele, confuso. Danny pega o pai pelo cotovelo e, com a ajuda de Ned, o empurra para o carro. Jimmy já está esperando por eles.

— Acelera — Danny diz para Jimmy. — Caia fora daqui.

Pensando: por favor, Deus, não deixe Paulie morrer.

CATORZE

— O que você fez? — grita Pat com o irmão. Agarra-o pela frente da camisa e o chacoalha. — *Que porra você fez?*

A porta do quarto está aberta, e Danny vê Pam sentada na cama, assistindo à cena na sala. Ele começa a se levantar para fechar a porta, então pensa: *foda-se* — ela que veja o homem que escolheu.

— Quem era o atirador? — pergunta Pat.

Liam balança a cabeça. Pat dá um tapa forte na cara dele. Danny vê Pam se encolher ao assistir.

Mas ela assiste.

Liam diz:

— Mickey Shield.

— Quem?

Danny também não reconhece o nome.

— Ele é do outro lado — explica Liam.

— Porra.

Danny solta um suspiro. Liam está sempre enfiado nessas merdas irlandesas, agora trouxe alguém de lá para fazer um trabalho?! Jesus Cristo, Liam. Sabia que não conseguiria ninguém na Nova Inglaterra para fazer isso, então procurou os durões do Norte?

— O que você pagou a ele?

— Disse que talvez pudéssemos ajudar com umas armas ou algo assim.

Danny sente que a cabeça vai explodir. *Além de toda a merda que vai cair sobre eles agora, Liam fez promessas para a porra do IRA?! Sobre* armas! *Que vão trazer problemas com o FBI! Então, se*

os italianos não nos matarem, vamos passar o resto da vida em uma prisão federal?
— Você sabe o que fez? — pergunta Pat ao irmão. — Liam, você sabe o que fez com a gente?
Danny olha para Pam pela porta aberta.
Ela sabe.

Duas horas depois, Danny e Jimmy estão sentados no porão da casa da mãe de Jimmy na rua Friendship. Ela está jogando bingo.
Eles estão apavorados.
Totalmente apavorados.
A única coisa boa, a *única* coisa boa, é que Paulie Moretti vai sobreviver. A bala não acertou a artéria femoral nem o osso, mas a paz acabou, e agora Pasco Ferri não tem escolha a não ser soltar os cães. Ele foi pessoalmente insultado, apareceu, e sangue foi derramado. Agora estavam todos na merda, numa grande merda.
Danny faz os cálculos na cabeça. Eles têm dez, talvez quinze homens, com quem podem contar em uma luta; os Moretti têm ao menos o dobro de pessoas. Os irlandeses não têm recursos fora de Dogtown; os Moretti podem trazer atiradores de outras famílias da máfia. Os irlandeses têm alguns vereadores do Tenth e alguns policiais; os Moretti têm o prefeito, um punhado de deputados estaduais e um monte de policiais, incluindo dois investigadores do departamento de homicídios — O'Neill e Viola.
A batalha do dinheiro é desequilibrada: os irlandeses têm o sindicato dos estivadores, as docas e um pouco de jogos e agiotagem; os Moretti têm o sindicato dos caminhoneiros, o dos trabalhadores de construção, as máquinas de venda, cigarro e bebida, grandes operações de jogo, muito dinheiro na rua, casas noturnas de striptease e prostituição.
Este é o problema da guerra: o desafio de ficar vivo e, ao mesmo tempo, ganhar a vida. É duro, quando se está sendo caçado, sair e fazer suas coletas, conseguir algum ganho ou até ir e voltar do trabalho. É preciso ter dinheiro, uma reserva de guerra, para durar enquanto você se esconde e luta, e a maioria dos irlandeses de Dogtown — incluindo Danny — não tem muita coisa na poupança.
Jimmy encara Danny.

— O que quer que eu faça? — pergunta Danny.
— Liam é um bostinha inútil — diz Jimmy. — Eu sei e você sabe.
— Ele é *irmão* da minha mulher, pelo amor de Deus — retruca Danny. — Eu o conheço desde que era menino. Fiz sanduíche de manteiga de amendoim com banana para ele.
— Danny...
— O quê.
— Você sabe onde ele está? — questiona Jimmy.
Danny assente.
— Vou com você.
Danny balança a cabeça.
— Não. Eu mesmo cuido disso.

Eles esconderam Liam lá longe em Lincoln, em uma casa velha no campo no fim de uma estrada de terra.
No caminho, Danny faz uma parada para comprar hambúrgueres no White Castle.
Ele dirige até a casa. Sai do carro e bate na porta.
— Liam, sou eu, Danny. Trouxe comida.
Ele ouve movimentos lá dentro, então a porta é entreaberta. A corrente de segurança está presa, e Liam olha pela abertura, tira a corrente e o deixa entrar.
O lugar é um pardieiro. *Tapetes velhos, cheiro de mofo. Não é o que Liam se acostumou a ter*, pensa Danny, *provavelmente não é o que Pam esperava quando se casou com o príncipe.* Liam está sentado em um velho sofá, assistindo à TV. Danny entrega a ele a sacola de papel com hambúrgueres.
— Ah, obrigado — diz Liam.
— Estão frios, mas...
— Ainda estão bons — fala Liam. — Quer um?
— Pode ser. — Danny se senta no sofá. — O que está passando?
— Um filme de terror. Tire o casaco e fique um pouco.
— Cadê a Pam?
— Desmaiada no quarto — explica Liam. — Valium.
Ele consegue ver nos meus olhos?, Danny se pergunta. *Escuta meu coração disparado? Sabe que não vou tirar o casaco porque tem um .38*

no bolso? Provavelmente, não, Liam é muito egocêntrico para notar a merda de qualquer outra pessoa.

— Você não tem, tipo, uma Coca ou algo assim? — pergunta Danny. — Ginger ale?

— Dá uma olhada na cozinha — diz Liam.

Danny se levanta e vai para a cozinha, acha uma Coca-Cola na geladeira, volta para a sala e fica atrás de Liam, que parece absorto no filme de horror.

Agora é a hora, pensa Danny. Agora.

Ele pega a arma no bolso direito do casaco e saca. Engatilha, espera que Liam não ouça o clique.

Ele não ouve. Está devorando a porra do hambúrguer, rindo do monstro bobo que atravessa a tela na direção da cidadezinha japonesa falsa. Sem uma única preocupação, Liam. A porra do universo é dele e o resto de nós está só alugando o espaço.

Danny segura a arma baixo, atrás do sofá, onde Liam não conseguiria ver se virasse.

— Ei, Liam.

— Fala.

— Você se lembra do catecismo?

— Como eu poderia esquecer?

— É, bem, eu estava tentando lembrar do Ato de Contrição. Eu e Jimmy fizemos uma aposta e eu não conseguia lembrar.

— Brincadeira de criança — diz Liam, sem tirar os olhos da tela. — Ó meu Deus, eu me arrependo, de todo coração, de todos os meus pecados...

Agora. Para o inferno com a alma imortal dele, agora.

— E os detesto...

Danny levanta a pistola.

— Não porque temo o inferno, mas porque...

Então ele ouve a descarga da privada, o encanamento antigo geme. Pam está acordada.

Danny escuta água correndo. Ela está lavando as mãos.

Enfiando a arma de volta no bolso, Danny diz:

— Ei, Liam, é melhor eu ir embora.

— Você acabou de chegar.

Pam entra na sala.

— Vou dar um pouco de privacidade para vocês — diz Danny.

— Privacidade é o que mais temos — responde Pam. — Temos muita privacidade, não temos, Liam?

Danny volta para o carro.

Ele não acha que teria conseguido, de qualquer jeito.

Danny volta para Dogtown, só consegue encontrar um lugar para estacionar a três quarteirões de casa e tem arrepios de nervoso ao andar.

É assim que vai ser, ele pensa, *pela porra do resto da minha curta vida*. Olhar por cima do ombro, ouvir o que não existe, com medo do que há em cada esquina.

Ele escuta um carro dirigindo lentamente atrás dele e se força para não correr. Enfia a mão dentro do bolso do casaco e sente o .38. Aperta o revólver com força, antes de se permitir dar uma olhada para trás.

É um carro da polícia.

Não um carro preto e branco, mas um Crown Vic sem marcação que os caras à paisana usam. O automóvel estaciona ao lado dele e a janela do passageiro desce. Danny meio que espera uma rajada de tiros — o coração está na garganta, sente que pode mijar nas calças, mas O'Neill diz:

— Sossega. E, aliás, tire as mãos dos bolsos para mim, certo?

Danny vê que, ao lado dele, Viola está atrás do volante.

— Está tudo bem — responde O'Neill. — Alguém quer só uma palavrinha com você.

Danny tira cuidadosamente as mãos dos bolsos. O'Neill sai, o apalpa e tira a arma dele.

— Devolvo depois que vocês acabarem a conversa.

Ele abre a porta traseira e Danny entra.

Peter Moretti está ali.

Danny tenta sair, mas a porta está trancada. Os dois policiais ficam na calçada e começam a fumar.

— Acabei de visitar meu irmão no hospital — começa Peter.

— Como ele está?

— Ele tem a porra de uma bala atravessada na perna — diz Peter, perdendo a paciência. Ele respira fundo, e diz: — Mas vai ficar bem.

— Isso é bom.

— É bom para cacete — concorda Peter. — Escuta, Danny, eu quis falar com você, falar que não temos nenhum problema com os Ryan. Já sabemos que você não tem nada a ver com a ação desgraçada que aconteceu nesta tarde...

— Peter, os Murphy não...

Peter levanta a mão.

— Nem tente. Isso já é passado. Não há possibilidade de paz com os Murphy, nem se eles pendurarem aquele merdinha filho da puta no mastro do palácio do governo. O que posso dizer é que a facção dos Ryan pode sair fora. Os Murphy colocaram vocês em uma posição muito difícil; vocês têm todo o direito, com base nisso, de optar por ficar fora da guerra.

Pasco o fez vir, pensa Danny, *por sua amizade com meu pai. Mas também é uma jogada inteligente. Peter sabe que se a "facção dos Ryan" estiver em suas mãos, os Murphy ficam sem mim, Jimmy Mac, Ned Egan e talvez mais um par de atiradores em potencial. E Bernie Hughes, que era um dos caras de Marty antes que ele caísse. Ele vai ficar com os Ryan, e Peter sabe.*

— O que os Murphy já fizeram por você? — pergunta Peter. — Caralho, eles pegaram a parte de seu pai no negócio e te dão as migalhas da mesa. Tratam você feito o enteado ruivo.

Aquilo tudo é verdade, pensa Danny.

— Não estou te pedindo para ir contra eles — continua Peter. — Sei que não faria isso e respeito. Mas se só ficar de fora, quando acabar... e você sabe como vai acabar, você não é burro... estaremos dispostos a devolver o que é seu de direito. Seu pai teria o respeito que ele merece; você seria o chefe.

— Pasco...

— Ele concordou com isso, é claro — responde Peter. — Mas você precisa saber que ele está indo para a Flórida, vai mesmo se aposentar dessa vez. Sou o novo chefe da família. Paul vai ser meu segundo homem.

Então Dogtown acabou, de qualquer jeito, pensa Danny. *Com Pasco fora do caminho, os Moretti vão tomar o que querem e usar toda essa confusão de Liam como desculpa. O navio está partindo, a questão é só se quero partir junto.*

Peter Moretti está jogando um grande colete salva-vidas.

— Não precisa dar a resposta agora — diz Peter. — Pense a respeito, depois você fala comigo. Pode falar com O'Neill ou o Viola ali.

— Certo.

— Mas não demore. — Peter faz um sinal com a cabeça para os policiais lá fora e O'Neill abre a porta. Danny começa a sair. Peter se estica, toca a mão dele e diz: — Danny, quero que saiba que não temos nada além de respeito e afeto por você e por seu pai. Por favor, mande meus cumprimentos a ele.

— Claro.

— Boa noite, Danny. Aguardo a sua resposta.

— Boa noite.

Danny vai andando até em casa, tira as roupas e entra na cama ao lado da esposa.

Ela está quente sob os cobertores.

— Estou atrasada — murmura Terri.

Danny acha que ela está semiadormecida.

— Você quer dizer que *eu* estou atrasado.

— Não — diz Terri. — Eu estou atrasada.

Deve ter sido aquela noite na praia, ele pensa, *depois da caldeirada de Pasco Ferri*.

PARTE DOIS

CIDADE EM CHAMAS
PROVIDENCE, RHODE ISLAND
OUTUBRO DE 1986

"Deste modo junto das naus recurvas envergaram as armas [...] insaciável no combate, os Aqueus. E o mesmo fizeram os Troianos na inclinação da planície."

HOMERO, *ILÍADA*, LIVRO XX

QUINZE

O telefone o desperta logo cedo.
    Danny se vira e atende.
    — Alô?
— Graças a Deus. — É Pat. — Danny, caia fora daí.
— Do que está falando?
Os Moretti atacaram, e com força.
Três mortos.
— Quem? — pergunta Danny, o cérebro ainda meio enevoado.
— Vou falar quando chegar aqui — diz Pat. — Apenas caia fora daí.
— Jimmy?
— É meu próximo telefonema.
— Vou ligar para ele.
Danny se senta, aperta os números de Jimmy Mac.
— O que é? — pergunta Terri, acordando irritada.
— Nada bom — diz Danny.
Ele sente que não consegue respirar, como se houvesse uma faixa o apertando em torno do peito enquanto ele escuta o telefone de Jimmy tocar. Atenda a porra do telefone, atenda a porra do telefone, Jimmy...
— Danny? Que porra.
Danny conta a ele as notícias.
— Jesus Cristo.
— Venha armado.
Danny desliga e aperta o número do pai. Marty atende no primeiro toque, diz:

— Ainda estou respirando, se é o que você quer saber.
— Pat ligou para você?
— John.
— Ned está com você?
— Está.
— Ligo quando souber mais.

Danny coloca os jeans, uma camiseta, prende um coldre no ombro com o .38 e coloca uma camisa de trabalho jeans por cima. Ele chega e Terri já está na cozinha. Ela está fazendo café e tem bacon na frigideira para os ovos dele. Danny gosta deles torrados, quase queimados. Fazer as pequenas coisas, manter a rotina, Danny sabe que esse é o modo dela de lidar com a situação.

— Apenas me diga — pede ela, sem tirar os olhos do fogão. — É Liam?

— Acho que não.
— Papai? — A voz dela treme.
— Pat teria dito.
— Então quem?
— Não sei, Terri. Só sei que é ruim.

Ele quer dizer a ela que está a salvo no momento, que tem a escolha de simplesmente cair fora. Mas ainda não decidiu o que vai fazer e, de qualquer modo, não sabe como contar.

— Vá para a casa dos seus pais, cuide da sua mãe.

O bacon começa a fumegar. Terri o retira e o coloca em uma folha de papel toalha dobrada sobre um prato, quebra dois ovos na frigideira e os frita na gordura quente. Então pega duas fatias de pão Wonder e as coloca na torradeira.

— O que vamos fazer? — pergunta ela.
— Em relação a quê?
— Vamos ter um *bebê*, Danny.

Ela está com lágrimas nos olhos. É incomum para Terri; ela não chora muito. Danny a abraça, e ela coloca a cabeça no ombro dele e chora.

— Vai ficar tudo bem, Terri — diz ele. — Vai ficar tudo bem.
— Como, Danny? — questiona ela, endireitando o corpo e o olhando nos olhos. — Como vai ficar tudo bem?

— Simplesmente vamos embora — sugere Danny. — Eu, você e o bebê.
— Para onde?
— Califórnia.
— Califórnia de novo — diz Terri. — O que você tem com aquele lugar?
— Dizem que é legal.
— Não dá para a gente simplesmente se mudar — retruca Terri. — É preciso de dinheiro para isso. Você não tem um emprego lá... e precisamos de seu plano de saúde.

Ela se afasta dele, volta para o fogão, vira os ovos e usa a espátula para romper as gemas. Danny gosta de ovos duros, com a gema espalhada.

— Vou arrumar um emprego — diz ele. — Com benefícios.
— Como?
— Terri, pare de *pegar no meu pé*, tá?!
— Não grite comigo!
— Bem, não grite *comigo*!
— Faça seus próprios ovos. Babaca.

Ela sai.

Danny desliga o fogão. Decide que não tem tempo para bacon e ovos, então se serve de uma xícara de café, leite e açúcar e leva com ele.

— Vá para a casa dos seus pais! — grita ele.

Danny sai pela porta.

Anda até o Gloc.

Bem alerta, para o caso de os Moretti acharem que não receberam sua resposta rápido o bastante.

Dois carros descaracterizados da polícia estão parados na frente do Gloc quando Danny chega. *Bom saber*, ele pensa, *que ainda temos alguns policiais*. Os Moretti não vão atacar o Gloc na luz do dia, não depois da noite passada, mas não custa ser cauteloso. Ele cumprimenta os policiais com a cabeça e entra.

Bobby Bangs está atrás do balcão, enchendo garrafas de café. Jimmy Mac já está ali, observando a porta. Ele pega Danny pelo cotovelo e diz:

— Querem você lá no fundo.
— É?

— Foi o que disseram.

Danny abre a porta da sala dos fundos. Eles estão reunidos na baia de sempre — John, Pat e Bernie.

Ele não vê Liam.

— Obrigado por vir — diz Pat.

Anda até ele, coloca os braços em torno dos ombros de Danny e vai com ele até a mesa.

Agora, pensa Danny, *tenho um lugar na mesa.*

Agora.

John o cumprimenta com um gesto de cabeça. Um gesto de respeito, reconhecimento. Danny acha que ele parece subitamente velho, e talvez esteja, porque claramente é Pat quem conduz o encontro.

— Quer alguma coisa para incrementar esse café?

— Não, estou bem.

— Certo — diz Pat. — Vamos lá, e não é bom...

Brian Young, Howie Moran, Kenny Meagher, todos mortos. Young e Moran, por tiros de longe — uma bala na cabeça e o outro no coração. Meagher, à queima-roupa, quando saía de uma casa noturna.

Não é surpresa que John esteja parecendo um velho agora.

Danny mesmo não se sente muito jovem. Brian e Kenny — dois amigos, caras com quem fora à escola ou conhecia da vizinhança. Festas, jogos de hóquei, casamentos.

Agora vão ser velórios e funerais.

— Devem ter planejado isso por um bom tempo — Pat está dizendo. — Conhecem os hábitos, os carros... Foi Sal Antonucci.

— Para o lance de perto, talvez — diz Danny. — Os outros? Longo alcance? Não é ninguém da equipe de Sal nem da de Peter e Paul. Trouxeram alguém de fora.

— Steve Giordo?

Steve "o Franco-Atirador" Giordo supostamente conseguiu o apelido por ter sido atirador no Exército, mas Danny acha que é mais pelo fato de sua arma de escolha ser um fuzil de longo alcance.

Giordo é de fora de Hartford e faz trabalhos tanto para Boston quanto para Nova York. Más notícias em mais de uma frente — Giordo é muito bom, e Boston e Nova York precisariam ter concordado para que ele fizesse um trabalho em Providence.

É uma situação impiedosa — Boston e Nova York apoiando os Moretti, Sal Antonucci e Steve Giordo no front e três dos caras que poderiam enfrentá-los mortos.

Foi bem planejado, pensa Danny.

Assim como o movimento de Peter tentando tirar a facção dos Ryan das fileiras. Enquanto ele ainda falava comigo, os soldados dele estavam matando gente. Planejado, cronometrado e coordenado — nada que ele pudesse ter feito no espaço de tempo desde o encontro "de paz". Os Moretti iam seguir de qualquer forma, usar a paz para nos amaciar e então, nos atingir.

Liam apenas se adiantou.

E deu a eles uma desculpa.

Agora Peter consegue o que sempre quis e será a parte ofendida, o inocente ferido.

— Certo — diz Pat. — Estamos mal, mas não fora do páreo. Se conseguirmos chegar a Sal e Giordo, ainda estamos vivos.

Como se fosse um jogo de hóquei, pensa Danny.

Bernie Hughes assopra a xícara de chá e fala:

— Sal é uma coisa, cedo ou tarde vai enfiar a cabeça para fora e podemos arrancá-la. Giordo é outra. O homem nunca aparece a não ser para matar, e rápido. É um dos melhores profissionais do mundo, e não temos ninguém para competir com ele.

— E Ned Egan? — pergunta John a Danny. — Seu pai nos emprestaria os serviços dele?

— Ned gosta de trabalhos de perto — diz Danny. — Ned é o cara para chegar perto de alguém e atirar no peito, mas não é nenhum franco-atirador.

Eles sabem que Danny está certo.

— Eu vou — oferece Pat.

Danny vê John se retrair.

— Você está fora da sua categoria de peso — diz Bernie rapidamente.

O que Danny sabe que é código para *John não vai arriscar um de seus filhos, mas não pode dizer ele mesmo*.

Pat não concorda, porém. Pat é uma porra de um herói, um cara decente. Além disso, sente-se culpado pelo irmão ter causado tudo aquilo e estar escondido, enquanto outras pessoas sangram pelo que ele fez.

Pat acha que precisa redimir a honra da família.

E vai morrer fazendo isso.

Então Danny pede:

— Deixe que eu faça uma tentativa.

Silêncio constrangedor, que Pat finalmente quebra colocando o braço em torno do ombro de Danny e dizendo:

— Danny, fico grato, acredite. Mas você não é nenhum matador.

Danny Ryan é bom com as mãos, mas nunca fez o serviço em ninguém, muito menos um matador frio como Steve Giordo.

— Vou chegar perto — diz Danny.

— Você não vai *chegar* perto — retruca Pat. — Nenhum de nós vai.

— Eu sei como — garante Danny.

Todos no salão olham para ele.

— Eu sei como — repete.

DEZESSEIS

Está um gelo na praia.

Porcaria de outubro e já está frio. O vento sopra do norte, as espumas das ondas parecem as barbas de velhos tristes.

Mesmo usando seu casaco pesado, Danny estremece e bate os pés, esperando que Peter Moretti apareça. Finalmente um carro para no estacionamento e Danny vê O'Neill e Viola saírem, checarem se Danny está sozinho.

Devem ter ficado satisfeitos, pois Peter sai do carro e anda até a praia.

Casaco de pelo de camelo, mas nada na cabeça, porque sempre foi vaidoso com o cabelo e não vai bagunçá-lo com um chapéu. Danny usa um gorro de lã, porque foda-se a vaidade. É bom ver que Peter sente o frio. Bom vê-lo estremecer.

— Não poderíamos ter feito isso no Polo Norte? — pergunta Peter.

— Se alguém me visse com você...

— Estava começando a me perguntar — diz Peter. — Faz quanto tempo, duas semanas?

— Estive ocupado — responde Danny, olhando para ele. — Funerais e velórios.

Peter dá de ombros.

— Guerra é guerra. Que porra você achou que eu fosse fazer?

— Você queria essa guerra. Quer as docas, o resto das operações dos Murphy.

— Vamos conversar no carro — pede Peter. — Tem um bom aquecedor naquela coisa.

— Gosto daqui fora — diz Danny. — E, se Cagney e Lacey ali derem um passo na nossa direção, eu atiro nas tripas deles.

— E então, por que quis me encontrar, Danny?

— Porque você vai vencer.

Peter assente graciosamente. A porra de um sorriso arrogante no rosto.

— Vê? Foi isso que eu quis dizer. Os Murphy sempre subestimaram você. Você é mais inteligente que qualquer um deles.

— Vou falar o que eu quero — diz Danny. — Um: a parte dos Ryan nos negócios volta para mim e meu pai, como você disse, comigo no escritório. Dois: ninguém toca em meu pai, nem agora, nem nunca.

— Há um três?

— Pat Murphy fica de fora.

— Nem fodendo — responde Peter.

— Vá aproveitar seu aquecedor.

— Seja razoável — diz Peter. — Mesmo se eu deixasse Pat de fora, ele não ia querer. Você o conhece, ele não vai deixar de atacar. Admiro isso, sinceramente. Mas deixá-lo de fora? Depois do que os Murphy fizeram com meu irmão? Esqueça.

— Você não ouviu o que eu tenho a oferecer.

— Você não tem como oferecer o que...

— Liam.

Peter realmente parece chocado. Ele pergunta:

— Você faria isso?

— Eu tenho um filho a caminho — diz Danny. — Minha própria família para cuidar. Mas você precisa me dar Pat.

Peter olha para o oceano, como se houvesse uma resposta em Block Island. Então, diz:

— Se você me der Liam, eu não faço nada contra Pat, a não ser que ele venha atrás de mim ou dos meus.

— Certo — responde Danny. — Liam tem uma mulher por fora.

— Você está me zoando — diz Peter. — Ele está trepando com *ela* e comendo por fora?

Danny dá de ombros.

— Ele a encontra nas noites de quinta. Rua Weybosset, 58.

— Quem é a garota? — pergunta Peter, desconfiado. — Uma profissional?

— Ela é semiprofissional — responde Danny. — Serve bebida no Wonder Bar. Cathy Madigan. Dá uma checada nela, se quiser. Liam aparece umas nove, trepa com ela, vai embora às dez ou onze e diz a Pam que saiu a negócios.

Ele sabe que vão verificar. E vão encontrar uma Cathy Madigan trabalhando no Wonder Bar. Vão confirmar o endereço dela. Podem até vê-la levar um cliente para casa. O resto da história sobre Liam é mentira. Mas ele também sabe que não vão se aproximar da garota, não vão questioná-la, por medo de espantar Liam. Mesmo se o fizerem, o vício em jogos de Cathy Madigan a deixou devendo cinco mil mais a taxa de aposta. Ela está morrendo de medo, vai dizer o que mandarem.

— Se isso for verdade — diz Peter —, você é um tesouro.

— Não fode tudo — recomenda Danny.

Ele anda de volta para o carro.

Liga o ar quente na direção dos pés no máximo.

É bom esquentar os pés.

DEZESSETE

Jimmy Mac gosta do Dodge Charger porque tem motor V8 e portas boas e pesadas, um pouco de músculo e metal para tirá-lo de uma encrenca rápido ou ao menos lhe dar um pouco de proteção. Ele puxa um pino abaixo da direção e diz a Danny:

— Isso apaga as luzes internas. E dê só uma olhada. — Ele aponta para uma chave diferente. — Coloquei outro tanque e o conectei ao escapamento. Viro esse pino e solta uma nuvem de fumaça preta para trás. Coisa de James Bond, não é?

— Tem um assento de ejeção?

— Me dê uns dias — diz Jimmy. — Quando eu pisar no acelerador, esta coisa vai *voar*, filho. Fazemos a coisa, você entra, estamos em Vermont antes que as bolas desçam da garganta.

Jimmy está tentando se reassegurar porque sabe que aquele lance é *arriscado*. Danny basicamente vai servir de isca para atrair Steve Giordo, e Jimmy não gosta. Acha que Liam deveria ir, mas o Velho Murphy não quis saber.

Na verdade, foi Danny quem os convenceu a mandá-lo.

— Eu tenho mais ou menos a altura de Liam — disse ele. — Vou usar capuz, sair do carro na frente do prédio de Madigan, vai estar escuro, não vão notar a diferença.

— Não posso deixar você fazer isso — falou Pat.

— Só tenha certeza de que o atirador é bom — pediu Danny.

Na quinta à noite, vão a Pawtucket pegar o atirador.

Os Murphy o alojaram em uma quitinete no segundo andar nos fundos de um prédio. Saíram, compraram um pouco de chá, as latas de leite condensado que ele queria ovos, salsichas e pão, assim ele poderia fazer uma "fritada de verdade".

O atirador é de uma brigada do IRA Provisório em Armagh.

Danny não acredita na Causa. Acha uma besteira o "patriotismo" sentimental por um país em que nunca esteve. Não dá a mínima se os Seis Condados permanecem britânicos ou se se tornam parte da Irlanda ou da Islândia, por ele.

Os Murphy são bem comprometidos com ela. Acham que têm responsabilidades como irlandeses que sobreviveram e prosperaram. Como é que Pat chamava? A diáspora irlandesa? Seja a droga que fosse. Ficavam todos chorosos no aniversário da Revolta da Páscoa, faziam uma pequena cerimônia, passavam o chapéu para os "homens que ainda lutam". Foi depois da coisa do Sands que começaram a cantar o hino nacional irlandês na hora de fechar. Em gaélico, como se alguém entendesse.

Danny acha que é culpa. Por não terem morrido no velho país com grama na boca nem sido explodidos por um pelotão de fuzilamento britânico. A verdade, porém, é que muitos dos irlandeses de Providence vieram dos condados do Norte, Donegal em particular, e ainda têm laços familiares com eles. E conexões com homens duros que precisavam de armas e desejavam trocar equipe por armamento.

— Está fedendo aqui — comenta Jimmy, enquanto estão no corredor fora da porta. — O filho da puta deve fazer tudo frito. Meu Deus, as artérias dele.

A porta se abre.

Danny não sabe o que esperava da aparência de um homem do Provo, mas não era isso. Ele é baixo, por volta dos 25 anos, tem um rosto magro, pequeno, cabelo bem preto e uma barba de três dias.

— Sou o Mickey — diz ele. — Você deve ser Ryan.

— Sou o cara em quem você *não* atira — responde Danny. — Este é o Jimmy. Está pronto?

— Nasci pronto. — Ele coloca o fuzil AR-15 em um estojo de plástico e o pendura no ombro. — Matei alguns britânicos com isto.

Ótimo, pensa Danny. Alguns moleques pobres de alguma favela de merda britânica que não têm outra chance além do Exército são mandados para os guetos da Irlanda do Norte, pouco diferentes de seus próprios bairros, e mortos por uma bala de longo alcance disparada por um cara que nunca chegam a ver.

Pelo quê? Por uma mudança de bandeiras? Conheça o novo chefe, a mesma coisa que o velho chefe.

Eles saem de novo.
Jimmy e Mick entram no carro de trabalho.
Danny vai para trás do volante do BMW preto de Liam.

Eles sabem como Giordo vai agir.

Ele estará no próprio carro — talvez com um motorista, talvez sozinho — estacionado em algum lugar do outro lado do prédio de Cathy Madigan. Vai procurar o carro de Liam, abrir a janela, esperar que Liam saia, fazer o trabalho e cair fora.

Aquele é o cenário mais provável, e é com esse que fizeram os planos. O outro é que os Moretti tenham acesso a um apartamento do segundo andar do outro lado da rua, a velha merda de Al Capone. Ou Giordo estará sobre um telhado. Se for um desses, Danny está totalmente fodido.

Mas ele duvida que seja.

Entrar em um apartamento significa testemunhas, e tiros do telhado são difíceis até para o Franco-Atirador. Os Moretti sabem que pode ser o único tiro deles contra Liam e não vão correr riscos. E Giordo gosta de fazer o serviço rápido.

Então, é mais provável que seja um carro.

Ainda assim, Danny está nervoso — Seja honesto, ele pensa, *cagando de medo* — enquanto dirige. Ele nem tem certeza de por que está fazendo isso — talvez sejam os três amigos assassinados, ou por Peter ter ferrado com ele, ou por se sentir culpado em ter considerado a oferta dele. Provavelmente é mais por ainda ser leal aos Murphy, essa conexão que parece não conseguir quebrar. Como se sempre tentasse provar algo a eles.

Ele não tem certeza do quê.

Mas se eles conseguirem tirar Giordo da jogada, aquilo deixaria Sal como o principal dos Moretti. Talvez Peter tenha medo e peça para negociar.

Danny vai para a rua Weybosset.
Provavelmente a única vez na vida, ele pensa, *que vou dirigir um BMW.*

No carro, Mick diz:

— Tenho algumas regras. Quando chegarmos perto, sem conversa fiada. Não quero um monte de falação nervosa. Você abre a janela quando eu mandar, nem um segundo antes, nem um segundo depois. E não fique com pé nervoso no acelerador, deixe o carro imóvel até eu falar dar a partida. Aí você vai. Entendeu, campeão?

— Eu tenho uma regra também — responde Jimmy. — É o meu amigo que está lá fora. Se você foder tudo e ele se machucar... pego a pistola no bolso e estouro seus miolos. Entendeu, campeão?

Danny entra na Weysbosset.

A rua está cheia de carros estacionados, enfiados na neve suja fuliginosa. Difícil saber qual é o de Giordo — o Audi prata, o Lincoln preto, a van velha. Ele acha um lugar e começa a fazer baliza, no que em geral é ruim. Normalmente, Danny dirigiria mais uns oitocentos metros antes de fazer baliza para estacionar, e agora suas mãos estão tremendo. Ele ouve o pneu de trás raspar na sarjeta, imagina que esteja perto o suficiente e desliga o motor.

Está usando um velho suéter da Providence College debaixo do casaco de lã. Verifica se o .38 ainda está no bolso do casaco, o abotoa, puxa o capuz sobre a cabeça e sai.

Danny está furioso porque suas pernas estão tremendo e está com dificuldade para respirar. Os pés dentro das botas de trabalho parecem de chumbo quando ele pisa na calçada. Ele respira fundo, enfia as mãos nos bolsos e começa andar os dez metros que o separam do prédio de Madigan.

Se o tiro vier, vai vir agora.

Então ele vê Jimmy no carro de trabalho subindo a rua.

A janela do passageiro se abre, Mick coloca o fuzil para fora e descarrega o pente no Audi prata.

Danny se abaixa na porta de Madigan quando faíscas saem do Audi. As balas atingem Mick na boca, partem sua língua e estilhaçam sua mandíbula. O irlandês cai sobre a maçaneta da porta. Ela abre, e ele cai no chão.

Jimmy atira no carro e desce voando a rua.

Giordo, com uma mancha ensanguentada no ombro, sai do carro, olha para ver para onde foi "Liam" e vê Danny na entrada.

Danny jamais saberá o que aconteceu, mas algo toma conta dele e saca a pistola do bolso, aperta o gatilho repetidamente, gritando com raiva e medo enquanto cruza a rua correndo na direção de Giordo.

Ele erra todos os tiros.

Porém Giordo recua, enquanto ele atira.

Danny sente um golpe atingir o quadril. O tranco o faz girar e ele não consegue ficar de pé nem segurar a pistola, o mundo parece deixá-lo de joelhos. Ele se apoia em uma mão e vê Giordo apontando o rifle para ele.

Ó meu Deus, eu me arrependo, de todo coração, de todos os meus pecados... E os detesto...

Jimmy sai cantando pneu pela rua, colocando o carro entre Danny e Giordo. Esticando-se, ele abre a porta do passageiro, pega o punho de Danny e o puxa para dentro do carro.

As balas de Giordo batem no carro como granizo.

Com Danny ainda metade para fora do carro, Jimmy pisa fundo no acelerador e muda o pino de lado.

A nuvem de fumaça os esconde da mira de Giordo.

Danny perde a consciência.

Ele acorda em uma cama de hospital.

Lençóis limpos e frescos, uma dor distante.

Uma mulher está sentada em uma cadeira ao lado da cama. Uma bela mulher de cabelos ruivos. No começo, Danny pensa que é uma enfermeira, mas ela não tem uniforme de enfermeira. Ela veste roupas caras e seu perfume é encantador.

Ele fica assustado por um segundo, pois acha que talvez esteja morto e aquilo seja o céu. Ele relembra o tiroteio, a dor lancinante quando a bala acertou o osso do quadril.

Talvez eu tenha morrido, ele pensa, *talvez eu esteja morto.*

— Quem é você? — pergunta ele, zonzo.
— Você não me reconhece?
Agora ele olha para essa mulher e se lembra de uma fotografia na gaveta da cômoda do pai.
É ela.
Sua mãe.
Madeleine.
— Cai fora — diz Danny.
Não precisei de você antes, não preciso de você agora.
— Danny — chama ela. Belos olhos verdes molhados de lágrimas.
— Meu bebê.
— Fora — repete ele.
É como falar com algodão na boca, em meio a uma névoa fria e prata. Apenas me deixe voltar a dormir. Quando eu acordar, você vai ter ido embora, como sempre.
— Você vai ficar bem, querido — diz Madeleine. — Consegui os melhores médicos.
— Vá para o inferno.
— Não tiro sua razão, Danny — diz ela. — Quando for mais velho, talvez entenda.
Quando você sofre, eu sofro.

DEZOITO

Começou cedo.

A própria mãe de Madeleine McKay achava que a menina tinha nascido "já com catorze anos", pois parecia sexualmente consciente, mesmo quando bebê. E que menininha linda ela era, com um rosto perfeitamente simétrico, ossos da face proeminentes que pareciam esculpidos em mármore Calacatta, olhos esmeralda brilhantes, cabelo ruivo vibrante.

A jovem Darlene (ela ainda não era Madeleine) tinha consciência de sua beleza sensual precoce, sedutora de um jeito que tornava mulheres adultas passivamente hostis e deixava os homens desconfortáveis. Ela sabia e usava aquilo com uma gloriosa falta de vergonha. Descobriu cedo o corpo, seu potencial para o prazer; brincava com ele como um brinquedo maravilhosamente alegre, um presente de Deus.

Na verdade, poucos outros presentes lhe tinham sido dados.

A família de Darlene era pobre, mesmo para os padrões modestos de Barstow, Califórnia. O pai, Alvin, nunca conseguiu um emprego que não conseguisse perder, mas ao mesmo tempo insistia que "nenhuma esposa minha vai trabalhar". Fora de casa, pelo menos — Alvin tinha muito tempo livre para engravidar Dorothy e encher as casas de aluguel e trailers com cinco filhos, sendo Darlene a mais velha.

Ela não teve infância — estava ocupada sendo mãe de dois irmãos e duas irmãs, pois, depois do bebê número três, Dorothy desistiu. Chame de depressão pós-parto, de depressão normal, de fadiga, de erosão constante da pobreza, de ataques incessantes de proprietários atrás de aluguel atrasado, mas ela basicamente desistiu. Passava a maioria das noites no sofá, tomando pílulas baratas com bebida ainda mais barata, e os dias na cama, com as cobertas sobre a cabeça.

Alvin, o modelo ideal da ética de trabalho puritana, uma vez a descreveu para Darlene como "inútil como tetas em um touro".

Então era Darlene, a partir dos oito anos, quem pegava as crianças da escola, fazia o almoço, lavava as roupas e aparecia (de modo absurdo, mas a sério) em reuniões de pais e mestres, dava banhos, secava as lágrimas dos irmãos.

Ela mesma derramava poucas, reconfortada com o consolo de seu corpo. Sua melhor companhia era sua imagem no espelho, a imaginação do que ela se tornaria.

Darlene queria ser Marilyn Monroe.

Cuidadosamente recortava fotos das revistas de Dorothy e mantinha um álbum debaixo da cama. Tentava arrumar o cabelo como o de Marilyn, seguia as mudanças de estilo dela, o modo de vestir. Não havia dinheiro, é claro, para roupas novas, mas Darlene tinha um talento, um dom para transformar o vestido mais desmazelado com apenas uma fita, um cinto usado, um corte de tesoura pouco convencional.

Na adolescência, o seu corpo se desenvolveu bem diferente do da sua musa. Ela tinha o busto de MM, mas suas pernas ficaram longas e esguias. Seu rosto assumiu uma intensidade esculpida, oposta à suavidade de MM; seus lábios eram mais finos, a boca, mais larga.

Ela não ficou decepcionada. Darlene notava os olhares que recebia dos meninos na escola, dos homens nas ruas, as miradas invejosas das mulheres; sabia que era atraente, que poderia ter o garoto que quisesse.

Darlene não queria nenhum.

Não em Barstow.

Darlene queria Hollywood.

O que ela não queria era pegar barriga. Darlene não queria dormir com algum rapaz em Barstow, engravidar, virar a mãe dela. Mantinha uma disciplina de ferro com os poucos rapazes com quem saía. Ia para o estacionamento, mas só no banco da frente. Permitia que tocassem seus seios, mas apenas por cima da blusa e nunca nada abaixo da cintura. Beijava na boca, uma vez esfregou a virilha de um rapaz sobre o jeans, mas, não importava o quando implorassem, o quanto reclamassem de ficar "com as bolas doendo", não batia punheta nem fazia boquete.

Era tão frustrante para ela quanto para eles, e, depois de uma noite de apalpamento frenético e resistência rígida, ela voltava para casa, ia para a cama e se satisfazia.

É claro, sua reputação de promíscua crescia na proporção inversamente direta ao quanto casta ela era. Como vingança por suas recusas, os rapazes se gabavam do que tinham feito com ela, do que ela tinha feito com eles; eles a chamavam de "Facilene" e "Putilene".

Ela não tinha amigas — as outras meninas ou tinham inveja ou eram críticas. Os rapazes ou tentavam transar com ela ou ficavam longe por saber que não podiam. Seus irmãos eram mais como filhos.

Darlene era solitária, mas, em uma personalidade forte como a dela, a solidão se torna autossuficiência. Ela se bastava, via-se como uma pessoa sozinha no mundo, a única pessoa em quem podia confiar era a garota no espelho, e tudo bem.

A garota no espelho não era Facilene ou Putilene.

Era Madeleine McKay.

Rica e independente.

Garota glamorosa.

Estrela de cinema.

Ela foi para o outro lado.

Literalmente.

Naqueles dias, a maior razão da existência de Barstow era ser um ponto entre Los Angeles e Las Vegas. A primeira ficava a oeste, a última, ao leste, na Rodovia 15.

Aos dezessete, Darlene se olhou no espelho e fez uma avaliação fria e objetiva. Tinha 1,67 metro de altura — alta demais para ser estrela de cinema. Ocorreu-lhe apenas uma vez que aquilo era uma injustiça — ela considerou o machismo como a realidade e decidiu que a estrada para seu futuro ia para o leste.

Em Las Vegas, quanto mais compridas as pernas, quanto mais alta a garota, melhor.

Se ela não podia ser atriz, seria dançarina de espetáculo.

Não era seu sonho, mas era melhor que ser garçonete, mãe ou dona de casa.

Então, uma noite, Darlene banhou diligentemente os irmãos e as irmãs e os colocou na cama. Arrumou as roupas deles, preparou comida para a manhã seguinte e colocou na geladeira. Então pôs seus poucos pertences em uma malinha e saiu pela porta, foi a uma parada de caminhões saindo da Rodovia 15 e esticou o dedão.

Foi levada imediatamente.

Com sorte na vida pela primeira vez, o motorista só queria um pouco de companhia, até comprou um hambúrguer para ela quando pararam em Baker, e a deixou intacta na Las Vegas Strip.

O nome dele era Glen, e ela jamais o esqueceu.

Em Las Vegas, moças bonitas eram como limalha de ferro, e havia ímãs em todo canto. Grandes apostadores, pequenos apostadores, cafetões, gângsteres, empresários, agentes, caça-talentos e combinações de todos eles.

Darlene teve sorte de novo.

Comendo no bufê de um hotel-cassino barato, foi notada por um agente-empresário relativamente honesto, relativamente não predatório, chamado Shelly Stone, que se aproximou dela com o cartão de visitas na mão.

"Está procurando trabalho, senhorita?"

"Estou."

"Qual seu nome?", perguntou Shelly.

"Madeleine McKay."

Ela escolheu o nome porque soava como Marilyn e, além disso, era francês e classudo.

"Belo nome." Ele fingiu acreditar nela. "Quantos anos você tem?"

"Vinte e um."

Ele fingiu acreditar naquilo, também. Certamente ela parecia ter 21, ou, pelo menos, parecia adulta.

"Sabe dançar?"

"Sei."

Nisso ele nem fingiu acreditar. Mas, no emprego de iniciante que tinha em mente para ela, não era preciso dançar de verdade, só andar e manter a cabeça erguida. Não era fácil como parecia, mas a garota tinha uma aura de confiança da qual ele gostara.

"Se eu conseguir um emprego para você, fico com dez por cento de tudo o que ganhar", disse Shelly. "Eu pego seu pagamento, eu lhe dou o dinheiro."

"Não", respondeu Madeleine. "*Eu* pego meu pagamento, eu lhe dou *seu* dinheiro."

Shelly riu.

Aquela garota seria um sucesso.

Ele conseguiu um quarto de hotel decente para ela e explicou que era um adiantamento do primeiro pagamento. Na manhã seguinte, a levou a um teste para um dos espetáculos menores na cidade, no qual o diretor, que Shelly conhecia desde a Santa Ceia, olhou para ela como um pedaço de carne e gostou do que viu.

"Você é uma gazela com peitos. Que experiência você tem?"

"Nenhuma."

"Ótimo", disse ele. "Não preciso desensinar. Venha toda noite, assista ao show, a primeira garota que ficar doente ou com a gravidez visível, você entra."

Richard Hardesty ensinou muita coisa a ela.

"Sabe porque sou um diretor tão bom?", perguntou a ela uma noite, enquanto assistia ao show. "Porque não tenho interesse nenhum no que está no meio das pernas de vocês. Só me importa que se mexam em coordenação perfeita."

Outra noite, ele perguntou:

"Sabe a diferença entre uma dançarina de striptease e uma bailarina de espetáculo? E não tem nada a ver com o tanto de roupa ou com a falta dela. Uma dançarina de striptease vende uma fantasia visceral, uma bailarina de espetáculo vende um sonho etéreo."

Em outra, ele perguntou a ela:

"Sabe porque os homens trazem acompanhantes para esses espetáculos, muitas vezes as esposas? Porque excita os dois. Quando voltam para o quarto, a senhora de Iowa se transforma em você."

Depois de duas semanas desse tutorial socrático, Madeleine conseguiu sua chance, graças a algum camarão estragado no bufê. Ela colocou a fantasia — um biquíni de lantejoulas, um adereço de cabeça alto, com plumas, e saltos altos — e apareceu em *Venus in Vegas*.

Uma semana depois disso, conseguiu um papel regular e um aumento quando Richard despediu uma garota por ter engordado 1,5 quilo.

Madeleine passou a trabalhar bastante. Dividia um apartamento com outras duas garotas do espetáculo. Quando acabou, Shelly a levou para um espetáculo maior em um hotel melhor, e ela estava encaminhada.

Embora seja exagero dizer que todo cara em Vegas tentou trepar com ela, não é *muito* exagero. Ela era uma sensação, a mais bela entre as belas, que realmente se destacava, uma aparência nova, e quase todo cara solteiro — e muitos casados — que a viam tentavam algo.

Ela era impérvia.

Literalmente impenetrável.

Tinha reputação de rainha do gelo.

Quase deixou um alto apostador louco uma noite na suíte cortesia dele por não ceder.

"Não quero ficar grávida", disse Madeleine.

"Meu Deus", falou ele, "nunca ouviu falar de preservativo?"

"A eficácia é só de noventa por cento."

"Vou parar antes de noventa vezes, que tal?", perguntou ele.

"Se você acha que é assim que as probabilidades funcionam", disse ela, "deveria achar outra profissão."

"Tá, e um boquete?"

Ela caiu de boca nele. Foi tudo certo, tudo bem. Ele achou melhor que isso, e disse a ela, mas Madeleine respondeu:

"Fico feliz. Agora você faz em mim."

"Quê?"

"O justo é o justo", disse ela. "Sou sua amante, não sua puta."

Ele foi bom, não ótimo. Ela não ficou muito com ele. Ser namorada de um apostador não estava em seus planos. Nem ser dançarina de espetáculo para o resto da vida ou até que ganhasse uns quilos ou rugas e a chutassem para a sarjeta.

Não havia futuro naquilo.

O que ela queria era segurança.

Ou seja, dinheiro.

Mas como uma garota sem diploma do ensino médio ganharia dinheiro grande, dinheiro para segurança, o tipo de dinheiro que a deixaria segura neste mundo? A resposta era simples — se uma mulher não consegue fazer dinheiro, precisa arranjar um homem que faz dinheiro.

Era por isso que as mulheres mais lindas da Strip se casavam com os homens mais feios de Las Vegas.

Manny Maniscalco era o Rei do Mundo das Roupas de Baixo. Sua fábrica nas redondezas de Las Vegas fazia sutiãs estruturados com arame, cintas, corpetes e cintos desenhados para colocar o busto para fora e a cintura para dentro. Ele era um tipo único de gênio da engenharia, e sua empresa se expandiu para fazer lingerie que jamais poderia ser acusada de ser discreta demais.

Suas criações eram o produto básico de todos os grandes espetáculos, suas roupas de baixo podiam ser vistas — ao menos discernidas — em filmes de Hollywood, sua lingerie era particularmente onipresente no terceiro mundo.

Manny passou a vida criando a própria versão vulgar da beleza, o que fazia sentido, pois ele mesmo era feio de doer e sabia. Como poderia não saber, com seu pé esquerdo torto que o atrasava como se usasse um grilhão, ombros que se dobravam sobre sua estatura de 1,95 metro e uma cabeça pesada que alguns comparavam à de um são bernardo, só que... feia.

Ele tinha uma cabeça grande e um coração grande — quando Manny amava era com a intensidade de um anjo, e ele amou Madeleine McKay.

Um cidadão dos espetáculos — pretensamente para verificar suas criações, mas na verdade para se deleitar na beleza —, ele era bem conhecido de cada garota do coro como freguês regular da fileira de mesas da frente. "Manny está lá" se tornou uma frase-padrão nas coxias. Algumas garotas se divertiam, outras, desdenhavam; nenhuma o olhava nos olhos, mesmo com sua dita fortuna.

Mas uma noite ele viu Madeleine, e bastou isso.

Ele enviava para os bastidores flores, cestos de frutas (nenhum homem astuto enviaria doces a uma dançarina), vidros de perfume, amostras de seus produtos que supunha acertadamente serem do tamanho dela. Os bilhetes que acompanhavam nunca eram agressivos, sempre assinados apenas: *De seu admirador, Manny Maniscalco.*

As outras garotas a enchiam em relação a Manny e seus milhões, riam dos presentes que se empilhavam, simpatizavam com ela. O homem vinha ao espetáculo *toda noite* e se sentava olhando apenas para Madeleine. Era esquisito, elas diziam, vergonhoso para ela.

Madeleine não ficava envergonhada.

Uma noite, Manny chegou à sua mesa de costume e encontrou uma garrafa muito boa de vinho tinto à espera, com o bilhete: *De sua admirada, Madeleine McKay.*

Ele enviou um bilhete de volta: *Poderíamos tomar um vinho?*

Se um bilhete pudesse gaguejar, esse teria gaguejado.

Jantaram depois do espetáculo na noite de sábado seguinte e se casaram dois meses depois.

Para certa surpresa sua, Madeleine descobriu que Manny era inteligente, atencioso, charmoso de sua maneira hesitante e dono de uma força profunda que só podia vir de um grande autoconhecimento.

"O único motivo", disse ele, sem um traço de rancor naquele jantar, "pelo qual uma jovem tão bela quanto você sairia com um homem vinte anos mais velho e feio como eu é meu dinheiro. Estou errado?"

"Certamente foi a razão pela qual eu vim", respondeu ela. "Seria apenas parte da razão pela qual eu ficaria."

"Mas uma parte grande."

"Claro."

Eles chegaram a um entendimento igualmente sincero. Se dinheiro era a moeda principal do relacionamento deles — e era —, Madeleine seria uma compra, não um aluguel. Se ele a queria fora do palco, teria de levá-la ao altar. Ele se casaria com ela, daria a ela uma vida de luxo, separaria uma fortuna independente para ela. Em retorno, ela daria a ele sua beleza, sua presença de espírito, sua companhia.

Ela não podia prometer seu coração.

Ele aceitava isso.

As colunas de fofoca chamaram o encontro, inevitavelmente, de "Bela e a Fera", deleitavam-se em imprimir fotos da noiva esculturais e do noivo encurvado. As damas de honra compunham uma linha de coro; a maioria dos padrinhos dele eram seus primos. Shelly levou a noiva até o altar.

"Você não vai ficar com dez por cento disso", brincou Madeleine.

"Mas devia", disse Shelly. "Estou perdendo uma grande renda aqui. Tem certeza de que quer fazer isso, menina? Não é muito tarde para correr."

"Tenho certeza."

Por respeito a Manny — e havia muito respeito por ele entre os operadores mais inteligentes e poderosos de Las Vegas —, todas as pessoas importantes foram à cerimônia e à luxuosa recepção.

Madeleine e Manny passaram a noite do casamento na suíte de núpcias do Flamingo.

Madeleine passou muito tempo no banheiro, certificando-se de que o cabelo estava arrumado de modo estiloso, que sua maquiagem estava perfeita. Ela vestiu um dos robes menos bregas de Manny, seda preta translúcida, por cima um dos espartilhos vermelhos dele, forrado com renda preta, meias de arrastão pretas e ligas.

Nada que teria escolhido para si mesma, mas sabia que iria agradá-lo.

Ela saiu e fez uma pose na porta do banheiro, uma longa perna curvada e estendida, um braço levantado, a mão no batente.

Ele estava deitado na cama com um pijama de seda azul, esforço que não fazia nada para melhorá-lo nem esconder sua ereção.

"O que acha?", perguntou ela, virando os quadris.

"Tão linda."

Madeleine andou até a cama e ficou na frente dele.

"Você é o meu primeiro, sabia?"

"Não, não sabia."

"Sou sua primeira?"

"Não."

"Ótimo", respondeu ela, deitando-se ao lado dele. "Vai saber o que fazer comigo."

Ele não sabia, não de verdade.

Suas experiências anteriores tinham sido apenas com putas, simples trocas comerciais para satisfazer uma necessidade física. Então ele subiu nela, empurrou a barra do robe para cima, atrapalhou-se com a camisinha e se colocou entre as pernas dela.

"Não quero te machucar", disse ele.

"Não vai."

Embora Madeleine não tivesse tanta certeza. Ela não estava molhada, nem mesmo um pouquinho excitada, e ele era grande. Passando os braços em torno dele, debaixo da camisa do pijama, ela sentiu as costas dele. Era peluda como a de um animal e suada. Em sua melhor voz sussurrante de Marilyn Monroe, ela falou:

"Me tome, querido. Me faça sua."

Doeu.

Ficou um pouco melhor, sem dor, até levemente prazeroso, enquanto ele a penetrava mecanicamente, como uma das máquinas de sua fábrica, procedendo com precisão rítmica para produzir o resultado desejado.

Para ele.

Por afeição a ele, ela gemeu, retorceu-se e ganiu, sussurrou safadezas no ouvido dele, fechou os olhos para bloquear a feiura e fingiu um orgasmo momentos antes que ele gozasse.

Momentos depois, ele disse:

"Vai ficar melhor."

"Foi maravilhoso."

"Não minta para mim. Você é melhor que isso."

Eles passaram a lua de mel em Paris. Ficaram no melhor hotel, jantaram nos melhores restaurantes, compraram nas lojas mais exclusivas, e ele parecia dolorosamente deslocado em todos eles.

Madeleine lhe dava tudo o que tinha na cama — vestia-se de modo provocante, trepava com ele em cada posição que conseguia imaginar, o chupava, deixava que ele a chupasse. Aquilo era parte do acordo, e, mulher de honra, ela o cumpria. Ela dava a ele imenso prazer; o seu próprio, no máximo, era brando.

Perto do fim das duas semanas na França, Madeleine disse a ele:

"Foi maravilhoso, eu estou muito grata, mas, Manny, não preciso de tudo isso. O que eu quero é uma boa casa, uma vida estável, quieta."

Eles foram morar na mansão dele fora da cidade, uma casa de um andar estilo neocolonial espanhol, com terras. Uma grande piscina com um escorregador saindo do quarto, um pomar de árvores cítricas. Uma entrada circular em torno de uma fonte.

Manny colocou cinquenta mil dólares na conta bancária dela.

Ela tinha dezenove anos.

Ser casada com Manny era... agradável.

Ela acordava cedo com ele, o cozinheiro fazia o café, ele ia para o escritório e ela fazia calistenia para manter a silhueta de dançarina. Madeleine passava a maior parte das manhãs engordando a carteira. Manny a apresentara aos corretores da Bolsa e aos conselheiros financeiros, e ela estudava o mercado assiduamente, fazendo investimentos conservadores, mas incisivos. Uma das companhias das quais ela comprou ações foi a Fábrica Maniscalco.

De tarde, Madeleine jogava tênis com o treinador contratado, nadava na piscina, almoçava com velhos amigos na cidade ou fazia compras. Quase sempre chegava em casa antes de Manny, sentava-se no terraço e lia.

Madeleine chegou a sentir uma afeição genuína por Manny. Ele era bondoso e atencioso, tinha um senso de humor afiado, mas discreto, nunca corria atrás de outras mulheres e era totalmente devotado a ela. Respondia pacientemente a todas as perguntas dela sobre negócios e finanças, e quando não sabia a resposta a mandava para alguém que sabia.

E ele não se importava com o fato de ela querer manter o próprio sobrenome, por questões profissionais.

Eles não saíam muito — quando saíam, era para eventos sociais do trabalho ou beneficentes, embora ele levasse Madeleine para ver qualquer um dos grandes artistas que ela quisesse, então ela viu Sinatra, Dean Martin e o resto deles em noites de estreia, e os Maniscalco eram sempre convidados para as festas posteriores.

Ela permaneceu fiel por dois anos. Poderia ter sido mais, se Manny não fosse fã de boxe. Ele tinha entradas para o lado do ringue em todas as grandes lutas e por fim persuadiu Madeleine a ir com ele.

Jack Di Bello era um peso-médio brutal de Jersey City com um corpo forjado em ferro e um coração feito no inferno. Ele costumava dizer que odiava nocautes precoces, pois queria estourar o cara antes. Nunca se importava em apanhar, pois nem se comparava ao que o pai costumava fazer com ele.

Ele notou Madeleine durante as apresentações.

Ela o notou de volta.

No primeiro round, ele bateu no oponente — um talentoso competidor venezuelano — nas cordas na frente de Madeleine e acabou com ele. Sangue e suor respingaram no vestido dela. Quando saiu girando, Jack deu uma segunda olhada para ela.

Soube que ela tinha gostado.

A luta durou sete rounds, um negócio sangrento, antes que Jack se cansasse de destruir o venezuelano, fosse para baixo, para um golpe paralisante no fígado, e então para cima no queixo, para o nocaute.

O homem caiu de cara como uma árvore derrubada.

Jack levantou os braços e olhou diretamente para Madeleine.

Ela não desviou os olhos.

— Você provavelmente não quer ir à festa depois da luta — disse Manny, quando a multidão começou a ir embora.

— Não — respondeu Madeleine. — Eu gostaria de ir.

Di Bello era gerenciado pela Chicago Outfit, com investimentos da máfia da Nova Inglaterra, então, a festa na suíte do Sands estava cheia de mafiosos. Eles todos conheciam Manny, todos o respeitavam, a maioria das *gumars* deles usavam as criações de Manny de graça. Ele era bem-vindo à festa, especialmente por trazer consigo uma mulher tão estonteante como a esposa.

Ninguém ficou mais feliz em vê-los do que Jack.

O rosto dele estava vermelho e inchado, o olho esquerdo estava preto, e a mandíbula inflada não diminuiu seu sorriso torto. Ele alternava em segurar uma garrafa de cerveja gelada contra o rosto e beber dela enquanto olhava para Madeleine do outro lado do cômodo.

Agora ela evitava o olhar dele; estava ficando óbvio demais.

E ela estava sentindo demais.

Jack esperou até que ela fosse ao banheiro e a parou quando saía. Ele foi direto ao assunto:

"O que está fazendo com aquele vira-lata?"

"Como?"

"Que desperdício."

"Saia do meu caminho."

"Venha me ver amanhã." Ele disse a ela o número de seu quarto.

O empresário dele tentou avisar:

"Fique longe daquela mulher. O marido dela tem conexões."

"Mas ele não é da máfia."

"Não, mas ele tem *conexões*, Jack."

"Os mafiosos não botariam um dedo em mim", retrucou Jack. "Eu ganho dinheiro para eles."

"Você ganha dezenas de milhares de dólares para eles", disse o empresário. "Manny Maniscalco ganha milhões. Então, se ele pedir que quebrem suas mãos, joguem ácido em seu rosto ou cortem seu pau de carcamano vão fazer as contas. Você entende o que estou tentando dizer?"

"Eu sei, mas olhe para ela", respondeu Jack. "Ela valeria a pena."

Na tarde seguinte, Madeleine avisou que ia almoçar com algumas das antigas amigas do espetáculo e fazer algumas compras. Seus pés a levaram diretamente para o quarto de Jack.

Ele poderia ter tido a decência de parecer surpreso, ela pensou quando abriu a porta. Em vez disso, sorriu e a deixou entrar.

Ele não fez amor com ela, ele a fodeu.

E ela o fodeu de volta.

Enfiou os dedos no cabelo grosso, preto e cacheado dele, correu as unhas pelas costas largas, saltou em cima dele como se tentasse fazê--lo quicar. Ele ficou com ela, se atirou sobre ela como se a esmurrasse, indo para o nocaute.

Madeleine teve o primeiro orgasmo da vida sem ser provocado por ela mesma.

E o segundo, e o terceiro.

Ela nem gostava do cara — arrogante, grosseiro ao ponto da brutalidade, rude e boca suja —, mas era louca por ele. Ele sentia-se da mesma maneira — Jack jamais tinha trepado com uma mulher tão linda.

Mas, até aí, poucos homens tinham.

"Não deixe hematomas em mim", pediu Madeleine um dia. "Manny pode notar."

"Você ainda trepa com ele?"

"Ele é meu marido."

"O velho filho da puta é tão grato", falou Jack, "que não perceberia minha porra no pau dele."

"Você é nojento."

"Então por que você continua voltando?"

"Volto para gozar."

Ela continuou voltando. Começaram a tomar precauções, não se encontravam no hotel dele, mas em quartos alugados longe da Strip. Dois ou três dias por semana pelos três meses seguintes.

Madeleine voltou para casa uma noite — ela de fato tinha saído para fazer compras com amigas — e Manny estava sentado no sofá da sala, um copo de *scotch* na mão.

"Quero que veja uma coisa", disse ele, com um tapinha na almofada ao lado dele para que ela se sentasse.

Ele abriu uma pasta na mesinha de vidro, e Madeleine viu fotos em preto e branco — algumas tiradas de um armário, outras de fora de uma janela — que mostravam Jack e ela na cama. Eram explícitas: Jack ajoelhado entre as pernas dela, Madeleine com o pau dele na boca, ela de quatro com ele atrás.

"Foram tiradas por um jornaleco de fofocas", explicou Manny. "Felizmente, tenho um amigo lá que as ofereceu para mim primeiro. Paguei vinte mil dólares para ver minha esposa com outro homem. Você o ama?"

"Não."

"Mas ele faz por você o que eu não consigo", disse Manny.

Ele estava calmo, não parecia bravo, nem mesmo magoado.

Madeleine assentiu com a cabeça.

"Sim."

"Eu sabia que você jamais poderia me amar", continuou Manny. "Não dessa maneira. Você foi muito honesta sobre isso. Eu sei que não dou conta de suas necessidades..."

"Manny..."

"Fique quieta", disse ele. "Só quero você no meu braço quando saio, quero ver você quando me levanto de manhã e quando vou para a cama à noite. Você tem necessidades, elas devem ser supridas, aceito isso. O que não aceito é um escândalo. Não serei envergonhado. Essa coisa com Di Bello acaba agora. Chega de homens famosos, chega de celebridades, chega de casos longos. São arriscados demais. Espero que seja discreta com os homens que escolhe e cuidadosa com a maneira como se porta. Estamos de acordo?"

"Estamos. Desculpe, Manny."

"Desculpas são para crianças."

Mais tarde, deitada na cama, Madeleine o ouviu arrastar os pés pesados pelo quarto. Um pouco depois, sentiu o peso dele no colchão. Então, sentiu que ele chorava.

Madeleine soube no dia seguinte que Jack Di Bello tinha se mudado para Nova York.

Ela e Manny ficaram pisando em ovos depois daquilo, educados, mas distantes. Ele ainda era bondoso e atencioso, ainda dormiam na mesma cama, mas ele nunca a tocava e ela nunca dava o primeiro passo.

Manny tinha razão, ela tinha necessidades.

Madeleine encontrava seus amantes em restaurantes e bares, nas mesas de vinte e um e roletas, em quadras de tênis e campos de golfe. Eles nunca eram de Las Vegas, sempre turistas ou empresários em viagem. Ela os encontrava apenas uma vez, os dispensava sumariamente e ia para casa lavá-los de si.

Isso seguiu por dois anos.

O último desses homens foi Marty Ryan.

O filho é tão parecido com o pai, ela pensa agora, olhando para Danny deitado na cama de hospital. O mesmo cabelo castanho-avermelhado, os mesmos olhos, o mesmo orgulho delicado, a mesma dignidade ferida.

Ela encontrou Marty no bar do Flamingo e soube antes que o gelo derretesse na primeira bebida que ia trepar com ele.

Ele era tão bonito, com aquele sorriso de menino, malicioso e aquele brilho nos olhos de quem procurava encrenca. E ele tinha a pior cantada, a mais brega, tão ruim que era charmosa: "É uma vergonha uma pessoa tão linda bebendo sozinha".

"Talvez eu esteja esperando alguém", disse ela.

"Não, eu estava falando de mim mesmo."

Ela riu alto e não protestou quando ele se sentou ao lado dela e fez sinal para o atendente trazer outra rodada.

"Sou Marty Ryan."

"Madeleine McKay."

Ele viu a aliança dela e a grande pedra que Manny lhe dera ao pedi--la em casamento. Não pareceu incomodá-lo nem um pouco.

"De onde você é?", perguntou Madeleine.

"Providence. Fica em Rhode Island."

"O que o traz à cidade?"

"Estou cuidando de uns negócios", respondeu Marty. "Fico só uns dois dias."

"Você gosta daqui?"

"Gosto *agora*."

"Marty..."

"Madeleine..."

"Gosta de trepar?"

"Não", disse ele. "Eu *amo* trepar."

Ele amava mesmo. Ela lhe deu o nome de um motel fora do centro e passaram a tarde fazendo amor. E era isto — fazer amor. Ela sentiu com Marty algo que não tinha sentido com Jack ou Manny.

Madeleine quebrou as regras — ela o viu todos os dias por uma semana. No último dia, quando ela se levantou para colocar as roupas, ele perguntou:

"Quando posso ver você de novo?"

"Isso não vai acontecer."

Ele pareceu chocado, bravo, ferido.

"O que quer dizer?"

"Marty, foi maravilhoso", falou ela. "De verdade. Mas não pode haver mais nada entre nós. Nunca mais."

"Mas estou apaixonado por você."

"Não seja ridículo."

"Não, eu estou", disse Marty. "Eu me mudo para cá se você quiser."

"Não se mude. Sou casada, Marty."

"Você não parecia tão casada há alguns minutos."

"É complicado."

"É simples", falou ele. "Eu te amo."

"Bem, que pena."

Ela o beijou de leve nos lábios.

"Tchau, Marty."

E era isso, até onde ela sabia.

Só que não foi.

Sua próxima menstruação atrasou e não desceu.

Um médico confirmou que ela estava grávida.

"Livre-se disso", disse Manny. "Conheço um médico. Ele é discreto."

"Não vou fazer isso", falou ela.

"Não espere que eu vá criar o bastardo de outro", disse Manny. "Todo mundo vai saber que não é meu. Aborte ou..."

"Ou o quê?"

"Nós tínhamos um acordo", lembrou Manny. "Você não ia ser descuidada e não ia me envergonhar. Você fez as duas coisas, então o acordo é nulo."

"Então sou apenas um péssimo negócio?"

"A escolha foi sua, Madeleine, não minha."

O homem está totalmente certo, ela pensou. *Eu transformei isso em negócio, por que ele não faria o mesmo?*

"Vou viajar e ter o bebê. Ninguém vai saber. Não vou contestar o divórcio e não quero nada além do que você já me deu."

Ela partiu pela manhã e foi para Nova York. Teve o bebê no St. Elizabeth e registrou Marty Ryan como pai.

Madeleine tentou ser uma mãe, tentou de verdade.

Ela lidava com as fraldas, amamentação, as noites sem dormir. Era difícil ser mãe solteira naqueles dias, era um escândalo até no Village boêmio, e os vizinhos do prédio dela na Sétima Avenida fingiram acreditar na história de que o marido era estivador e estava no mar. Madeleine tinha cuidado de crianças antes, quando ela mesma era uma criança — não era isso, não era a dificuldade presente que a fizera abandonar o filho, Danny.

Era o futuro.

Madeleine não conseguia imaginá-lo.

O que ela deveria fazer carregando uma criança, depois um bebê, depois um menininho? Tinha um pouco do dinheiro que recebera de Manny, investira-o com sabedoria, mas não ia durar — ela precisaria trabalhar.

Fazendo o que, porém?

E quem iria cuidar de Danny?

Ela sabia de uma coisa: não ia voltar para Barstow. Colocar-se à mercê dos pais, enfrentar a humilhação de ser mãe solteira, ver o desdém dos homens que havia rejeitado e ouvir os risinhos das garotas invejosas.

Madeleine avaliou seus bens e decidiu que tinha dois — beleza e inteligência. Mas não poderia usar nenhum dos dois com uma criança a tiracolo.

Então, um dia, ela se levantou, enrolou Danny em um cobertor e pegou o trem para Providence. Não foi difícil encontrar Marty Ryan, todo mundo o conhecia. Ela entrou em um bar irlandês sombrio, entregou o embrulho a ele e disse:

"Tome, este é seu filho. Não nasci para ser mãe."

E foi embora.

Foi para Los Angeles.

Madeleine conhecia seus dotes e sabia como usá-los para obter vantagens. Os homens adoravam olhar para ela, amavam ser vistos com ela em seus braços, amavam trepar com ela. Não era que fosse uma prostituta, não era um negócio de dinheiro à vista, mas ela deixava claro que era uma garota que exigia presentes. E não flores e doces, não. Roupas, peles, joias, viagens, carros, apartamentos, casas. Dicas de ações, opções de ações, inclusão em acordos de construção de imóveis.

Sua beleza não ia durar para sempre.

Ela começou a ir a festas com comediantes, cantores e então estrelas de cinema. Por meio das estrelas de cinema, conheceu políticos, por meio dos políticos, os caras de Wall Street.

Madeleine nunca trepava com alguém pior do que ela. Quando saía com os chefes de estúdio, largava os atores. Quando começou a sair com bilionários, deixou os chefes de estúdio. Era sua regra simples. Todos os homens entendiam, eles não se chateavam com ela por isso. Homens como aqueles conhecem a hierarquia.

O único cara por quem se sentia mal era o filho que deixara para trás. Mas ela não poderia ter feito aquilo, não poderia ter vivido em Dogtown como a mulher de um chefe das docas irlandês, mesmo se ele tivesse conexões. Não se via lavando roupas, tendo filhos, indo para a confissão na tarde de sábado, o bar chato na noite de sábado, missa na manhã de domingo.

Era a morte.

Mas seu único arrependimento era o seu bebê, seu menino.

Abandonado com um bêbado raivoso enquanto ela abria caminho trepando de Hollywood até Washington e Nova York. Agora ela estava de volta a Vegas, com uma carteira de imóveis e ações, sem precisar se preocupar em estar com cinquenta anos e perder a beleza. Ainda que continuasse sendo linda, boa na cama, uma companhia encantadora, ela sabia que sua data de validade estava chegando rápido e isso não a preocupava.

Ela tinha dinheiro.

Neste mundo, dinheiro mantém uma mulher em segurança.

Dinheiro e influência.

Ela os usara quando soube de Danny. Um velho amigo no Departamento de Justiça fez a conexão e telefonou para ela. Seu filho está ferido e em perigo. Outro amigo providenciou um jato particular e ela estava em Providence no dia seguinte. Ela fez telefonemas durante o voo — soube da história e puxou alguns fios da memória.

Ninguém, da Strip ao Sunset até a avenida Pennsylvania, queria Madeleine McKay escrevendo as suas memórias.

Uma rede de proteção foi jogada em torno de Danny Ryan.

Seu filho, que a odeia.

DEZENOVE

O quadril esquerdo de Danny está destruído.
A articulação esferoide está estilhaçada, os tendões, rompidos.
Sem os melhores médicos, Danny mancaria severamente pelo resto da vida, talvez usasse muletas, sem dúvidas seguiria precocemente para uma cadeira de rodas.
Isso é o que o dr. Rosen diz a Danny quando ele está bem o suficiente para escutar.
— Para sua sorte — diz Rosen —, eu estou aqui.
Ele é o chefe da ortopedia. Fez cirurgias em alguns dos Patriots e dos Bruins. O cara é o melhor. Agora, ele diz a Danny:
— Vou levá-lo para três procedimentos. Você tem uma infecção. Preciso abrir de novo...
— Abrir *de novo*?
— Quando você chegou, os caras da emergência tiraram a bala e os fragmentos de osso — explica Rosen. — Para sua sorte, eles são bons e não te foderam permanentemente. Mas você tem uma infecção que eu preciso curar, e é por isso que está febril. Quando estiver bom, vou abrir e lhe dar uma nova articulação esferoide. Umas duas semanas depois, volto e conserto os tendões. Você jamais será um candidato ao ouro olímpico, mas, se der duro na reabilitação, vai andar normalmente.
— Não posso pagar isso.
— Sua mãe está pagando a conta.
— Não está merda nenhuma.
— Então diga isso a ela *você*, chefe — diz Rosen. — Não quero terminar sendo meu próprio paciente.

*　*　*

No primeiro dia ou algo assim, Danny alterna entre a consciência e inconsciência. Madeleine está ali, ao lado dele. Ela, ou Terri, ou ambas. Se Danny tem algum ressentimento de Madeleine, Terri não. Ela gosta dela, está grata pelo que fez pelo marido.

Danny não se liga muito em nada naquele primeiro dia. Ele apenas acorda e apaga. Apagado é melhor, pois o quadril dói horrivelmente. A morfina em seu soro é a própria doçura, doce alívio, doces sonhos. Flutuando em um líquido morno.

É, mas, quando ele sai daquele estado, vê o rosto dela, e fica puto. Agora *ela quer ser parte da minha vida,* agora *ela me ama? Agora ela se importa? Onde ela estava quando... quando... quando...*

Então, os primeiros dias são um borrão. Ele deseja que os próximos sejam assim — estão em relevo nítido demais. Os médicos não querem que ele fique viciado, então, baixam a morfina, deixam-no sentir uma dor que tranca os dentes. Aí a infecção volta e a febre, e precisam deixar a ferida aberta para drenar, e cada minuto naquela cama parece uma hora. Nada para fazer ali a não ficar deitado e se preocupar: vou morrer? Vou ficar aleijado?

Com policiais, ele não precisa se preocupar.

Nenhum investigador entra para dar um sorrisinho malicioso e assediá-lo, pegar declarações induzidas pelas drogas que o levariam do hospital para o xadrez.

Danny Ryan era um observador inocente em um tiroteio de carro, fim da história.

Os Murphy não arranjaram aquilo.

A mãe dele arranjou.

Quando a infecção vai embora, Rosen vem para a cirurgia para reconstruir o quadril. A operação corre bem, mas Danny fica imobilizado por longos dias e noites.

Jimmy Mac vem vê-lo.

— Obrigada — diz Danny.

— Pelo quê? — pergunta Jimmy.

Danny baixa a voz.

— Por salvar a porra da minha vida.

Jimmy fica vermelho. Ele está um pouco envergonhado por ter entrado em pânico quando o rosto de Mick foi estourado e apertado o acelerador para sair de lá — *como qualquer um faria*, pensa Danny —, mas ele voltou. Poderia ter se safado em segurança, mas voltou para resgatar Danny, bem na mira de Steve Giordo.

— Você teria feito o mesmo por mim.

Danny assente.

É verdade.

— Seu pai tem vindo? — pergunta Jimmy.

Danny balança a cabeça.

— Ele não quer vir. Diz que não vai ficar no mesmo prédio que, você sabe...

Jimmy sorri.

— Meu Deus, Danny, eu a vi no saguão. Ela é bonita, sua mãe.

— Resolva com a Angie, por mim, tudo bem.

— Ei, eu não quis dizer...

— Eu sei.

No dia seguinte, Pat vem fazer uma visita.

— Você levou um pela equipe — diz.

— Sinto muito por não ter saído como planejamos.

— Giordo ficará só observando, por uns tempos — responde Pat.

— Bem, isso é bom.

— É, isso é bom.

As coisas entre eles estão mais desconfortáveis do que jamais foram. Pat não sabe bem o que dizer e Danny não sabe como lidar com o silêncio dele. Passam pelas bobagens de sempre — as famílias, os filhos — e ficam ambos aliviados quando a enfermeira entra e chuta Pat de lá, para que Danny possa descansar.

Ele acorda quando ouve Terri dizendo:

— ... que merda *você* está fazendo aqui?

Peter Moretti está ali de pé com flores nas mãos. Sorriso calmo. Terri olhando para ele, Madeleine o encarando com um olhar calmo, duro.

— Vim ver meu amigo Danny — diz Peter.

Terri vocifera:

— Vai embora.

— Está tudo bem — fala Danny.

Peter vai até a cama, coloca as flores na mesa do lado, se inclina, ainda sorrindo, e sussurra:

— Você está morto, Danny. Assim que sair, você está morto.

Todos sabem que hospital é fora dos limites. A última coisa no mundo que se quer fazer em uma guerra é enfurecer médicos e enfermeiras, porque pode ser que encontre com eles em uma ala de emergência, e eles podem deixá-lo sangrar por tê-los expostos a tiros no local de trabalho. Mesma coisa com padres, que podem lhe dar a extrema-unção. Ninguém quer que eles fiquem nervosos e fodam as palavras que podem te levar para o inferno.

Peter se endireita e se vira para Terri.

— Qualquer coisa que eu puder fazer, qualquer coisa que precisar, por favor, me avise.

— Vai embora.

— Não sei por que você está agindo assim — diz Peter. — Não tive nada a ver com o que aconteceu. Se quer saber o que seu marido estava fazendo naquela noite, pergunte a ele.

— Não preciso que me diga o que falar para meu marido.

— Claro que não — disse Peter. — Eu me excedi. Vou deixá-los sozinhos. Tenho certeza de que Danny precisa descansar.

Madeleine sai do quarto atrás dele.

— Sr. Moretti. Sabe quem eu sou?

O sorriso de Peter beira o risinho irônico.

— Ouvi falar.

— Então também ouviu falar do que sou capaz — fala Madeleine. — Se machucar meu filho, ou mesmo *tentar* machucar meu filho, vou te mandar para junto de seu pai.

— Você estava certa de ir embora de Providence — diz Peter. — Deveria ter ficado longe. E deve ficar fora disso.

— Talvez seu pai ficasse mais confortável em Pelican Bay — sugere Madeleine. — Vinte e três horas por dia na solitária e nenhum belo *maricón* porto-riquenho satisfazendo seus desejos. Se eu der um telefonema para certo juiz federal...

— Sabe — diz Peter —, não importa se uma puta chupa um cara por uma trouxa de maconha ou um milhão de dólares, ela ainda é uma puta.

— Mas ela é uma puta com um milhão de dólares — retruca Madeleine. — Acontece que tenho muito mais. Venha me enfrentar, sr. Moretti, vou colocar suas bolas em um colar e exibi-lo com ele pela cidade.

Algumas manhãs depois, Danny briga com Terri quando descobre que Madeleine havia pagado o aluguel do mês e feito compras.

— O que devo fazer, Danny? — pergunta Terri, chorando porque ele tinha gritado com ela e por já estar estressada com o tiroteio. — Você não está trabalhando e as contas ainda chegam.

Mesmo que seus dias de licença médica tivessem esgotados, ainda estão batendo seu cartão nas docas. Mas o dinheiro é curto. Apesar disso, pensar na mãe colocando comida na mesa o deixa com ódio.

— Não aceite a porra do dinheiro dela, Terri.

Terri levanta as mãos e olha para ele, a boca aberta, como quem diz: *Quem você pensa que está pagando por este quarto?* Danny não tem a resposta — está consciente de sua hipocrisia.

Ainda mais quando Rosen explica que a melhor coisa para Danny são seis semanas em um centro de reabilitação em Massachusetts. O plano de saúde do sindicato é bom, mas não bom no estilo centro-particular-fora-do-estado, ele é bom em clínica-ambulatorial-local.

— Faz muita diferença? — pergunta Danny.

— A diferença é a bengala — responde Rosen. — O lugar local o deixará usando bengala pelos próximos trinta anos, o lugar particular o deixará trinta anos sem ela.

Madeleine insistiu em pagar a clínica particular.

— Dinheiro não é meu problema na vida — diz ela a Danny.

— Não? Qual é seu problema na vida?

— No momento, você. Você é meu filho e está agindo como se fosse uma *criança*.

Terri lhe diz basicamente a mesma coisa.

— Pense em mim — pede ela. — Talvez eu preferisse ter um marido que não precise soltar a bengala para pegar seu bebê. Talvez eu ainda quisesse transar de vez em quando...

— Terri...

— Elas são *enfermeiras*, Danny — diz ela —, já ouviram "transar". E, se eu quisesse dar longas caminhadas na praia com você, talvez subir em uma bicicleta, ir até Block Island ou algo assim? Talvez quisesse dançar com você de novo. Se não deixar sua mãe fazer isso por você, por nós, eu termino. Juro por Deus, grávida e tudo, eu largo você. Pode ir ser um velho amargo e solitário como seu pai.

Danny vai para Massachusetts.

VINTE

Peter Moretti não está feliz.
 O acordo que tinha com Danny Ryan foi uma facada nas costas, e o ataque contra Liam Murphy terminou sendo um ataque contra Danny, o que não teria sido tão ruim considerando as circunstâncias — a não ser por Ryan ter sobrevivido e sua mãe *puttana* não permite que Peter o ataque de novo.

Danny estava suspenso, fora da parada por enquanto, como Steve Giordo, que partiu com a sensação de que não vai entrar em outra emboscada porque os irmãos Moretti não sabem distinguir um irlandês de outro.

Ele tem razão, Peter pensa. Pior é que agora Nova York e Hartford têm menos probabilidade de emprestar alguém do pessoal deles, pois não querem perder um soldado em uma equipe enganada por um brutamontes rastaquera feito Danny Ryan.

Peter realmente não está feliz enquanto tenta tomar café da manhã no Central Diner e Solly Weiss entra, joga a bunda velha na cadeira em frente e tagarela antes mesmo que Peter consiga olhar a página de esportes.

— Peter, minha loja foi roubada.

Peter não precisa dos jornais para saber disso. Não é novidade. Dois de seus caras, Gino Conti e Renny Bouchard, atacaram a joalheria de Solly na noite anterior e roubaram ao menos cem mil em diamantes e outras peças.

— Isso é péssimo, Solly.

— Não fiz sempre um bom negócio para você? — pergunta Solly.

— Aquele colar para sua *gumar*...

— Eu não roubei sua loja, Solly.

O *que*, pensa Peter, *é tecnicamente verdade*.

— Peter, por favor — pede Solly. — Não me trate como criança. Eu estava nesse negócio antes que você soubesse como tudo funciona.

Solly tem poucos fios de cabelos brancos o que recorda ele de que precisa parar na Rite Aid para comprar fio dental. Peter diz:

— Você tem seguro, não tem? Vai tirar um lucro dessa coisa.

— Essas peças em particular não estavam no seguro.

— Se você as trouxe de outro país e não declarou, não é meu problema — diz Peter. Então ele chega ao ponto: — De qualquer modo, achei que estivesse sob a proteção dos Murphy. Se estivesse com a gente, isso não teria acontecido.

— Quero minhas pedras de volta.

— E eu quero um pau de trinta centímetros — diz Peter. — Fui encurtado em três centímetros, fazer o quê?

Solly faz o discurso completo — precisa colocar a irmã em uma casa de repouso, a mulher tem uma doença, o telhado precisa de conserto...

— *Basta*. — Peter se irrita. — Com todo o respeito...

— Fico feliz em ouvir você dizer "respeito", jovem Peter Moretti — diz Solly —, pois é essa a questão. Eu tive respeito por seu pai, tive respeito por Pasco, eles tiveram respeito por mim, eles tiveram respeito pelo meu negócio.

A voz dele estremece.

— Meu pai está na cadeia — responde Peter —, Pasco está na Flórida e eu estou no comando agora.

— Eu não vim de mãos vazias — diz Solly. — Se essas peças forem devolvidas, vou estabelecer com você o mesmo relacionamento que tinha com John.

— Que era?

Solly abaixa a voz.

— Um envelope na primeira quinta-feira de cada mês. Trinta por cento de desconto do atacado nas festas. E, é claro, se algum dia tiver uma necessidade especial...

É um daqueles momentos *se*.

Se Peter estivesse com um humor melhor, se Peter tivesse tomado uma segunda xícara de café, se Peter tivesse tido a chance de ver a página de esportes, se Chris Palumbo tivesse tirado a bunda da cama em tempo de tomar café com Peter, se o cabelo de Solly por alguma razão não irritasse profundamente Peter naquela manhã, talvez Peter aceitasse sua oferta e nada da merda seguinte aconteceria.

Vários *se* nos quais as pessoas pensarão.

Nenhum deles importa, pois Peter diz:

— Tenho uma necessidade especial agora.

Solly sorri. Ele vai conseguir suas pedras de volta.

— Diga-me.

— Tenho uma necessidade especial de você cair fora daqui — diz Peter. — Se quer ver suas pedras, vou deixar você vê-las pulando para cima e para baixo nas tetas da minha *gumar* quando estiver fodendo com ela. Olhe, não me irrite, tá, Solly? É mais seguro para você assim.

Peter já deu uma das peças para sua *gumar* e não vai entrar lá e dizer que ela precisa tirá-la do pescoço.

Solly olha para ele com tristeza, balança a cabeça e cambaleia até a porta.

Judeu velho, pensa Peter, voltando para o jornal, *viveu encostado em John Murphy por trinta anos, agora quer trocar cem mil por trinta por cento no Natal?*

Foda-se aquilo.

Fim da história.

Para Solly, não é.

Ele volta para casa, telefona imediatamente para Pasco Ferri na Flórida e brinca de "lembra aquela vez?".

Lembra aquela vez que você pediu Mary em casamento e não tinha dinheiro para um anel decente? Lembra aquela vez quando seu filho estava na mesma posição com a noiva? Lembra aquela vez que precisava de uma contribuição para os brinquedos do parque no Dia de São Roque? Lembra aquela vez que estava bancando aquele congressista e precisava lavar dinheiro? Lembra aquela vez...

— Não tenho Alzheimer, graças a Deus — diz Pasco. — O que está acontecendo, Solly?

Solly conta a ele sobre o assalto, e como foi tratado pelo jovem Peter Moretti.

— Ele me disse para ir vê-lo trepar com a namorada.

— Ele passou dos limites — concorda Pasco.

Ele está ficando um pouco cansado dos irmãos Moretti lhe causando problemas. Primeiro é uma guerra sobre uma desgraça de uma piranha, agora isso. Talvez seja hora de baixar a bola dos Moretti.

— Eu tenho amigos — Solly está dizendo. — Amigos no gabinete do prefeito, amigos nas delegacias de polícia...

— Eu sei que tem, Solly.

— Fiz uma oferta respeitosa a ele, Pasco — diz Solly. — Refletindo a nova situação, e Peter me trata como algum *schwarze* que ele pegou com a mão na caixa registradora? Não vou aceitar.

— Solly, pode me fazer um favor? — pergunta Pasco. — Deixe que eu tomo conta disso.

Peter está na American Vending quando recebe a ligação de Pasco.

— Peter, que porra é essa? Solly Weiss?

Peter se coloca na defensiva.

— Tecnicamente, ele não está sob nossa proteção, então foi jogo limpo.

Há um longo silêncio, então Pasco diz, como se estivesse muito cansado:

— Já pensou em fazer amigos em vez de inimigos?

— Tenho um direito a conquistar.

Pasco suspira.

— O anel no dedo de minha mulher...

— Pasco, com todo o respeito — Peter o interrompe —, você está aposentado, benza Deus...

Não se meta.

Quando Peter desliga, ele se vira para Paulie e diz:

— Aquele judeu velho foi chorando atrás do Pasco, acredita? Merda, deveria roubar ele de novo.

Chris Palumbo olha para ele.

— O quê? — pergunta Peter.

— Talvez você devesse devolver as coisas do velho — diz Chris. — Solly é do tempo de Pasco e todos aqueles caras. Ele fez bons preços para os policiais da cidade. Talvez seja bom mostrar um pouco de respeito, Peter.

Paulie fala:

— Concordo.
— Você concorda? — diz Peter. — Quer pagá-lo do *seu* bolso?
— Não.
— Então fecha o bico. Alguém aqui se lembra de que estamos em uma guerra? Custa dinheiro.
Chris tenta outra vez.
— Você quer mesmo deixar o Pasco puto?
— Pasco precisa estar aposentado — diz Peter — ou não. Não posso gerenciar se todo mundo acha que pode passar por cima de mim toda vez que discordar de uma decisão minha.
— Para a cabine — fala Paulie.
— Quê?
— Sabe, igual no futebol — diz Paulie. — Replay instantâneo... para a cabine.
— Ah, tá, sei lá.
Ah, tá, sei lá, pensa Chris, mas aquilo ainda o preocupa.

Os corpos de Gino Conti e Renny Bouchard nunca foram encontrados.
Os dois simplesmente desapareceram, todo mundo sabe que não vão voltar e todo mundo sabe o motivo.
Não foram só Conti e Bouchard — o que já é ruim o suficiente —, mas, em nove dias desde que Peter disse a Solly para cair fora, dois de seus carteados sofreram batidas, três agenciadores de apostas foram mortos e todas as garotas foram perseguidas até saírem das ruas — toda a merda que os policiais normalmente teriam deixado rolar.
Solly Weiss tinha amigos, sim.
Mas Peter enfia o pé ainda mais fundo.
— Sobre meu cadáver.
— Isso não está fora das possibilidades — responde Chris.
— Ah, vamos.
— Pergunte a Gino e Renny — diz Chris. — Ah é, você não pode.
— Aquilo foi obra dos Murphy.
— Besteira.
É um movimento clássico de Pasco Ferri, Chris considera. Peter o desrespeitou e ele não apaga Peter, apaga um par de subordinados para dar uma lição.

Uma lição que era melhor que Peter aprendesse.

Antes que fossem todos apagados.

— Peter...

— Não quero mais ouvir merda nenhuma sobre isso, Chris — diz Peter, e se afasta dele.

Chris vai até Sal Antonucci, encontra-o em Narragansett vendo uma casa no litoral, a apenas dois quarteirões da praia.

— É mais do que podemos pagar — fala Sal —, mas posso dar uma boa entrada nela.

Sem dúvida ele pode dar uma boa entrada. Dizia-se que Sal e sua turma tinham feito um lance com um veículo blindado em Manchester, New Hampshire, e tirado uma grana monumental.

Chris diz:

— O mercado está favorável aos compradores.

— Acho que posso tirar vinte, trinta do preço que pediram — diz Sal.

Ele dá um passo atrás e olha para a casa.

— Nunca imaginei que seria capaz de fazer algo assim, mas... De qualquer modo, eu e Judy achamos que seria bom para os meninos. E olhando para o futuro, os netos. Um lugar para reunir a família, sabe?

— Senão eles se espalham — diz Chris.

— É o que quero dizer — diz Sal. — O que traz você até aqui?

Pois Chris não faz nada à toa. Ele nunca vem só falar merda, sempre tem um propósito.

— Essa coisa do Solly Weiss... — diz ele.

Sal franze a testa.

— Você é *consigliere* do Peter. Não falou com ele?

— Até perder a voz — responde Chris. — Ele não quer ouvir. Tenho medo de que se falar de novo...

Chris se interrompe — Sal deveria colocar um pouco de razão na cabeça de Peter. Peter vai escutá-lo, Sal vem fazendo a maior parte do trabalho duro nessa coisa com os Murphy, e Peter precisa que ele continue a fazer exatamente o que vem fazendo.

Especialmente depois da partida de Giordo.

Sal morde a isca, como Chris sabia que faria.

— Não tenho medo de Peter — fala Sal. — Vou falar com ele. O que acha da casa? Não sei, é muito dinheiro.

— Do jeito que os juros andam — diz Chris —, não vejo como você pode deixar de comprá-la.

Sal vai até Peter.

— Devolva as pedras antes que todos terminem num lixão.

— Qual é, está me dando ordens agora? — pergunta Peter. — Eu sou o chefe da família.

— Ótimo, podemos escrever isso em sua lápide — diz Sal. — Não estou te dando ordens, mas porra!

— Porra o quê?

— Esquece.

— Não, Sal — continua Peter, forçando —, se tem algo te incomodando, pode dizer.

— Tá, tudo bem — diz Sal. — Você e Paulie se sentam aqui no escritório, bebendo café, comendo rosquinhas, enquanto eu e minha equipe fazemos todo o trabalho, e agora temos dois caras mortos porque você não quer devolver algo que não deveria ter pego para começo de conversa.

— Não me diga o que posso ou não posso pegar!

— Calma, gente — diz Chris.

— É? — fala Sal, levantando-se da mesa. — O que você teria, Peter, se eu e meu grupo não estivéssemos lá fora conseguindo para você? Teria *ugatz*.

Paulie diz:

— Você está falando com o chefe...

— Desta família — interrompe Sal. — Sim, eu soube. Então talvez ele devesse começar a *agir* como o chefe da família e fazer o que é *melhor* para ela, e não apenas para os irmãos Moretti!

— Filho da puta — diz Paulie.

— Vamos, vem para cima — provoca Sal.

— Ei!

Chris se coloca entre eles. Até Frankie V. se levanta da cadeira e age para acalmar as coisas.

— Quer que eu devolva as joias? — diz Peter. — Ótimo, vou devolver.

— Ótimo — responde Sal, acalmando-se um pouco.

— Mas você vai me pagar por aquele trabalho de Manchester — diz Peter.

— Quê?!

— Acha que eu não sabia? — pergunta Peter. — Acha que eu não iria descobrir?

— Aquele dinheiro é meu.

— E daí — questiona Peter —, devo sair de mãos vazias? Todo mundo come, menos Peter Moretti? Foda-se. Você devia me pagar desde o primeiro momento. Cinquenta por cento. Eu ia deixar isso passar, mas, se vamos seguir as regras agora, vamos *todos* seguir as regras. Quero tudo agora: não cinquenta, cem. Imposto por não fazer a coisa certa para começar.

Sal se vira para Chris:

— Acredita nesse filho da puta?

Chris balança a cabeça.

— Ele é o chefe, Sal. Está no direito dele.

As mãos de Sal se flexionam, como se ele estivesse pronto para ir.

Frankie V. enfia a mão no casaco atrás da arma, como precaução.

Mas Sal assente lentamente, então olha para Peter e diz:

— Certo. Você ganhou. Quer o dinheiro, você ganhou, seu merda avarento. Mas dê uma boa olhada para esta cara, Peter, porque é a última vez que vai vê-la.

— Como assim?

— Estou fora da sua guerra — diz Sal. — Eu e minha equipe. Nem sei por que entrei, para começo de conversa: os Murphy nunca me fizeram nada, nunca tive um problema com eles. Entrei por lealdade a você, mas lealdade é uma via de mão dupla. Como respeito. Se quiser ter, precisa dar.

— Você fez um juramento — retruca Peter. — Você deve ter respeito e lealdade a mim.

— Eu *fiz*! — grita Sal. — Vou para o inferno pelas coisas que fiz por você. Vou para o inferno, Peter. Que porra mais você quer?

— Pode ir — diz Peter. — Fuja, você está assustado. Está esperando que eu implore para você ficar, não se engane. Quem precisa de você?

Nós precisamos, pensa Chris, mas não diz.

Sal sorri para Peter, assente com a cabeça e vai embora.

— Não deixe de pegar aquele dinheiro — Peter diz a Chris.

— Obrigada por me apoiar — Sal fala para Chris quando o *consigliere* vai buscar o dinheiro.

— Sal...

— Você é um filho da puta de duas caras, sabia?

— Sal, você não pode simplesmente se afastar.

— Não? — pergunta Sal. — Quem vai vir atrás de mim? Você, Chris?

Chris não diz nada.

— Foi o que pensei.

Tony sai da sala dos fundos com uma sacola de lona e a entrega para Chris.

— Era minha casa — diz Sal. — A casa que te mostrei. Para os meus netos.

— Sinto muito, Sal.

— Aqui entre nós? — diz Sal. — Um dia desses, vou colocar aquele filho da puta embaixo da terra.

Chris não precisa perguntar a qual filho da puta ele se refere.

VINTE E UM

Danny solta a barra de metal e dá um passo à frente.
Dói como uma desgraça, mas é uma dor boa, pois, se consegue colocar peso na perna esquerda, isso significa que seu quadril está se curando. Ele ainda tem um pouco de medo, porém, de ouvir algum estalo horrível e a junta do quadril sair através da pele.

Depois de caminhar ao longo da barra inteira sem segurá-la para se equilibrar, ele está cansando e bastante suado.

Três metros, pensa, lembrando a si mesmo de que isso é progresso. Também se lembra de que agora ele é um paciente externo — depois de três semanas extenuantes, permitiram que ele deixasse a clínica e se mudasse para o Residence Inn próximo com Terri.

Com Madeleine hospedada em um quarto perto do saguão.

A esposa e a mãe se tornaram amicíssimas. Têm longos dias à disposição enquanto ele faz a reabilitação e vão às compras, almoçam ou vão ao cinema.

Danny não gosta daquilo.

— O que quer que eu faça? — pergunta Terri quando ele mencionou o assunto. — Fique no quarto o dia todo vendo TV?

— Não.

— Então?

Danny não tem uma resposta.

— Ela é legal — diz Terri. — Nós nos divertimos.

— Ótimo.

Ele está sendo sincero, mais ou menos. É ótimo para ela ter companhia e estar longe da família e de Dogtown, com tudo o que está acontecendo.

Danny acompanha a guerra pelos jornais e pela TV.

A mídia ama aquilo. Não tinha uma guerra de gangues para cobrir há anos, e ela dá boas manchetes e fotos. Imagens sensacionalistas.. Leitores e telespectadores seguindo como seguiriam beisebol — levantam-se pela manhã para ler os placares.

Dante Delmonte, da equipe de Paulie, baleado no carro depois de recolher dinheiro no sul de Providence. E mais dois dos caras dos Moretti, Gino Conti e Renny Bouchard, se foram — embora seja Pasco Ferri quem esteja levando a fama de ter dado a ordem.

O que é muito interessante, pensa Danny. Talvez Pasco tenha decidido que foi um engano dar a chefia a Peter. Talvez esteja procurando alguém. Se for o caso, pode haver a possibilidade de conseguir uma paz.

O que ele não lê nos jornais, Jimmy Mac lhe conta. Jimmy vem uma vez por semana, traz todas as notícias internas. Neste momento, ele observa Danny tentar seus primeiros passos.

Ele dá a bengala a Danny quando descem para a pequena cafeteria.

— Sal Antonucci e Peter estão em conflito — diz Jimmy, depois conta toda a merda que se seguiu ao roubo de Solly Weiss. — Sal andou dizendo que vai cair fora.

Merda, pensa Danny, *é uma notícia boa pra caralho*. Talvez possam fazer melhor do que a saída do jogo, talvez consigam que Sal jogue do lado deles. A oferta seria simples: *ei, Sal, se decidir ir contra os Moretti, vamos te apoiar.*

Danny pensa algumas jogadas adiante: *Sal não é nem de perto tão inteligente quanto Peter Moretti, sem falar de Chris Palumbo. Se Sal tomasse o trono dos Moretti, seria fácil de manipular. Especialmente se nós o ajudarmos a pegar o posto.*

— Fico me perguntando: qual o papel de Chris nisso? — questiona Danny.

— Chris vai seguir o vencedor — diz Jimmy. — Mas dizem que Sal está muito puto com Chris por tomar o lado de Peter.

— Puto o suficiente para fazer algo?

— No que está pensando?

Danny estava pensando que Chris era o cérebro de Peter. Sem ele, seria apenas uma questão de tempo até que os Moretti fizessem algo fatalmente estúpido.

Danny diz:

— Informe a Sal que, se ele decidir ficar com o trono, vamos apoiá-lo. Se ele tomar a coroa na segunda-feira, fazemos a paz na terça.

— Ele matou três dos nossos amigos, Danny.

— Eu sei — responde Danny, mas ele também sabe que, no fim das contas, não se faz a paz com os amigos, se faz a paz com inimigos. Deixe que os mortos enterrem seus próprios mortos.

— Não deveríamos falar com John ou Pat antes? — pergunta Jimmy.

Sim, provavelmente, pensa Danny. Mas ele quer ser a pessoa a fazer a diferença, ser levado a sério.

— Vamos esperar e ver como a coisa vai primeiro, aí falamos com eles.

Jimmy pergunta:

— Como chegamos ao Sal?

— Tony Romano — diz Danny.

Ele e Sal são inseparáveis. Se Sal ficar interessado, ótimo; se não ficar, não haverá nenhum dano real — nem os Murphy, nem Sal seriam humilhados.

— E se Sal disser não? — questiona Jimmy.

Danny já considerou isso.

— Trabalhamos da outra maneira. Abordamos Chris. Talvez ele esteja cansado de limpar a bagunça dos Moretti. Talvez queira ser o número um.

Jimmy sorri.

— Que foi? — pergunta Danny.

— Quando você começou a pensar feito chefe?

— Minha única ambição — diz Danny — é todos nós sobrevivermos a essa situação.

Sal Antonucci puxa a calça, fecha a braguilha e afivela o cinto. Senta-se na cama para calçar os sapatos.

Tony ainda está nu. Apenas deitado sobre a cama, o corpo esticado, sem vergonha nem nada.

Que porra de homem lindo, pensa Sal.

— A propósito — diz Tony —, Jimmy Mac veio me ver.

— A propósito? — responde Sal. — Isso é importante demais para um "a propósito". Por que não me contou logo de cara?

Tony sorri.

— Tinha outras coisas na cabeça. Coisas maiores.

— O que ele queria?

— Você — fala Tony.

Sal sorri para ele.

— Já tenho dono.

— Eu sei — diz Tony, apertando a mão dele e depois soltando. — Ele queria que eu assuntasse você.

— Sobre o quê?

— Ir para o lado dos Murphy.

Sal se curva para amarrar os cadarços.

— Sério? O que ele falou?

— Que Danny Ryan estaria aberto a conversas.

Sal repassa o caso. Ryan fala pelos Murphy. Não precisa ser um gênio para perceber o movimento deles — eu me junto a uma aliança contra os Moretti, colocamos Peter e Paul no fundo de Narragansett Bay, eu assumo e voltam os negócios como costumavam ser.

Mas puta merda — apagar os Moretti?

Era preciso ter aprovação de Boston e Nova York.

Isso sem falar no velho lá na Flórida. Céus, Pasco daria permissão? Peter tinha realmente enchido o saco com a coisa de Solly Weiss, mas Conti e Bouchard pagaram a conta. Ainda assim...

— O que *você* acha? — pergunta ele a Tony.

Tony diz:

— Acho que vale a pena dar uma olhada.

Eu também, pensa Sal. Ele termina de amarrar os cadarços dos sapatos e se endireita. Muito trabalho difícil a fazer, muito trabalho de base. E até isso era perigoso — alguém precisava abordar Pasco, sondá-lo, e se o velho não gostar do que escutar, eles poderiam terminar mortos apenas por isso.

Mas, se gostar, Pasco se encarregará de Boston e Nova York.

— Você é o equilíbrio do poder agora — diz Tony. — Os Murphy estão atrás de você, Peter vai precisar procurá-lo, cedo ou tarde. É realmente uma questão de ficar com a melhor oferta.

Mas Peter não vai me oferecer o que os Murphy me oferecem, pensa Sal. O cargo *dele*.

O movimento mais seguro seria voltar parar Peter, terminar com os irlandeses e lidar com ele depois. O movimento mais corajoso seria se juntar aos Murphy, se livrar dos Moretti e então colocar os irlandeses de volta no lugar deles.

— A pior coisa — opina Tony — seria os Murphy vencerem sem você. Aí você está fodido.

Abandonado, pensa Sal.

— Eles podem vencer? — pergunta ele.

Menos homens, menos armas, Danny Ryan fora de jogo...

— Com a gente do lado deles, talvez — diz Tony.

— O equilíbrio do poder.

— O equilíbrio do poder. — Tony sorri.

— Não posso correr o risco de ser visto com Pat — diz Sal. — Não até estar tudo acertado. Se tivermos um encontro, será você. Tudo bem com isso?

— É claro.

— Procure Jimmy — diz Sal. — Diga a ele que eu talvez esteja interessado em conversar, mas não antes que certos caminhos estejam abertos na Flórida. Se der certo, você será meu *consigliere*.

Ele olha para Tony, ainda deitado ali, como o bosta preguiçoso que é. Bosta preguiçoso e lindo.

— Meu Deus — diz Sal.

— O que foi?

— Se minha esposa, meus filhos...

— Você não acha que Judy já sabe? — pergunta Tony.

— Ei, eu pego ela de jeito.

— Ela sabe — diz Tony. — Ela só não quer dizer.

— Outros têm as *gumars* deles.

Tony se enfurece.

— Não sou a porra da sua *gumar*.

— Eu sei. Não quis dizer...

Sal se levanta, coloca o casaco, sai pela porta.

VINTE E DOIS

O perfume dela a precede no cômodo — Danny, descansando depois da sessão de reabilitação, sente o cheiro antes de vê-la. Madeleine entra na clínica, toda estilosa e amável, e isso só o irrita.

— Quero que converse com alguém — diz ela.
— Quem?
— Ele está lá fora no estacionamento. Danny, por favor, pelo bem de sua família, apenas o escute.

Ele a segue até onde o carro está estacionado. Madeleine abre a porta do passageiro para ele e diz:

— Só mantenha a mente aberta, Danny. Por favor.

Então, ela some.

O homem no carro diz:

— Danny, sou Phillip Jardine, do FBI.

Sério?, pensa Danny. Jardine parece ser do FBI, porque os federais têm certa aparência. Cabelo curto, gravata desbotada, rosto ameno de branco protestante. Essa porra de Jardine segue o padrão — cabelo loiro cortado a navalha, olhos azuis claros, um verdadeiro escoteiro exemplar.

Exceto que Danny sabe que os escoteiros exemplares dos federais ganham distintivos por cortar gargantas.

Mas ele entra no carro. Porque, se alguém que ele conhece parar o carro e o avistar falando com alguém que *não* conhece, vai querer saber quem era e por quê.

— Seja rápido.
— Quero ajudar você.

Ah, é, pensa Danny. *Famosas primeiras palavras. Quero ajudar você a foder com seus amigos, se transformar em um traíra, entrar no Programa de Proteção à Testemunha e vender ração de galinha onde Judas perdeu as botas. O que os federais querem dizer com "quero ajudar você" é "quero ajudar você a me ajudar".*

Danny conhece a argumentação federal: *Amizade? Foda-se a amizade. Eu sei que se conhecem desde criança e toda essa porcaria, mas agora está na hora de crescer. Você tem filhos, quer que eles conheçam o pai? Ou quer vê-los uma vez por mês, do outro lado de uma mesa de metal, sem poder tocá-los? E a esposa? Sem ofensa, mas ela vai esperar? Quanto tempo ela vai se revirar em uma cama vazia antes de achar um homem novo, que ela vai ensinar seus filhos a chamar de "tio"?*

— Me ajudar a fazer o quê? — pergunta Danny.

— Ter uma vida.

— Eu tenho uma.

— Por mais quanto tempo? Vocês estão perdendo a guerra. Você sabe disso, eu sei disso, todo mundo na rua sabe que é só uma questão de tempo. Você tem uma esposa, um filho a caminho. Uma família que te ama.

Danny sente uma pontada de raiva.

— O que você sabe da minha família?

Jardine dá de ombros.

— Se você os ama, e tem a chance de dar uma vida a eles, aceite.

— E você está me oferecendo essa chance?

— Isso mesmo — diz Jardine. — Você termina seu tratamento aqui e vai. Você, Terri e o bebê que ela está esperando.

— Para o programa?

Jardine assente com a cabeça.

— Mas vou precisar testemunhar contra meus amigos — diz Danny.

— Seus amigos? — pergunta Jardine. — Quais? Os Moretti? Eles o querem morto. Os Murphy? Acha que é um deles? Membro da família? Não é. Podem te deixar comer na mesa deles, mas nunca te darão sua própria cadeira.

— Foda-se. Não.

De jeito nenhum, de porra de maneira nenhuma ele vai testemunhar contra os amigos. Contra Pat ou mesmo John.

Jardine sorri.

— Eu disse a sua mãe que isso era o que você responderia.

— Ela deveria ter escutado você — fala Danny, mexendo na bengala, colocando a mão na maçaneta da porta.

— Há um meio-termo — diz Jardine. — Você me dá um pouco de informação de vez em quando. Se um assassinato for planejado, você me dá uma dica. Só estou tentando manter a contagem de corpos baixa aqui, Danny.

— E você faz o que por mim?

— Se as coisas derem errado — diz Jardine —, o FBI entra e lhe dá apoio. No tribunal, na sala do juiz, no escritório do promotor. Nós cuidamos dos nossos. Se soubermos de uma ameaça a você, será avisado, não estará lá quando estiver para ocorrer.

É isso que você quer, pensa Danny. *Quer um informante nas ruas. Fez a oferta do programa para contentar os amigos de trepada da minha mãe, mas gostaria mesmo de me ter lá fora enquanto eu for útil. Assim que não for mais, eu que me foda. O FBI descarta informantes como lenços Kleenex. Batem punheta em cima, jogam fora. Se um informante é morto, é tipo:* Opa, próximo.

— Não responda agora — diz Jardine. — Pense nisso.

— Pense em ir se foder.

— Essa não é a resposta aos seus problemas, Danny.

Que porra você sabe, pensa Danny, *sobre meus problemas?*

Madeleine está esperando por ele no saguão.

— Você tem uma família para pensar.

— Olha quem fala.

— Estou aqui agora.

— É, *agora*. — Vinte sete anos tarde demais. — Onde vai estar amanhã?

— Essa não é a questão, Danny — diz ela. — A questão é: onde *você* vai estar amanhã? Onde Terri vai estar? Onde seu filho vai estar?

— Vão estar comigo.

Ela tenta uma abordagem diferente.

— Você poderia ter uma vida em algum lugar.

— Eu tenho uma vida aqui.

— Que vida? — questiona ela. — Você é encarregado nas docas, coletor para os Murphy e seria um assassino, se não tivesse ferrado com isso. Se estamos sendo sinceros aqui, é o que você é.

— Pelo menos não sou uma puta — diz Danny. Ele vê a dor nos olhos dela, vê que atingiu o alvo, mas não consegue deixar de completar: — Já que estamos, sabe, sendo honestos aqui.

— Fiz o melhor que pude com as cartas que recebi — fala Madeleine.

Parece a ele algo ensaiado, como uma frase que ela tivesse dito a si mesma mil vezes, acordando ao lado de homens que não amava. *E eu poderia dizer a mesma coisa*, pensa Danny. *Fiz o melhor que pude com as cartas que você me deu.*

— Então é isso que você quer? — pergunta ela, incrédula. — Quer ficar em Dogtown?

— Foi lá que você me deixou.

Que você me *deixou*.

— Se quer que eu vá embora, eu vou. — Ela passa por ele indo para a porta, e então se vira. — Mas não machuque sua família porque me odeia.

Ele está de volta ao Residence Inn, semiadormecido, umas duas horas depois, quando ouve Terri chegar, colocar algumas sacolas sobre o balcão e entrar no quarto.

— Como foi a reabilitação?

— Boa. Eu andei.

— Sério?

— É — diz Danny. — Seu marido é um bebê de dois anos.

Ela abaixa os olhos para ele e fala:

— Não acho que um bebê de dois anos tem *isso*.

— Eu devia estar sonhando.

— Melhor ter sido comigo — diz ela, abrindo o zíper da braguilha dele.

— Ah, sim, foi.

— É? — pergunta ela. — Eu estava fazendo *isso* com você?

— Jesus, Terri.

— Ou isso?

A boca dela é úmida e quente, a língua dela balança, ele sabe que não vai durar muito. Sentindo isso, ela para e começa a montar nele.

— Você pode fazer isso? — pergunta ele. — Não quero machucar você ou o bebê.

— Seria gostoso — diz ela. — Mas vai machucar *você*?

— Você não está tão pesada.

— Está brincando? Estou uma baleia.

— Não sei se eu consigo...

— Eu faço o trabalho.

Terri se move sobre ele com uma graça surpreendente, balança para a frente e para trás, fecha os olhos e sente seu prazer. Fazia muito tempo; ele luta para se segurar, mas, quando a ouve gozar, sente o aperto dela nele e solta o freio.

Ela rola de cima dele com cuidado, deita-se de costas e adormece.

Danny não. Normalmente ele dorme, mas tem muita coisa na cabeça — um possível acordo com Sal — ou talvez Chris — e um fim para a guerra. E havia ainda a oferta de Jardine — ou ofertas, plural. Tornar-se um delator, entrar no programa, ou então um dedo-duro, um informante.

Ele escuta Terri respirar e, pela primeira vez, considera aquilo de verdade.

Talvez eu deva isso a ela, ao bebê em sua barriga.

Um novo começo em algum lugar, um emprego legítimo.

Ela ficaria dividida, pois significaria se voltar contra a família, mas, por outro lado, ficaria aliviada por estar em segurança.

Mas eu conseguiria fazer isso?

Poderia me virar contra John, mas e Pat?

Ele pensa naquilo e, de algum modo, tudo se mistura com a mãe abandonando ele e seu pai; torna-se tudo a respeito de Dogtown, lealdade e toda aquela merda e apenas vai para o lado, como um barco à deriva indo para as pedras.

VINTE E TRÊS

Peter Moretti precisa engolir uma boa dose de humilhação.
Ele sabe que está começando a perder a guerra e precisa fazer agir, se movimentar para virar as coisas.
Movimentos dolorosos, humilhantes.
Primeiro precisou devolver as pedras a Solly Weiss, e o velho babaca foi tão santarrão que Peter teria gostado de dar um tiro na cara dele. Mas precisou ir, de chapéu na mão, pedir desculpas e entregar as pedras. Não antes de precisar tirar o colar do pescoço de sua *gumar*, o que não a deixou exatamente com tesão por ele.
Aquilo era ruim o suficiente, mas depois ele precisou estender uma mão a Sal Antonucci, pois sem ele e sua equipe, a guerra com os Murphy estava descendo ladeira abaixo. A verdade é que precisava de Sal, precisava de Tony. Mas Peter não conseguia ir, não conseguia se forçar a isso, então enviou Chris.
Chris foi contra enviar *qualquer um* para falar com Sal.
— É um engano. Ele foi um filho da puta egoísta em primeiro lugar, e agora vamos atrás dele implorando? Só vai deixá-lo mais cheio de si. De qualquer modo, acredite em mim, ele não consegue evitar, vai voltar para a luta.
— Vai, mas de que lado? — perguntou Peter.

Eles se sentam em uma mesa no Fiori, Chris e Frankie V. de um lado, Sal e Tony do outro.
Tecnicamente, Sal é o anfitrião, mesmo que Chris tenha pedido o encontro, pois é sua área e o restaurante está sob sua proteção. Então,

Sal pede uma garrafa de um bom vinho, degusta para aprovar e serve uma taça para Chris.

Chris vai direto ao assunto.

— Peter está preparado para devolver o que pegou no lance de Manchester.

— Por quê? — pergunta Sal. — Por que isso?

— Vamos, Sal, vai me fazer chupar seu pau?

— Prometo que não gozo na sua boca.

— Peter sabe que estava errado — diz Chris. — Ele sabe, pede desculpas e quer reparar o erro.

— Então por que ele não está aqui?

— Eu o aconselhei a não vir — responde Chris. — Se ele viesse em pessoa, e você recusasse, ele ficaria muito humilhado, você sabe disso. Se conseguirmos chegar a algum tipo de acordo aqui hoje, posso ir até Peter, e ele ficará feliz em vir. Mal consegui segurá-lo hoje.

— Mas conseguiu — diz Tony.

Chris olha para Sal.

— Ele fala por você agora?

— Ele é livre para falar o que pensa — diz Sal. — E, vamos ser sinceros, Peter não "se arrependeu", não levantou um dia e percebeu, "fui um bosta com o Sal". Vocês estão perdendo a guerra, precisam de mim e da minha equipe.

Chris não responde, mas abaixa a cabeça de um modo que demonstra concordância.

Sempre um diplomata de merda, pensa Sal.

— Você poderia pegar o dinheiro, comprar sua casa — sugere Chris, e então, quando vê o olhar no rosto de Sal, vê que foi um erro.

— A casa foi vendida — retruca Sal, a voz baixa e raivosa.

— Há outras casas — diz Chris, tentando recuperar vantagem.

— Não como aquela.

— Eu ainda não acabei. Você volta, depois que essa coisa acabar, fica com o sindicato dos estivadores.

É grande — muito mais do que valia o trabalho em Manchester. Uma bela parte do negócio dos Murphy, um bom naco da renda potencial dos Moretti. É um verdadeiro sacrifício para Peter — uma oferta de verdade.

— Não quero — diz Sal.

— Como assim? — pergunta Frankie V.

Ele com certeza quer.

— Estive pensando — diz Sal — sobre essa coisa. Mudou, não é como nos velhos dias. Havia regras. Agora? Peter pode vir e arrancar meu dinheiro daquele jeito? Quem diz que ele não pode fazer de novo? Ele "me dá" o sindicato? Foda-se, eu *tomei* o sindicato para ele. Ele "me" dá merda nenhuma. E aí ele pode tirar com a outra mão quando tiver vontade?

Ele deixa aquilo pairar no ar por um segundo, antes de dizer:

— Não. Tenho meus negócios: o restaurante, o estacionamento, as roupas de cama. Minha família tem o que comer. Talvez eu apenas me sente aqui, fique contente com isso. Porque, vou lhe dizer, veja os últimos anos. Todo mundo termina morto ou no xadrez. Estou pensando em morrer em casa.

Frankie apela para a velha escola.

— Não é assim que funciona. Você fez um juramento. Até morrer.

— Quem vai me obrigar a isso, Frankie? — pergunta Sal. — Você?

Frankie se vira para Chris.

— Por que porra está gastando a saliva? Ele está pouco se fodendo para os amigos sendo mortos. A família dele tem o que comer, certo? Foda-se. Estou caindo fora.

Chris olha para Sal.

— Então, o que devo dizer a Peter?

— Termine sua taça — diz Sal. — Aí, pegue o dinheiro de Peter, o sindicato e as "desculpas" dele e diga a ele que pode enfiá-los no cu.

— O que acontece quando os Murphy vierem atrás de você, Sal?

— Por que eles viriam atrás de mim?

— *Eu* não deixaria você.

Bem, obrigado por me dizer isso, pensa Sal. *Se eu não voltar para o grupo, você me mata*. Mas ele fala:

— Se eles vierem atrás de mim, lido com eles. Até lá, não tenho nada contra vocês dois.

Conseguir um pouco de tempo, talvez fazer com que discutam se querem mesmo vir atrás dele.

Quando eles vão para a porta, Sal diz:

— Da próxima vez que eles vierem, vão vir armados. Chris vai pedir um encontro apenas entre mim e ele; Frankie V. vai estar lá para me apagar. Então, você será o próximo.

— Então o que você quer fazer?

— Marque o encontro com o Murphy — diz Sal. — Diga a ele que aceito o acordo. Vá agora.

Porque é urgente. Assim que Peter receber seu "não" como resposta, vai responder, e não vai ser com palavras.

— Não estou com meu carro — diz Tony.

— Pega o meu.

Jimmy Mac leva Danny até o Gloc.

Quando Danny entra, não está usando a bengala. Manca um pouco, mas, a não ser por isso, não daria para saber que Steve Giordo o encheu de balas. Todos na vizinhança sabem, no entanto. Todo mundo sabe que Danny Ryan era a isca na emboscada frustrada. Que a mãe entrou em cena e o tirou da merda e que aquilo fez o pai tomar um porre de proporções épicas. Marty Ryan derrubou a garrafa como um saco de pancadas.

— Vou esperar lá fora — diz Jimmy.

O Gloc está decorado para o Natal. Bem, mais decorado que o normal. Uma árvore falsa esquálida, algumas luzes e festões que parece ter sobrado da Segunda Guerra. No som tocava alguma irlandesa interpretando "Santa Claus Is Coming to Town", o que Danny considera uma ideia realmente ruim.

John e Pat estão na sala dos fundos.

Pat se levanta e abraça Danny.

— Sinto muito por não ter ido ver você mais vezes.

Danny diz:

— Pat, precisamos conversar.

Eles saem e vão para uma mesa, Danny conta o acordo em potencial com Sal.

— Você fez isso sozinho? — pergunta Pat. — Gostaria que tivesse falado comigo antes.

— Eu tenho que falar com você, Pat? — devolve Danny.

Ele sabia que deveria ter falado, e o antigo Danny teria feito isso. Mas há algo em ser alvejado que o faz querer ser independente.

— Sobre algo assim, precisa.

— É uma chance de terminar essa coisa, fazer com que acabe — diz Danny. — Se Sal e sua equipe vierem para o nosso lado, Peter vai pedir paz, especialmente se Pasco não continuar o apoiando.

— Ele resolveu aquele problema com Pasco.

— Mas não resolveu as coisas com Sal — fala Danny. — *Nós podemos botar um fim nesta guerra, Pat.*

Parar o derramamento de sangue.

Pat balança a cabeça.

— Os italianos são italianos. No fim das contas, acreditam em sangue. No fim das contas, vão sempre ficar do lado uns dos outros. De qualquer jeito, é tarde demais. Não precisa mais se preocupar com Sal Antonucci.

— Do que está falando?

— Nada que você precise saber.

— Nada que eu precise saber? — pergunta Danny.

Merda, cara, tomei um tiro por você. Agora sou um Zé Ninguém? Por que, porque meu sobrenome não é Murphy?

— Só estou te protegendo, Danny — diz Pat. — Você não pode testemunhar sobre o que não sabe, ser condenado.

— Você não confia em mim.

— Confio em você. Você é meu irmão. Mas essa coisa com Sal, eu gostaria que não tivesse feito isso. As coisas já estão em movimento.

— Mandei uma mensagem para o cara, Pat.

— E não deveria ter mandado — diz Pat. — Você parece cansado, Danny. É melhor não exagerar. Vá para casa, descanse um pouco.

Dispensado, pensa Danny.

Para fora da sala dos fundos.

— Vamos — chama Danny.

Jimmy baixa o copo de cerveja.

— Está bem?

— Estou, estou bem.

Eles saem para a rua.

Um carro vem para cima deles em alta velocidade.

Ronca rua acima, e Danny não hesita. Ele não pensa nem tenta ver quem está atrás do volante, apenas saca a arma e a descarrega no para-brisas. O carro perde o controle e bate na traseira de um caminhão de entregas que está parado na calçada.

Danny e Jimmy caem fora dali.

Espatifam a arma de Danny e deixam partes dela no rio, em um depósito de lixo e em uma vala.

Sal olha pela janela, observa Tony andar até o carro.

Ele é uma bela criatura, pensa Sal.

Uma criatura linda para caralho. Como um cavalo de corrida nobre, esguio, musculoso e orgulhoso de sua força.

Tony abre a porta e senta no banco do motorista. Ele olha pela janela, vê Sal olhando, sorri, feliz por ser observado, os dentes brancos como neve fresca, e gira a chave.

O carro explode em chamas.

Sal vê Tony abrir a porta e sair gritando pela rua. Ele está em chamas, os braços na frente do corpo, como um cego. Dá dois passos, gira e cai.

A ironia é que Tony sempre disse que queria ser cremado quando sua hora chegasse, e a piada (embora ninguém a repetisse para Sal) era que ele foi mesmo. De qualquer forma, colocaram o que restou dele em uma urna, fizeram uma missa e um funeral com recepção, pelos quais Sal pagou, mas ele está inconsolável.

Peter só está feliz porque Pat Murphy conseguiu o que ele não conseguiu — trazer Sal de volta para o grupo dos Moretti.

Não aconteceu imediatamente.

Sal entrou em uma depressão profunda, apenas fechou a porta de seu covil e se recusou a sair.

Peter Moretti foi pessoalmente e levou uma mala de dinheiro — o "imposto" pelo trabalho de Manchester —, mas Sal nem o recebeu. Peter deixou o dinheiro com a mulher de Sal e foi embora.

* * *

— Bombas em carros? — grita Danny na sala dos fundos do Gloc.

— É isso que somos agora? Porra, Pat, e se a mulher dele e os filhos estivessem no carro?

— Eles não estavam — diz Pat, mas sabe que está levando as coisas para um lugar que não deveriam ir.

Danny está furioso. Eles tinham tirado Sal da guerra, talvez até o deixado disposto a entrar para o lado deles, e agora é certo que ele vai voltar para os Moretti. Porra de irlandeses, sempre esperando a próxima derrota. Não conseguimos parar de nos atrapalhar.

Aquele velho ditado: "Se chovesse sopa, os irlandeses iam correr para fora com garfos".

Muito parecido com o que acontece agora.

Danny pensaria naquilo nos anos seguintes. O "e se" da coisa toda. E se Tony tivesse com o próprio carro. E se Danny tivesse conseguido convencer Sal.

Mas nada daquilo aconteceu.

O jeito de Deus de foder com a gente.

Os policiais de Providence pegam Danny.

Colocam-no no assento traseiro de um carro descaracterizado. Viola escorrega para seu lado e pergunta:

— O que sabe da bomba no carro?

— Nada.

— O mesmo velho Danny Ryan — diz O'Neill, do assento do motorista. — Ele nunca sabe nada. Imagino que não saiba nada sobre aqueles dois caras baleados no carro outro dia. Os irmãos De Salvo.

Sei apenas que eles tentaram me matar, pensa Danny. Ele não responde.

— Tony Romano morto queimado — fala Viola a Danny. Ele está bravo. — Vocês fizeram isso, seus burros de merda.

— Não sei de nada.

— Você vai fritar até a morte na cadeira elétrica também — diz Viola. — Sabia disso? Gostaria de colocar você lá. Eu mesmo ia ligar a porra do interruptor.

— Acabamos aqui?

— Por ora — responde Viola.

Danny abre a porta e sai.

Pasco telefona.

Danny fica surpreso quando o telefone toca e ele ouve a voz do velho.

— Jesus Cristo, Danny, que porra está acontecendo aí?

— Não sei, Pasco.

— Não podemos aceitar essa merda — diz Pasco. — Carros explodindo? Sabe que tipo de pressão isso vai trazer? Não há nada que eu possa fazer para impedir.

Danny sabe.

Alguém ser apagado é uma coisa — o público quase espera isso. Mas bombas em carros? Quando pessoas inocentes se machucam? Aí, é outra história — é merda da Irlanda do Norte e o público não vai aceitar.

— Não quero saber quem fez isso — diz Pasco.

Todo mundo sabe quem fez, pensa Danny.

— Você sabe como Sal vai reagir? — pergunta Pasco. — Ele vai ficar louco, e não podemos deixar isso acontecer. Precisamos conter a situação.

É, e como isso vai acontecer?, Danny se pergunta.

Pasco diz a ele.

— O que quero que você faça — instrui Pasco — é ir até Sal e dizer a ele que você e os Murphy não tiveram nada com isso.

— Ele não vai acreditar.

— Minta até o cu fazer bico — diz Pasco. — Faça com que ele acredite em você.

— É mais fácil ele atirar em mim.

— Está com medo, Danny? — pergunta Pasco.

Claro que estou, pensa Danny. *Você conhece Sal. Quando ele entra no estado mental de assassinato, quem estiver na frente dele é morto. Não quero que seja eu.*

— Você é o único do seu lado que pode fazer essa aproximação — diz Pasco. — Sal te respeita.

— Ele me odeia.

— Mas ele te *respeita* — repete Pasco. — Espero que o filho de Marty Ryan faça isso.

Então é isso — o que Pasco Ferri espera, Pasco Ferri consegue. Portanto, Danny vai até Narragansett, estaciona no quarteirão de Sal, do outro lado da rua da casa dele, e espera. Dizem que Sal está entocado, em luto, mas ele precisa sair cedo ou tarde.

Mas a névoa vem antes.

Quando uma bruma pesada vem do oceano, pode chegar rápido. Um segundo, é um anoitecer limpo; no próximo, há uma colcha prateada cobrindo tudo. A temperatura cai com a mesma rapidez, então, está frio e enevoado quando Danny vê Sal saindo da casa, levando alguma coisa debaixo do braço.

Danny dá um pouco de espaço para ele, antes de sair do carro e o seguir por três quarteirões até o oceano.

Um quebra-mar percorre Narragansett Beach pela maior parte de sua extensão. Uma calçada segue ao longo, popular no verão, mas deserta agora no frio e na neblina, a não ser por Sal.

Ele está caminhando na direção oposta às Towers, restos de um cassino que ficava ali nos anos 1880, quando a cidade era um próspero resort para os ricos vindo de Nova York.

As duas torres, cada uma com um topo cônico de ripas, ficam dos dois lados da Ocean Road; um passeio com arcos e uma cúpula central abarca a rua. Em uma noite limpa, as Towers são icônicas, mas agora Danny mal consegue vê-las através da névoa.

Ele segue Sal, que parece alheio.

Danny duvida. Sal sabe que tem um alvo nas costas, sabe que escapou por pouco da bomba no carro. Uma mão está em volta do pacote, a outra, no bolso do casaco, e Danny pode imaginar que ele está segurando uma arma.

Sal continua andando na direção do Monahan's, uma barraca de mariscos, fechada para a estação, que fica na base do que costumava ser o píer de Narragansett.

Danny sente a pistola que carrega no bolso do *seu* casaco, diminui a distância e chama bem alto:

— Sal!

Sal para, vira-se e olha através da neblina.

— Ryan?

Danny levanta as mãos.

— Venho em paz, Sal!

— Foda-se você, paz!

— Só quero conversar!

— Vá para longe de mim — diz Sal — antes que eu te enfie uma bala na cabeça.

— Não fomos nós, Sal — responde Danny. — Juro por Deus que não tivemos nada...

— Filho da *puta* mentiroso!

Ele saca a arma do bolso e a aponta para Danny.

Danny corre.

Se fosse um filme, ele diria algo inteligente, sacaria a própria arma e atiraria, mas é a vida real — mais criticamente, é a morte real, e Danny corre o mais rápido que seus quadris lhe permitem.

Com uma arma apontada para ele, ameaçando disparar com dolo, suas pernas parecem poste telefônicos de tão duras e pesadas, aí ele ouve o estampido e sente a corrente de ar passar quando a bala erra sua cabeça.

Ele não acha que a próxima vai errar o alvo — o assassino em Sal vai acalmá-lo, e ele acertará o próximo tiro nas costas de Danny —, então salta o quebra-mar, cai por uns dois metros nas rochas e quase escorrega nas pedras lisas de limo. Mas os deuses do mar estão com ele e lhe deram uma maré baixa. Ele se agacha e se aperta contra o muro.

Talvez seja a imaginação de Danny ou talvez ele realmente consiga ouvir os passos de Sal o perseguindo. Danny sente que o coração disparado vai delatá-lo, mas a cabeça sabe que as ondas batendo nas pedras com força mais adiante fazem muito mais barulho.

Ainda assim, se Sal o vir, ele é um homem morto, preso entre o oceano e o quebra-mar.

Como qualquer nativo de Rhode Island, Danny passou muitas horas amaldiçoando a névoa. Ficou perdido naquela sopa no mar em pescarias, morrendo de medo de que o barco batesse nas pedras. Abençoou os faróis em Point Judith e Beavertail por atravessar as brumas e guiá-los para casa. Dirigiu na rodovia à noite, ou pior, em uma das estradas menores perto da praia, precisando abrir a janela e olhar para baixo para ver a linha amarela para ficar na pista.

Mas agora ele dá graças à maldita neblina saindo do oceano.
Agachado, escondido, ele ouve Sal gritar:
— Foda-se, Ryan! Fodam-se todos vocês, está me escutando?!
Danny o escuta. Não está tentado a responder para afirmar sua compreensão ou gritar um desafio.
O oceano salvara sua vida; ele não ia desperdiçar aquela dádiva.
Ele espera uma boa meia-hora antes de ousar subir de volta pelo paredão. Olhando para cima e para baixo no quebra-mar, não vê Sal.
Com os sapatos encharcados, Danny caminha deixando poças d'água até o carro e vai para casa.

Com a urna contendo as cinzas de Tony na mão, Sal desce para o pontão onde ficava o velho píer de Narragansett. Abre a urna, joga as cinzas ao vento para o mar e então as segue.
Sal Antonucci pula das rochas — onde, verão sim, verão não, algum turista se afoga porque não sabe o que faz —, para dentro do oceano em torvelinho, por que quer morrer.
Ninguém está ali no inverno, ninguém o vê. A água está mortalmente fria; o mar, faminto, avança e o leva. Sal se debate nas ondas ao mudar de ideia e decidir que quer viver, mas agora a escolha é do oceano, não dele.
O mar só devolve o que não quer.
Ele o joga de volta e Sal se agarra às rochas lisas até ter forças para se puxar para cima.
Decide que vale a pena viver para matar Pat Murphy.
E depois Liam Murphy.
E depois Danny Ryan.

— Você precisa sair da cidade — diz Danny a Pat.
Mas Pat não vai, ainda que John, a mãe, até Sheila peçam que ele vá embora. Vá para New Hampshire, Vermont, desça para a Flórida, apenas saia de Dogtown. Mas Pat, capitão do time de futebol, do time de hóquei, do time de basquete — Pat, nascido líder — não vai.
— Então fique fora do radar — recomenda Danny.
Mantenha a cabeça baixa e alerta.
Diz isso a ele sabendo que não vai adiantar.

Pat tem desejo de morte agora.

Está no sangue, a coisa do mártir irlandês. Eles correm em direção à morte como se ela fosse uma linda mulher.

Pam vem até a porta.

— Onde está o inútil do seu marido?

— No quarto — diz ela, apontando com o queixo.

A porra do Liam, pensa Pat, *ainda escondido*. Bem, isso vai ter um belo fim.

— Sei o que acha de mim — diz Pam.

— Sabe?

— A mesma coisa que eu penso de mim mesma. Que sou uma puta.

— Eu nunca disse isso.

— Não, eu disse. Sou uma puta. Sou a biscate que causou tudo isso. Queria nunca ter vindo para cá. Queria nunca ter conhecido ele.

Somos dois, então, pensa Pat. Não, somos *todos*.

— Quer entrar? — convida ela.

Liam sai do quarto, ajustando o cinto, o cabelo desarrumado; está descalço e não se barbeia há um par de dias. Vendo o irmão, ele diz:

— A que devo a honra?

— Vai se foder.

— Ultimamente, eu ando precisando mesmo. — Liam olha para Pam e dá um sorrisinho.

Ele anda até o balcão da cozinha, pega um copo sujo, coloca dois dedos de scotch e o levanta para Pat.

— *Sláinte*.

Pat não está a fim.

— Você começou tudo isso, parceiro; está na hora de voltar ao jogo.

— Engraçado — diz Liam. — Minha querida esposa aqui estava me dizendo a mesma coisa agora mesmo.

— Sal vai voltar para a guerra agora — fala Pat. — Vai atacar de volta pelos Moretti. Precisamos de mais soldados, e seria bom se os caras te vissem no front.

— Você é o comandante — responde Liam. — Só me diga onde e quando, e eu marcho.

— Você podia começar aparecendo no Gloc.

— Certo — diz Liam. Ele termina a bebida. — Espere só até eu colocar os sapatos, pegar minhas coisas e já vou.

— Faça a barba antes.

— Sim, *senhor*.

Liam faz uma saudação, baixa o copo, dá um aceno para trás e volta para o quarto.

— Quer uma bebida ou alguma coisa? — pergunta Pam.

— Não, obrigado — diz Pat. — Preciso ir ver minha mulher. Apresse o cara, tá? Não deixe ele voltar para a cama.

— Quer que eu diga a Liam que não trepo até ele sair e fingir que é homem? — questiona Pam. — Meio que Lisístrata ao contrário?

— Não sei o que isso quer dizer — responde Pat.

— Não importa — fala Pam. — Ei, Pat? Se vale alguma coisa, eu sinto muito.

— É.

Todos sentimos muito.

E daí?

Sheila não está em casa quando ele chega. Há um bilhete na mesa da cozinha dizendo que ela saiu para comprar comida e levou o bebê. Pat vai encontrá-la, mas, quando sai, ela está voltando pela rua empurrando um carrinho.

Pat se estica para levantar o filho.

O bebê *berra* tão alto que é engraçado, e tanto Pat quanto Sheila riem.

— Ele não reconheceu você — diz Sheila.

— Não tenho ficado com ele o suficiente — fala Pat, devolvendo o menino a ela.

Sheila não discute. Segura o bebê contra o peito, arrulhando, e o choro para.

— Vai acabar logo.

Ele vê as lágrimas surgirem nos olhos dela. A Sheila forte, a Sheila durona, a Sheila casca-grossa, isso tudo a está consumindo.

Aí, ela solta:

— Pat, vamos embora. Sair daqui.

— Não posso fazer isso, Sheel — diz Pat. — Preciso pensar no restante do grupo.

— Pensa mais neles do que na própria família? — pergunta ela. — Sua própria esposa? Se não quer pensar em mim, pense em seu filho. Quer que Johnny cresça sem pai?

— Não, claro que não.

— Então?

— Não vai acontecer nada comigo.

— Ah, é, porque você é invulnerável? — questiona ela. — Você é o Homem de Aço, pula prédios num só salto...

— Pare com isso.

— Não, *você* pare com isso — diz ela. — Antes que seja tarde demais.

— Estou tentando.

— Não, você está tentando continuar — retruca Sheila. — Eles matam um dos nossos, matamos um dos deles... Não quero ser viúva, Pat. Não quero criar o nosso filho sozinha.

— Você não vai.

— Vamos embora, fácil assim — diz ela. — Vamos lá em cima, colocamos umas coisas no carro e vamos embora desse lugar.

— Não é simples assim.

— É *exatamente* simples assim.

Agora lágrimas correm pelo rosto dela.

É difícil para ele olhar para ela.

— Sheila... eu preciso ir...

— Então vá — diz ela. — Vá para os seus *caras*.

— Não fique brava, tá?

— Apenas vá.

— Eu te amo.

— Ama?

Ela leva o carrinho até a rampa, começa a tirar as sacolas de compras.

— Deixe que eu carrego essas — diz Pat.

— Posso fazer isso.

— Eu sei que pode, mas...

— Apenas *vá*!

Pat se afasta.

* * *

Danny está na rua há apenas cinco minutos quando Jardine vem com o carro atrás dele, abaixa a janela e diz:

— Entre.

— Está louco? Vou ser visto com você.

Danny continua a andar.

— Entre — diz Jardine. — Ou quer fazer isso no prédio da Polícia Federal?

Danny entra.

— Dirija. Para longe.

Jardine faz isso, vai para a 95 e depois atravessa Red Bridge para Fox Point, onde a maioria dos habitantes são portugueses.

— Vocês foderam com tudo — diz Jardine — transformando Tony na tocha olímpica.

Danny ama o jeito como os policiais federais tentam falar como mafiosos. Acham que os torna legítimos, quando na verdade faz com que pareçam uns babacas. Ele diz:

— Não sei nada sobre isso.

— Um mafioso a mais, a menos, não dou a mínima — diz Jardine. — Estou tentando te dizer, você está ferrado, o Aer Lingus está descendo e estou te oferecendo um paraquedas.

— Meu Deus, dá para você falar que nem gente normal?

— Certo — diz Jardine. — Sem floreios retóricos, os italianos estão realmente putos da vida. A bomba no carro trouxe Nova York inteira para a retaguarda, Boston, Hartford, até Springfield. Estão trazendo reforços de que vocês não vão dar conta. Você vai morrer, Danny, a não ser que aceite a mão que estou lhe oferecendo. Fui claro o suficiente para você?

— Foi.

Danny sabe que o filho da puta tem razão.

— Você pode sumir imediatamente — diz Jardine. — Nós passamos rápido, pegamos Terri e não paramos nem para abastecer. Você e eu nos sentamos com um gravador, e você ganha uma vida nova.

— Não vou delatar meus amigos.

— Pat Murphy é um homem morto — diz Jardine. — Liam? Ele é um merda, e você sabe disso melhor que eu. Jimmy Mac? Vamos combinar, você me dá os Murphy, trazemos Jimmy e conseguimos um belo acordo para ele.

— Você está querendo que eu dedure o pai e o irmão da minha mulher — fala Danny.

— Pergunte a Terri — sugere Jardine. — Pergunte se ela trocaria o velho e o irmão pelo marido e o bebê.

— Vá se foder.

— Está com medo de saber o que ela diria?

Na verdade, estou, pensa Danny.

Sentindo aquilo, Jardine pressiona.

— Ei, se John Murphy pudesse nos dar, por exemplo, Pasco Ferri, poderíamos conseguir um acordo para ele.

É, pensa Danny, *muita gente gostaria de Pasco fora do caminho.*

Peter Moretti sendo o primeiro deles.

— E meu pai? — pergunta Danny.

— O que ele fez é história antiga — diz Jardine. — Sem ofensa, mas ninguém se importa.

Mais para si mesmo do que para Jardine, Danny diz:

— Ele nunca mais falaria comigo se eu fosse um dedo-duro. Nunca mais me olharia.

— Então eu lhe faço a mesma pergunta. A quem você deve mais, sua mulher e seu filho ou seu velho? O que sua mãe me diz é que Marty não se importa muito com você.

Danny não responde. O que poderia dizer? O homem tem razão.

Como qualquer policial federal, Jardine sabe quando pressionar e quando relaxar. O protocolo diz que agora é hora de insistir, forçar Ryan a tomar uma decisão rápida, manter a bola em movimento, pegar a mulher grávida dele e fechar o acordo.

Mas seus instintos dizem outra coisa.

Dizem a ele para relaxar um pouco a pressão, dar um pouco de espaço a Ryan.

— Olhe, pense sobre o assunto — diz Jardine. — Mas não demore muito. Você não tem tempo. E não vou fazer a mesma oferta à sua viúva. Onde quer que o deixe?

Danny pede para saltar na rua Point.

É uma longa caminhada até em casa, mas ele precisa de tempo para pensar.

Tudo o que Jardine dissera era verdade.

Os italianos vão matar Pat, ele acha, vão matar Liam e o Velho Murphy, vão matar Jimmy e vão me matar.

Não é questão de "se", é de "quando".

A não ser que eu faça algo para mudar isso.

Certo, como o quê?

Não posso ir aos Moretti; mesmo se quisesse, jamais confiariam em mim de novo, e têm razão.

Posso simplesmente pegar Terri e ir embora, mas ela não vai ficar longe da família quando o bebê chegar. E, mesmo se ela fosse, os federais me encontrariam.

Ou posso aceitar a oferta de Jardine.

E me tornar um delator de merda.

Um informante, a maldição dos irlandeses.

Um homem que se volta contra os amigos.

Não se chega mais baixo que um delator.

Sim, se chega, ele pensa — um homem que não cuida da esposa e do filho.

Pat Murphy está sentado no Gloc, bebendo sozinho.

Liam não apareceu, foda-se ele.

Seus rapazes queriam ficar, mas ele os espantou. Bêbado agressivo. Ele termina o último gole, tranca o bar e vai para a rua. Pat nem vê o carro quando, cheio de Jameson e de arrependimentos, ele entra na rua Eddy.

Sal deve ter esperado.

Ele não usa bomba nem arma, usa o acelerador. Acelera o Caddy roubado e mira diretamente em Pat, que levanta os olhos no último segundo, puxa o .38 do bolso do casaco, mas não tem chance de atirar antes que Sal passe sobre ele.

Então o italiano engata a ré, vai para a frente, dá ré de novo, passando por cima de Pat repetidamente. Aí arranca com o carro, o corpo de Pat preso ao motor, e o arrasta por quarteirões antes de perceber.

Saindo de seu acesso de fúria, Sal pensa um pouco em autopreservação, joga o que restou de Pat Murphy no porta-malas e dirige.

Deixando manchas de Pat na rua Eddy.

Aquilo arranca o coração de Danny.

Pessoas clamando por vingança e procurando Danny e sua equipe para aplicá-la. Mas Danny diz não. Ainda não, pelo menos, ele não tem coragem. Era de se imaginar que o assassinato brutal do melhor amigo o motivaria, mas em algum momento você apenas diz foda-se, chega.

Seu coração se parte, está partido.

Liam, é claro, está todo inflamado na coisa da vingança, andando pelo Gloc dizendo como vai dar o troco pelo irmão. Ele não cala a boca até que Danny diz:

— Você não pode matar Sal.

— Por que não? — pergunta Liam.

Porque não pode, pensa Danny. *Porque Sal é bom demais para você e, de qualquer modo, você tem mais boca que colhões.* Mas ele diz:

— Porque, se Sal estiver morto, não pode dizer onde está o corpo de Pat, pode?

Sal o jogou em algum lugar, é claro, mas não vai contar, pois isso é equivalente a uma confissão de homicídio. A mãe de Pat está destruída como era de se esperar, mas está especialmente desesperada por não poder enterrar o filho, dar a ele um funeral digno. Até lá, não pode haver, como se diz, um ponto final.

— Ele não vai nos dizer de qualquer jeito! — grita Liam.

Pam, parecendo pálida, senta-se a uma mesa olhando para ele, e Danny nem pode imaginar o que ela pensa ou sente. Cassie só fica sentada no bar, olhando no espelho, bebendo Coca diet e lutando contra o impulso de beber.

— Não sabemos disso — diz Danny.

— Sabemos, sim — retruca Liam. — Quer dizer, por que ele diria?

A única razão, pensa Danny, *a única razão é que Pasco Ferri pode mandar que ele o faça.*

Não contar aos policiais, é claro, isso não vai acontecer, embora a polícia já tenha dito que os principais suspeitos eram dois homens negros aparentemente chapados. Mas Pasco pode querer persuadir Sal a dizer a ele.

Marty telefona para o velho amigo.
— Como isso chegou tão longe? — pergunta Pasco.
— Pasco, pode nos ajudar aqui?
Pasco faz a ligação para Sal.
No começo, Sal se fecha.
— Não sei do que está falando. Não me entenda mal, não estou triste porque o filho da puta está morto, mas ouvi dizer que foram uns negros.
— Não somos animais — diz Pasco. — Eles só querem enterrar o filho.
— Muita gente quer muita coisa que não consegue — responde Sal. — Eu queria uma casa. Eu queria meu amigo vivo. Os Murphy têm coragem em me pedir alguma coisa.
— Sou *eu* pedindo, Sal.
Pasco Ferri não está acostumado a pedir nada duas vezes. Sal não quer mais morrer, ele sabe que precisa fazer o que Pasco pede, mas quer salvar a pele, então coloca uma condição.
— Se John Murphy vier pessoalmente até mim, me pedir cara a cara, posso dizer a ele umas coisas que ouvi.

— Foda-se essa merda! — berra Liam ao ouvir a exigência de Sal. — Digo para pegá-lo, levá-lo a um galpão, prender uns cabos de bateria nas bolas dele e girar até ele nos dizer onde Pat está. Aí, nós o matamos.
Danny gostaria de pegar Liam pelo pescoço, derrubá-lo no chão e cobri-lo de porrada. *É culpa sua em primeiro lugar*, pensa, *é culpa sua, caralho!*
John diz:
— É isso que acha que deveríamos fazer, Liam? Deixe-me perguntar, como vamos fazer isso? Como vamos "pegá-lo"?
Liam não tem resposta para aquilo.
— Enquanto isso — diz John —, o corpo de seu irmão está apodrecendo em algum lugar e não podemos dar a ele um enterro apropriado.

— Depois que enterrarmos Pat — fala Liam —, vou matar aquele filho da puta.

— Faça isso — responde John. — Para dizer a verdade, filho, está na hora de você fazer *alguma coisa*.

Então John Murphy vai. Aparece na casa de Sal e toca a campainha como se fosse um tipo de vendedor. Quando Sal vem à porta, John diz:

— Obrigado por me receber.

Sal não fala nada.

— Minha mulher — começa John — não consegue dormir, ela tem sonhos.

Sal também tem sonhos. Na noite passada, sonhou que Tony veio até ele e lhe disse que deveria contar onde está o corpo de Pat Murphy. Diz que nenhum deles poderá descansar em paz até que faça isso. Sal acordou suando e gritando, e agora John Murphy está à sua porta. Ele diz:

— Não tenho certeza, é claro, como poderia, mas ouvi boatos. — Sal diz a ele onde talvez tenha ouvido que o corpo de Pat pode estar. Então completa: — Mas isso não quer dizer que as coisas estão acertadas entre nós.

— Só quero tempo para enterrar meu filho apropriadamente — diz John.

Sal apenas assente e fecha a porta.

John manda Danny.

Danny não consegue deixar de se perguntar por que não Liam, por que não mandar Liam buscar o corpo do irmão, pois era a merda de Liam que estava por trás da morte de Pat para começar. Mas ele já sabe a resposta: ninguém vai obrigar o bebê Liam a fazer nada difícil ou enfrentar suas responsabilidades. E Danny não vai pedir a John, pois o homem já está ferido o suficiente.

O que se pode dizer, reflete Danny, *sobre John engolindo seu orgulho, indo pessoalmente falar com Sal Antonucci? Chapéu na mão, até o homem que matou seu filho, para perguntar o que ele tinha feito com o corpo? O que aquilo exige? O que aquilo faz com um homem? Um homem velho que perdeu o filho?* Danny está pasmo. Percebe pela primeira vez por que Murphy manda nas docas e o pai não. É preciso ser um homem forte, muito forte, para fazer o que ele fez.

Então Danny não pergunta sobre Liam. Em vez disso, passa para pegar Jimmy Mac, pois sabe que ele iria querer fazer isso por Pat.

Eles vão à noite, como John prometeu a Sal, mesmo que isso torne muito mais difícil encontrar a cova. Saindo para a Plainfield Pike em um velho furgão, Jimmy diz:

— Algum dia achou que faríamos uma viagem dessa?

— Nem em meus piores pesadelos.

— Precisamos matar esses caras, sabe?

— Primeiro o mais importante, certo?

Enterrar Pat. Bem, primeiro desenterrar, depois colocá-lo de volta sob a terra decentemente. Aguentar o inferno que vai ser o velório e o funeral, e talvez, aí, pensar em matar Antonucci.

Se ele não nos pegar primeiro, como certamente vai tentar fazer.

A trégua vai durar até o fim do funeral.

Na manhã seguinte a guerra voltará e teremos sorte se sobrevivermos, que dirá matar Sal.

Mas primeiro o mais importante.

Encontrar o corpo de Pat.

A rota os levou pela mata, depois pelo promontório do lado leste do Reservatório Scituate. Sal disse que "ouviu um rumor" de que o corpo está em um acostamento antes que a Pike encontre a água novamente, uns noventa metros ao sul da estrada à direita. Haverá uns pinheiros secos, depois alguns vivos.

O corpo está na base do primeiro pinheiro vivo.

Jimmy vira no acostamento e dirige entre os pinheiros secos. Eles saem do furgão e iluminam os arredores com faroletes.

— Ele não ter escolhido algum lugar mais assustador — afirma Jimmy.

Danny mira o farolete na terra à frente dele e anda até a primeira árvore viva que vê. De fato, há um trecho de terra revirada, com folhas de pinheiro chutadas por cima.

— Pegue as pás — grita ele para Jimmy.

Jimmy traz as pás e entrega uma a Danny, que enterra a lâmina na terra solta e pisa nela com o pé direito.

Ele sente algo duro, então tira a terra.

Jimmy mira a luz para baixo, e Danny vê a pá acertar a cabeça de Pat. O que restou dela, pelo menos.

O cabelo foi arrancado com a maior parte da pele do lado direito da cabeça de Pat, e a órbita ocular está vazia.

Danny larga a pá, vira, se abaixa e vomita. Ele ouve Jimmy gemer *ah, porra, ah, porra* e então o som do colega com ânsia. Limpando a boca com a manga, Danny se vira e diz:

— Vamos terminar isso.

Eles cavam com o maior cuidado possível até que o corpo todo de Pat se revela na cova rasa. Ele está em posição fetal, a maior parte das roupas arrancadas, as pernas sem pele, com sangue seco e terra. A mão direita pende por apenas um tendão, os dedos ainda apertados, como se tentassem agarrar algo.

Sua vida, talvez, pensa Danny.

Eles abrem um velho cobertor do exército no chão, rolam Pat sobre ele, enrolam o mais apertado que conseguem, carregam o corpo para o furgão e o colocam na traseira.

Danny fecha as portas e vomita outra vez.

A última corrida de Patdannyjimmy é saindo da mata de volta a Providence.

Cassie está na frente do negócio dos Marley quando eles estacionam.

Danny a vê notar o carro e entrar para dizer às pessoas que eles estão ali. Ele sabe que a família está à espera e parte dele quer dizer a Jimmy para simplesmente seguir dirigindo, pois vai ser *brutal*.

— Está pronto para isso? — pergunta ele a Jimmy.

— Não.

— Nem eu.

Ele sai do furgão, entra na funerária e a família toda está ali — Terri, John, Catherine, Cassie e Sheila, que se obriga a olhar para Danny quando ele chega.

Ele assente com a cabeça para ela.

Até Pam está ali, com Liam.

Que agora decide tomar a dianteira. Levanta-se da cadeira e pergunta:

— Encontrou meu irmão?

— Fiz seu trabalho, se é o que está me perguntando. — Danny desvia dele e vai até Sheila.

Ela fica de pé enquanto ele diz:

— Você não quer vê-lo, Sheila, confie em mim.

— Ele é meu marido.

— Lembre-se dele do jeito que ele era.

Então ele ouve Cassie arquejar enquanto Jimmy e dois dos caras do Marley trazem Pat para dentro.

Aquilo era ruim o suficiente, mas o grito de Catherine ao ver o corpo do filho é um dos piores sons que Danny já ouviu.

Ele jamais se esquecerá daquilo.

Estão tentando levar o corpo de Pat até o elevador para levá-lo para baixo e trabalhar nele, mas Catherine entra na frente, agarra o cobertor, tentando rasgá-lo para ver o filho. John tenta puxá-la, mas não tem força suficiente e desiste, baixa a cabeça e aperta o nariz com os dedos.

É Cassie quem consegue tirar Catherine de cima do corpo do filho, quem a segura e não deixa que caia de joelhos, a segura com força enquanto ela soluça, e grita, e bate os punhos no ombro da filha.

Sheila passa por Danny, apalpa o cobertor até encontrar onde está a cabeça de Pat, e a acaricia pelo cobertor.

— Meu marido...

Então ela começa a chorar.

Danny a abraça.

O funeral é um show de horrores.

O caixão está fechado, pois nem mesmo Marley foi capaz de ajeitar o corpo em uma condição apresentável.

Danny está secretamente feliz, não queria se sentar ali por dias olhando para um rosto de cera, maquiado, que deveria ser seu melhor amigo. A porra do caixão é deprimente o bastante, com o fio de contas do rosário colocado sobre o carvalho polido.

É deprimente, também, o fluxo contínuo de visitantes entrando diligentemente, passando uns momentos em silêncio ao lado do caixão, depois indo até a família sentada para dizer como sentem muito pela perda. Então seguem até a última fileira de cadeiras dobráveis para se sentarem pelo que consideram uma quantidade decente de tempo até poder escapar.

Danny deseja que também pudesse.

No segundo dia da coisa, ele está voltando do banheiro quando tromba em Liam no corredor. Sente o cheiro de bebida no hálito dele quando Liam diz:

— Sei no que está pensando.

— É? No que estou pensando?

— Está pensando que deveria ter sido eu — diz Liam, como se fosse um desafio.

Danny não está com paciência para aquela baboseira.

— *Deveria* mesmo.

— Bem então concordamos em *alguma coisa* — responde Liam, abrindo passagem com o ombro.

No fundo do salão, Jimmy ouviu a conversa.

— Deveríamos ter apagado ele quando tivemos a chance.

— Queria muito que tivéssemos feito isso — diz Danny.

Ele volta para a sala para se sentar com Terri.

— O que Liam te disse? — pergunta ela.

— Não é importante.

— O quê?

— Que ele queria que tivesse sido ele em vez de Pat — diz Danny.

— E quem não queria?

O tempo não passa devagar para Danny; ele simplesmente não passa. Ele está afogado em memórias.

Pat e ele comendo sanduíches de açúcar, Pat, ele e Jimmy lendo quadrinhos do Super-Homem, quadrinhos do Batman, construindo modelos de carros. Uma vez estavam brincando em um canteiro de obras e acharam uma pedra que pensaram conter ouro, e pensaram que iam ficar ricos e falaram por horas sobre as coisas que iam comprar — carros, casas novas para os pais, um jato particular — até que precisaram admitir que sabiam que não era realmente ouro, mas ficaram tristes de qualquer modo e voltaram para casa de coração partido. Ou quando uma tia deu a Pat uma rede de borboleta e um kit de aniversário, e eles saíram caçando borboletas, e Pat pegou uma monarca na rede, mas não teve coragem de matá-la, ou, mais velhos, esgueirando-se para o quarto do pai de Jimmy, encontrando *Playboys* debaixo da cama. Pat atrás de um velho biombo no armário do quarto fingindo que era padre, ouvindo as confissões deles, certificando-se de que inventavam tudo ou seria sacrilégio. Primeira confissão, primeira comunhão, crisma, Pat levando tudo muito a sério, falava sobre talvez se tornar padre até começar a namorar Sheila no colegial e acabou ali, Danny perguntou a ele o que acontecera com o seminário e Pat apenas disse: "Tetas". Pat e Sheila, Jimmy e Angie, e ele e Terri saindo juntos, para Rocky Point, para a praia, para Newport, uma vez foram para o *jai alai* e Angie ganhou trezentos dólares e tentaram fazer com que ela gastasse tudo no Black Pearl, mas ela não quis e colocou tudo no banco, ou a vez que estavam jogando hóquei de rua em uma noite quente de julho em um campo de basquete e um cara tinha um taco tão curvado que não conseguia bater a bola para nenhum lado a não ser para cima, e ele deu uma tacada e acertou Liam bem na boca e Pat jogou as luvas e bateu em todo mundo e brigaram até que os policiais apareceram e os expulsaram, e então saíram e arrumaram alguém para comprar cerveja para eles e se sentaram do lado de fora bebendo cerveja e colocando gelo nas mãos feridas, e riram e conversaram sobre a briga, mas Pat ainda estava puto por causa do bastão curvado do cara, até que Danny falou que tinha ouvido dizer que Peter Moretti também tinha um bastão curvado, e Pat por fim riu, ou a vez que ele, Jimmy e Pat ficaram muito bêbados no colegial e se enfiaram em uma cabine telefônica para passar trotes, mas ficaram presos e não conseguiam abrir a porta, então ligaram para Sheila vir pegá-los, e riam muito quando ela apareceu, e balançou a cabeça, e disse que simplesmente deixaria eles lá, que era o que mereciam, mas abriu a porta e eles caíram para fora como latas e ficaram lá no estacionamento ainda rindo e rindo, ou a primeira vez que Pat levou Sheila para o estacionamento na praia e o idiota ficou com o carro preso na areia e precisou chamar Danny e Jimmy para ajudar a tirá-lo antes que o pai de Sheila descobrisse, Danny se recorda dessas coisas e tenta não pensar no corpo de Pat esfolado na terra.

Ele sonhou com isso, porém, na noite antes do enterro, as horas de vigília antes de colocarem Pat de volta na terra. Em seu sonho, Pat se estica como se dizendo: *Me ajuda, me tira daqui, me tira da morte* e Danny se estende, mas a mão de Pat sai na mão *dele* e Danny volta para casa de coração despedaçado, coloca a mão no balcão da cozinha e diz a Terri, é seu irmão e não há ouro.

O enterro é tão triste.

Danny mal consegue sair da cama de manhã, de tanto que quer não enfrentar aquilo.

Mas ele vai até a costa, pega Marty e Ned e então volta para casa para buscar Terri, e vão para o cemitério.

E ali está Liam de pé, rígido de raiva e culpa, Pam ao lado dele sabendo que as pessoas a culpam, talvez ela também esteja se culpando. E Cassie, sóbria — surpreendentemente, dada a situação —, termina o discurso fúnebre sem chorar:

— Ele era o melhor de nós, e o último.

Só ela para fazer poesia com aquilo.

Só ela para estar certa.

Danny pega Marty pelo cotovelo e começa a caminhar com ele de volta ao carro, para o velório, que será tão brutal quanto o enterro. Quando todos se embriagarão e contarão histórias sentimentais sobre Pat, e Marty cantará velhas canções. Enquanto está indo embora, Danny nota Pam ao lado dele. Ela olha para ele e fala:

— Pat nunca me disse nada de ruim.

Danny sente o peso cair sobre seus ombros, sente o outono virar inverno bem ali.

Porque agora estão sem um líder.

Ah, John ainda será chefe no nome, ou Liam pode tentar tomar o manto, mas aquilo jamais vai acontecer.

Então, sobro eu, pensa Danny.

Porque não há mais ninguém.

Começou com um dia de sol na praia, ele pensa, *e terminou comigo jogando terra fria no caixão de meu melhor amigo.*

Ele anseia pelo verão e o sol e os sonhos de um mar quente.

PARTE TRÊS

OS ÚLTIMOS DIAS DE DOGTOWN
PROVIDENCE, RHODE ISLAND
MARÇO DE 1987

"[...] esquecidos de tudo o levamos — cegueira incurável! —
e colocamos o monstro no próprio sacrário de Troia."

VIRGÍLIO, *ENEIDA*, LIVRO II

VINTE E QUATRO

Providence é uma cidade cinza.

Céus cinza, prédios cinza, ruas cinza. Granito cinza duro como os peregrinos da Nova Inglaterra que o arrancaram das pedreiras para construir a cidade deles na colina. Cinza como o pessimismo que paira no ar feito neblina.

Cinza como a dor.

A tristeza cinza implacável que Danny sente desde a morte de Pat. Uma dor que ele quase veste, como as roupas que coloca ao acordar, como se visse o mundo em uma daquelas TVs em preto e branco que tinha quando criança.

Danny vira o colarinho da jaqueta de couro para cima enquanto anda para o Gloc. Ele não é Danny Ryan, o trabalhador das docas, o coletor, o cara do sequestro de cargas — ele é Danny Ryan, o homem que precisa tomar o imenso lugar de Pat Murphy.

Alguém precisa fazer isso, e certamente não vai ser Liam.

Liam, a porra do Liam, é claro que quer matar todo mundo. Bem, quer que *outras* pessoas matem todo mundo; não quer um papel naquilo ele próprio, só quer dar as ordens.

Danny o faz baixar a bola.

— Não podemos reagir neste momento.

— Eles mataram meu irmão, porra! — diz Liam.

— Eu sei disso — responde Danny. *Mataram meu melhor amigo*, pensa. — O que estou dizendo é que não temos homens neste momento para sair como se fosse o Dia D.

E ele está sofrendo, pelo amor de Deus, seu coração está partido. A mulher grávida também está em luto, e ele precisa cuidar dela. E aí há os parentes — Catherine está destruída e John está quase catatônico. Sem condições de gerenciar os negócios, nem pensar em comandar uma guerra.

Então, cabe a Danny.

Danny precisa gerenciar o dia a dia — as docas, o sindicato, a agiotagem, os roubos, tudo aquilo caía sobre seus ombros. Mil porcarias de detalhes por dia, parecia, desde certificar-se de que os homens certos eram escolhidos nas equipes até checar se as coletas eram feitas, o dinheiro, distribuído, os envelopes, enviados aos policiais e aos juízes com que ainda contavam. Ele tinha de distribuir tarefas, mediar disputas, fazer julgamentos.

Bernie tem sido de grande ajuda com os números, e Jimmy se encarrega de muita coisa, mas ainda assim é Danny quem está no comando.

É Danny quem precisa manter a guerra.

Pensando nisso, a luta morre por um tempo.

Parte disso é exaustão.

Ambos os lados estão muito cansados, fatigados.

E há também a percepção pública.

As pessoas aguentavam uma guerra de gangues — servia de entretenimento —, mas o assassinato brutal de Pat Murphy era demais. Um cara sendo arrastado pela rua no meio da cidade? Partes dele como raspas sobre o asfalto?

Não.

A população está de saco cheio daquilo.

A ordem veio dos chefes das famílias maiores em Nova York, Boston, até Chicago, para baixar a bola, sossegar, dar um tempo. Não fazer em público merdas que deveriam ser feitas em particular. Ficar fora das manchetes por um tempo.

Basicamente o que Pasco disse a Danny ao telefone:

— Soube que está no lugar de John durante o período de luto dele.

— Estou ajudando.

— Preciso que você segure o freio de mão — pede Pasco. — Você sabe o que quero dizer. Algumas pessoas estão ficando muito preocupadas. Não parece bom, com toda essa merda de lei antimáfia, os julgamentos...

Danny sabia o que ele queria dizer. Os policiais federais estavam atacando o crime organizado com as leis RICO e todas as famílias sentiam a pressão. Bombas em carros e caras sendo atropelados na rua não estavam ajudando a imagem pública.

— Estou de acordo — diz Danny. — E Peter?

— Também — garante Pasco. — Não imagino que você considere encontrá-lo.

— Essa oportunidade já passou.

— Foi a resposta dele, também — fala Pasco. — Vou lhe dizer o que disse a ele: seja inteligente, seja discreto. Se certas pessoas precisarem entrar nisso, não será bom para nenhum de vocês. *Capisce*?

Danny entende: se Nova York ou Boston decidirem que somos problema demais, vão interferir. Será uma tomada hostil, e o primeiro movimento deles será colocar tanto eu quanto Peter na cova.

Então há um respiro, uma espécie de período de fôlego.

O clima em março é instável naquela parte do mundo. Pode chover ou nevar, cair granizo, chuviscar ou o tempo pode ficar limpo. Março deveria ser o fim do inverno — todos estão de saco cheio dele e querem que acabe, mas o mês normalmente entrega o que Danny vê como uma tempestade de foda-se. Tipo: *Você quer primavera, certo? Bem, olha sua primavera bem aqui.* Então joga neve em sua cabeça.

Foda-se.

Naquele momento está só ventando — um frio úmido que sopra de Narragansett Bay — e Danny está feliz por sair do vento ao entrar pela porta do Gloc.

Bobby Bang já está atrás do balcão e passa a ele uma xícara de café, um sinal do novo status de Danny.

Jimmy está sentado em uma baia, lendo o *Journal*. Ele vê Danny, se levanta e o segue até a sala dos fundos. Bernie aparece alguns minutos depois e eles começam o trabalho do dia a dia.

É quase hora do almoço quando saem, e dois molequinhos de jeans e jaquetas de couro estão sentados em uma baia, parecendo nervosos.

Danny olha para Bobby.

— Pedi identidade para eles — diz Bobby. — Estão na lei. Vinte e um anos.

— Só queríamos ver o sr. Ryan — anuncia um deles, a voz chegando a desafinar.

Ambos saem da mesa e ficam de pé.

Jimmy os revista, olha para Danny e balança a cabeça, querendo dizer que não, não estão armados.

— Eu conheço vocês? — pergunta Danny.

Um dos rapazes parece conhecido, Danny tem certeza de que o viu em um jogo de hóquei ou algo assim.

— Meu nome é Sean South, este é Kevin Coombs.

— O que vocês querem comigo? — pergunta Danny.

— Nós queríamos saber — diz Sean — se você, sabe, precisa de alguém.

— Para fazer o quê?

— Você sabe — diz Kevin. — Coisas.

Coisas.

Certo, Danny tem coisas que eles poderiam fazer. Como ficar por aí e esperar, um tipo de período de experiência. Os caras não chegam e *entram*, é preciso conhecê-los por um tempo. Não é a preocupação que possam ser policiais infiltrados, é mais que possam ser gente pouco confiável, incompetentes, um valentão que vai causar problemas.

A verdade é, porém, que precisam de gente nova. Com menos armas e homens que os Moretti, os irlandeses de Dogtown fariam bem em receber novos caras. O que surpreende Danny é que tenham vindo até *ele*.

Querem estar na equipe de Danny Ryan.

Danny faz com que fiquem por um tempo, façam incumbências, saiam para comprar café, rosquinhas. Se fizerem as coletas de Dunkin por uns dois meses sem fazer nenhuma cagada, vai colocá-los na rua como olheiros. Então os manda fazer algumas de suas coletas, com o aviso de que é melhor não se empolgarem. Eles não se empolgam, usam "violência comedida", nas palavras de Sean, então ele os manda para mais algumas.

Ele também os manda para cumprir tarefas para Sheila Murphy, em casa sem marido e com filho pequeno, e para Terri, que se sente gorda e infeliz. As costas e as pernas doem, e ela mal pode esperar "para parir essa criança". Então Danny manda "os Coroinhas", como Sean e Kevin ficam conhecidos, ao supermercado, à farmácia, à lavanderia — toda a merda que estaria fazendo se tivesse tempo.

Terri fica agradecida, mas ainda assim reclama.

— E aí, eu me casei com aqueles dois bunda-moles em vez de com você?

— São bons meninos.

— Quando o bebê chegar — diz Terri —, se esse bebê algum dia chegar, não pense que aqueles dois bundões vão estar por aqui trocando fraldas, porque vai ser você, Danny Ryan. Você me engravidou, não eles.

— Fico feliz em ouvir isso, Terri. É bom saber.

Terri anda comendo umas merdas cada vez mais esquisitas.

Uma noite, Danny voltou para casa e ela estava sentada na mesa da cozinha engolindo algo que ele não reconheceu.

— O que é isso? — perguntou ele.

— Um bolinho inglês com vagem, queijo derretido e geleia de uva — explica ela, como se fosse óbvio.

— Uau.

— Ei, se quiser, faça o seu. Estou descansando.

Outra noite, ela o perturbou por causa de Madeleine. Estão deitados na cama assistindo ao Carson quando ela disse do nada:

— Eu sinto saudade da sua mãe.

— Eu não.

— Eu sinto — disse Terri. — Gosto dela. E seria bom ter a ajuda dela, sabe, quando o bebê chegar.

— É, afinal, ela é tão boa com bebês.

Terri não deixou passar.

— Você algum dia vai perdoá-la?

— Por quê?

— Por que estou perguntando — disse Terri — ou por que você deveria perdoá-la?

— Não sei. As duas coisas.

— Porque sou sua esposa e tenho direito de fazer perguntas — respondeu ela — e porque você um dia vai visitar o túmulo dela e se arrepender de não ter feito isso.

— Não, não vou — disse Danny. — Porque não vou estar no enterro.

Então Terri continua a ficar maior e mais esquisita, e a paz inquieta entre italianos e irlandeses perdura. Embora todos saibam que é uma trégua, e não uma paz, ainda agem com moderação. Os irlandeses ficam basicamente em Dogtown, os italianos, em Federal Hill, enquanto os dois lados mantêm distância e se olham desconfiados, mas tomam cuidado para evitar qualquer outro contato, para que uma palavra descuidada não acenda o fogo.

VINTE E CINCO

O bebê chega em junho, um dia antes.
Danny depois diria que Ian deslizou como se tentasse bater uma jogada dupla na segunda base.
Terri não compartilha daquela observação.
Ela passa seis longas horas em trabalho de parto, e são três da manhã quando Ian decide fazer sua aparição ao mundo. Danny espera, está bem do lado com pedaços de gelo, encorajamento, respiração rítmica e toda aquela besteira feliz. Já viu um belo tanto de sangue, embora nada como aquilo, mas Danny é um soldado e está bem ali quando as enfermeiras enrolam o bebê e o colocam no peito de Terri, dizendo:
— Aqui está seu filho.
Ian Patrick Ryan.
Dois quilos, 835 gramas.
Todos os dedos dos pés e das mãos.
Danny conhece a felicidade verdadeira talvez pela primeira vez na vida.
Ele nem fica tão bravo quando, mais tarde naquela manhã, Terri — que se recupera com velocidade assustadora — insiste em ligar para Madeleine.
— Ela deveria saber que tem um neto.
— Não vou falar com ela.
— Então vá até a lanchonete e me compre uma omelete — diz Terri.
— Você já não tomou café da manhã?
— E agora vou tomar de novo. Uma omelete de *queijo*. Cheddar.
Danny obedece.

***

Madeleine atende o telefone.

— Terri? Tem notícias para mim?

— Ian Patrick Ryan — diz Terri. — Dois quilos, 835 gramas. Parabéns, você tem um neto.

— E como *você* está?

— Estou ótima — responde Terri. — Tenho a impressão de que, não sei, tiraram uma *bola de basquete* do meu estômago.

— Estou tão feliz.

— Quer vir conhecê-lo?

— Eu adoraria — diz Madeleine. — Mas não acho que Danny gostaria disso.

— Eu amo meu marido. Mas ele pode ser um babaca.

— Bem, vamos cuidar disso. E ver no que dá. Nunca se sabe.

— Vou mandar fotos.

— Por favor.

Elas conversam por mais um minuto e desligam.

Madeleine fica surpresa ao ver que está chorando.

A trégua se mantém pelo verão, e é um verão de pouco sono, cólicas, amamentação tarde da noite, despertar de manhãzinha, e Danny não se importa com nada disso. Ele apenas entende que faz parte de ser pai e, mesmo que Ian não faça muita coisa a não ser cuspir, fazer cocô e dormir, Danny ama simplesmente olhar para ele, segurá-lo, senti-lo ficar pesado quando cochila.

E Terri? Ela está em deleite. Cansada, certamente, mas uma jovem mãe feliz com um bebê saudável e um marido que a ama, o que era tudo que ela sempre quis.

Não há férias de agosto na praia naquele ano, é claro. Nada de Dogtown no Mar, aqueles dias acabaram. Danny sente falta deles, sente falta dos dias quentes e preguiçosos, quando ainda eram todos amigos.

Antes que nós começássemos a matar uns aos outros, pensa.

Uma vez por semana, vão visitar Marty para deixá-lo ver Ian, e o engraçado é que ele é um avô dedicado.

Ele ama o bebê.

Claro, agora, pensa Danny.

De qualquer modo, levam Marty para o Dave's Dock para seu peixe com batata frita, mas na maior parte do tempo ele só quer segurar Ian. Danny nota que o apetite do pai já não está tão bom e que ele está perdendo peso.

Às vezes, naquelas visitas, Danny e Terri andam até a praia, passando pela casa que Pasco vendeu, cada um pensando nos velhos tempos (*céus*, pensa Danny, *passou só um ano?*), mas não dizem nada um ao outro porque é muito doloroso. Uma ou duas vezes param no Spindrift e comem um hambúrguer no terraço, com Ian adormecido na cadeirinha aos pés deles, mas estar ali não é mais tão divertido quanto antes.

A vida muda, pensa Danny, *apenas muda*.

Você segue em frente.

Ou tenta, pelo menos.

Setembro se transforma em outubro, então Ação de Graças vem e vai, e as decorações de Natal começam a ser colocadas.

O Natal é desanimado naquele ano.

Para começar, é perto do aniversário de morte de Pat, então ninguém se sente muito festivo. Além disso, o dinheiro está curto. Mesmo com os assaltos que fazem, tem mais dinheiro saindo do que entrando, então, não há muito para gastar com grandes festas, mesmo se todo mundo estivesse no espírito natalino.

John dá uma festa meia-boca na noite de Natal no Gloc — uma mesa de frios e biscoitos — com Jimmy Mac de Papai Noel, mas ela vira uma noite bêbada e amuada, com a maioria das pessoas, incluindo Danny, indo para casa cedo e o resto ficando de porre, bravos e amargurados.

Danny, Terri e Ian vão para a casa dos Murphy no dia de Natal, mas é uma reunião triste, com John quieto como uma pedra e Catherine ainda meio fora do ar de remédios, um ano inteiro depois da morte de Pat.

Sheila está ali com Johnny, tentando enfrentar a situação, mas sua presença apenas enfatiza a ausência de Pat, e Danny a vê a ponto de chorar algumas vezes. Liam e Pam foram para Greenwich para ficar com a família dela, o que é um alívio para Danny.

Cassie está ali, totalmente sóbria e limpa. Tinha ido a um encontro naquela manhã e a outro na noite anterior, pois as festas são difíceis para os alcoólatras e viciados.

Eles trocam presentes, comem pernil, adormecem nas poltronas diante da televisão, e então Danny e Terri se despedem e vão ver Marty, que se recusou a sair de casa para ir aos Murphy.

— É como se não estivéssemos lá — diz Terri, no carro. — Eles mal prestaram atenção em Ian, a não ser Cassie.

Natal com Marty é uma grande diversão.

Ele e Ned honraram a ocasião abrindo dois pratos prontos de peru Swanson Hungry-Man para acompanhar seus Bushmills e então se sentaram na frente de algum jogo pós-campeonato para o qual não davam a mínima.

Mas Marty finge estar contente com a nova camisa de flanela que Danny lhe dá, enquanto Ned está genuinamente tocado pelo par de luvas de couro que Terri lhe trouxe.

— O que Ian está achando do Natal? — pergunta Marty.

— Ele tem seis meses — diz Danny. — Não conhece o Natal.

— Ele sabe — discorda Terri. — Ele está gostando.

— Papai Noel foi bom para ele? — pergunta Marty.

— Foi, ele ganhou um carro — diz Danny.

Meu Deus do céu.

Quando voltam para casa, Terri pergunta:

— Não quer ligar para sua mãe, desejar a ela um feliz Natal?

— Não, não quero.

Terri, sendo Terri, liga. Fica bem ali diante de Danny, que finge ignorá-la, e liga para Madeleine em Las Vegas. Deseja um feliz Natal e coloca Ian no telefone para fazer barulhinhos de bebê para ela.

Então Danny ouve Terri dizer:

— Sim, ele está aqui. Ele quer dizer oi.

Ela estende o telefone para Danny com um olhar que diz que, se ele pensa em transar algum dia pelos próximos cinco anos, é melhor pegar.

Danny pega o telefone.

— Alô.

— Feliz Natal, Danny.

— É, para você também.

— Bem, certo.

— Certo.

Ele devolve o telefone para Terri, que fala por mais um minuto e então desliga.
— Foi tão ruim?
— Foi.
Noite de Ano-Novo, foda-se, não fazem nada. Danny e Terri só veem a virada da meia-noite porque estão com Ian.
Então é janeiro, a porra do ano de 1988, e a guerra começa novamente.

VINTE E SEIS

Não é nada dramático, mas os Moretti começam a comer pelas beiradas. Sem fazer nenhum ataque, sem tirar caras da contagem, mas pequenas merdas. Primeiro tiraram um agiota dos Murphy do território, assustando-o para fora de um bar onde ele fazia os seus negócios.

Danny não responde.

Então colocaram um dos caras deles para concorrer a um posto no sindicato dos estivadores. Ele não ganha, mas aquilo envia uma mensagem.

Danny não responde.

Então Peter manda caras para intimidar bares e casas noturnas que estão sob o guarda-chuva dos Murphy, fazendo com que pagassem os italianos em vez disso.

Guerras de gangues, como qualquer guerra, são principalmente econômicas.

Lutar custa dinheiro, e os caras ainda precisam viver, pagar hipotecas e aluguéis, colocar comida na mesa. Não entraram naquilo para se juntarem ao exército, precisam ganhar dinheiro, e, se você tira o dinheiro, tira os soldados.

Os Moretti colocavam cada vez mais pressão, lentamente estrangulando os irlandeses até a morte.

São como aquelas serpentes, pensa Danny — *como se chamam? Sucuri —, em torno de nossos pescoços, apertando e apertando até que ficamos sem ar.*

Então nos comem.

— Eles estão testando você — diz Liam a Danny no Gloc. — Acham que é fraco. E um dia vamos revidar o ataque que fizeram a Pat?

— Ainda não.

— Esse deveria ser seu apelido — fala Liam. — Ainda Não Danny Ryan.

Por uma vez, Danny meio que concorda com Liam. Ele precisa fazer algo, então despacha Ned Egan para se tornar uma presença nos lugares que tinham sido ameaçados, para ser um impedimento, o que Ned certamente é.

É um movimento defensivo, mas Danny sabe que também precisa partir para a ofensiva.

Acertar os Moretti no dinheiro.

O Hotel Capricorn, na rua Washington, é um pardieiro.

Mas é um pardieiro que ganha dinheiro para a família Moretti. No andar de baixo, há um clube noturno que contrata bandas locais e serve bebidas batizadas com água; no andar de cima, há um bordel de cinco quartos. Então os clientes podem encontrar as garotas no bar ou simplesmente pular as preliminares e subir diretamente as escadas.

Compras em um só lugar.

Os Coroinhas sabem muito bem disso.

Danny os avisa:

— Nós só roubamos os clientes, não as meninas. Dinheiro, joias, não os cartões de crédito. E sem violência.

Isso é importante.

Até então, os Moretti não tinham machucado ninguém, e Danny não quer ser o primeiro a derramar sangue.

Jimmy estaciona na viela de trás, Danny, Kevin e Sean sobem pela saída de incêndio. Armas dentro das jaquetas de couro, chutam a porta bamba e entram gritando.

Aquele não é um bordel de cinema. Nenhuma mobília eduardiana estofada, tapeçarias eróticas, nenhuma madame com voz de metal e coração de ouro, apenas um gerente cansado atrás do balcão e cinco garotas de lingerie barata trabalhando.

Enquanto Danny aponta a arma para o gerente, os Coroinhas descem pelos corredores, chutam as portas e roubam o dinheiro e as joias dos clientes. Um par deles pensa que é uma batida e tenta colocar a calça às pressas, mas todos desistem sem lutar.

O gerente diz em voz baixa para Danny:

— Você sabe de quem é este lugar?

— É, eu sei.

— E está fazendo isso mesmo assim. — O gerente balança a cabeça.

— Cale a boca.

Eles entram e saem em dez minutos, com um butim que vale talvez dois mil, mas não é esse o motivo.

O motivo é revidar.

Eles nem usaram máscara, porque nenhuma das vítimas vai procurar a polícia.

O relógio de ninguém valia mais que uma pensão alimentícia.

O próximo lugar que atacam é um restaurante chinês no centro.

O negócio está lá desde que os dinossauros andavam pela terra, e desde aquele tempo qualquer um que sabe das coisas sabe sobre a baia entalhada.

A maioria das mesas têm baias com pilares lisos, mas um deles é entalhada com rostos como máscaras de ópera chinesas. E os *cognoscenti* sabem que quem se sentar naquela mesa não está realmente interessado no *moo goo gai pan* ou no prato de *pu pu*. Na verdade, não está interessado em pedir nada do cardápio.

O que todo mundo quer está no andar de cima.

Então, quando Danny e os Coroinhas entram e se sentam àquela mesa, a anfitriã, uma mulher chinesa com seus quarenta anos, se aproxima e pergunta:

— Estão procurando garotas boas?

— Garotas *boas,* não — diz Kevin.

Ela já ouviu essa antes.

Ela os leva para o andar de cima.

O bordel é mais elaborado, com sofás de veludo vermelho e cadeiras estofadas. As garotas são todas chinesas, usando vestidos asiáticos.

Se Susan Kwan ficou intimidada com a arma de Danny, não demonstra enquanto ele anda com ela até o pequeno escritório nos fundos.

— Você sabe com quem estamos?

— Eu sei — diz Danny. — Só não me importo. Abra o cofre.

Ela abre, mas avisa:

— Então você é um homem profundamente idiota.

— *Já* ouvi isso antes. — Ele estende a mão para pegar o dinheiro. — As garotas já foram pagas?

Danny pega metade do dinheiro — a parte da casa inclui a fatia dos Moretti. Quando ele sai do escritório, sua equipe está quase acabando de repassar os quartos, roubando os clientes.

Kevin está bastante entretido.

— Um deles era um juiz. Me colocou num centro de detenção juvenil uma vez.

É um bom roubo. Apenas entrar, sair, desta vez com seis mil em dinheiro e prêmios, e ninguém fica ferido.

Danny sabe que Kwan também não vai procurar a polícia. Ela vai diretamente para Peter Moretti perguntar a ele por que diachos paga proteção. E vai descrever Danny e os Coroinhas.

Assim também fará o dono de uma loja de doces depois que Danny e os Coroinhas entraram com tacos de beisebol e espatifaram as máquinas de venda dos Moretti.

Do mesmo modo, fará o gerente noturno de uma loja de bebidas quando entraram e limparam todos os cigarros que tinham vindo de um sequestro de carga dos Moretti.

A mesma coisa com o gerente de uma loja de roupas quando Danny e seu grupo forçaram entrada no salão dos fundos e levaram um cabide cheio de belos ternos italianos.

Eles todos dirão a mesma coisa.

Danny Ryan.

— Vai deixar aquele filho da puta se safar dessa merda? — pergunta Paulie a Peter depois do último roubo. — A porra do *Danny Ryan*?

— O que você quer que eu faça? — pergunta Peter.

— Apague ele.

— Você se lembra da última vez que tentamos fazer isso? — pergunta Peter.

Os dois irmãos De Salvo foram mortos.

Mas Peter olha pelo escritório e vê o rosto de seus homens — Frankie V., Sal Antonucci, Chris Palumbo —, e nenhum deles está do seu lado. Ele sabe que seu pessoal está cansado de ser atacado, que espera que ele faça alguma coisa.

— Bem, apagar *alguém* — diz Paulie. — Revidar.

— O que Nova York vai dizer? — pergunta Peter. — Boston.

Sal entra na conversa.

— Foda-se Nova York. Foda-se Boston. Pegamos leves com esses burros por um ano inteiro e olha o que isso nos trouxe.

Peter se vira para Chris.

— Se parecermos fracos na frente das grandes famílias — diz Chris —, elas *vão* vir e nos engolir inteiros.

O homem tem razão, pensa Peter. *Mas não podemos ser desproporcionais — os irlandeses não mataram ninguém.*

Ele dá sua ordem.

Mas, avisa, vejam se não se empolgam.

Um dos homens da equipe de Paulie, Dominic Marchetti, espera do lado de fora do Spindrift até que Tim Carroll sai depois de fechar o local.

Ele agarra Tim antes que ele consiga abrir a porta do carro.

— Você deve dinheiro a Paulie — diz Dom.

— Como assim? — pergunta Tim. — Não, não devo. Nós resolvemos aquilo. Com os Murphy.

— Você está reclamando, filho da puta mentiroso?

Dom é um cara grande, pesado; Tim não é.

Então, quando Dom bate no rosto de Tim, a cabeça dele atinge o carro com um som chocante.

Dom é um daqueles caras que, depois que começa, não sabe como parar. Paulie sabia disso e não deveria tê-lo enviado, ou talvez seja *por isso* que o tenha enviado, mas, de qualquer modo, Dom se empolga.

Ele soca Tim três vezes no rosto até ficar semiconsciente, deixa que ele escorregue pelo carro e pula nas costas dele algumas vezes. Então ele se lembra do motivo de estar ali:

— Diga ao merda do Danny Ryan para parar com essa porra.

Tim mal consegue repetir a mensagem para Danny.

Deitado na cama de hospital, a mandíbula sustentada por arame, ossos da face quebrados, duas vértebras rachadas, potenciais danos cerebrais de longo prazo.

— Quem foi? — quer saber Danny. — Você reconheceu ele?
— Dom — balbucia Tim. — Marchetti.
— Vai fazer alguma coisa agora? — pergunta Liam a Danny.

Danny atravessa o salão do restaurante.
    O Il Fornaio não está lotado tarde da noite, apenas alguns fregueses regulares se demorando com cafés e *cannoli*, e Dom Marchetti está sentado sozinho em um banco contra a parede, encurvado sobre um prato de massa *puttanesca*.
    Ele tenta se levantar quando vê Danny vindo com um .38 na mão, mas a mesa está muito em cima de seu estômago e ele não consegue ficar de pé — nem alcançar a arma — a tempo.
    Danny bate a pistola na lateral da cabeça de Dom três vezes, rápido, esmagando a órbita do lado esquerdo e rachando seu crânio. Dom cai no banco e joga os braços sobre a cabeça para tentar barrar os golpes, mas Danny os joga de lado. Ele enfia o cano da pistola entre os dentes de Dom, na boca, e engatilha.
    Outro cara da turma de Peter está sentado a uma mesa com a namorada e começa a se levantar, mas então vê Ned Egan bem ao lado da porta e desiste. Os garçons apenas ficam ali, chocados, mas imóveis. São nativos de Providence, sabem que é melhor não intervir.
— Quer morrer, Dom? — pergunta Danny. — Quer morrer *agora*?
    Dom murmura alguma coisa. Danny desengatilha a arma e a puxa para fora. Então se afasta e vira a mesa. Pratos, copos, prataria e massa caem sobre Dom.
— Digam a Peter — anuncia Danny ao restaurante — que, quando mandar a próxima mensagem, deve vir pessoalmente.
Ele sai.
Ned espera um segundo, então o segue.
A guerra fria entre os Murphy e os Moretti acabou.
A guerra real recomeçou.

VINTE E SETE

Eu perdi a paciência e não deveria ter perdido, pensa Danny. *O problema é que os Moretti têm muitos soldados, e os Murphy, poucos.*

A não ser que a gente consiga mais gente.

Mas não há mais irlandeses.

Ele tinha sua pequena equipe, John tem talvez meia dúzia de caras que encarariam a oferta, Liam talvez a mesma coisa. Pode conseguir alguns caras nas docas, mas não são matadores de verdade.

Cedo ou tarde, vamos perder a guerra.

Mas ele tem uma ideia que vem desenvolvendo há um longo tempo. Ele entra no Gloc, o pequeno Bobby Banks tem uma xícara de café pronta para ele. E um *bagel* torrado com manteiga.

Danny os leva para a sala dos fundos.

— O que é isso, você é judeu, agora? — pergunta Liam, vendo o *bagel*.

— É, talvez.

— Os judeus não colocam os *bagels* na torradeira — diz Liam. — E não usam manteiga, usam requeijão.

— Posso só comer meu *bagel*? — pergunta Danny.

Liam vai a Miami, então acha que sabe tudo de judeus. Acha que sabe tudo de tudo. Danny senta-se à mesa com John Murphy e Bernie Hughes.

— Precisamos de mais homens.

— Talvez a gente possa ver na Irlanda — diz John.

— Já vimos esse filme, não vimos? — pergunta Danny. — Sabemos como termina. A última coisa que precisamos é tomar conta de um bando de estranhos que não conhecem as coisas aqui. Estou pensando em algo totalmente diferente.

— Tipo o quê? — pergunta Liam.

— Estou pensando em abordar Marvin Jones.

Danny espera pela reação que sabe que virá.

Eles — o "eles" proverbial, o "eles" distribuidores de bom-senso — diziam que no dia em que John Murphy se sentar com os negros, os porcos criariam asas. *Não há racista como um velho irlandês racista*, pensa Danny. Ele mesmo não tem muitos amigos negros — certo, não tem nenhum —, mas isso não é por causa de preconceito é só porque fica com os seus.

Jogou basquete contra muitos meninos negros no segundo grau e não gostava muito deles, porque sempre o derrotavam, mas também porque eram bocudos e viviam falando merda e se exibindo. Como o treinador chamava aquilo, *jungle ball*? Só enterradas e jogos um a um e aquela merda que os meninos irlandeses não conseguiam fazer. Então, Danny e os colegas de time tinham um orgulho de perdedor de jogar "basquete de time", como Naismith ensinava, o que era código para "basquete perdedor".

— E para que iria abordar Marvin? — pergunta John.

— Uma aliança — explica Danny. — Precisamos do pessoal, precisamos das armas.

— Temos Ned — diz Liam. — Temos Jimmy Mac, os Coroinhas...

Não, pensa Danny, *eu tenho Ned, Jimmy Mac e os Coroinhas*. Mas ele fala:

— Marvin tem uns vinte caras. Isso nos daria força contra os Moretti. Talvez eles recuassem.

— Como assim, você quer paz?! — pergunta Liam.

— Você não?

— Não! — diz Liam. — Quero Sal Antonucci morto. Quero os Moretti mortos.

— Então vá lá e faça isso, Liam — provoca Danny.

Ele deixa aquilo assentar por uns segundos. Então diz:

— Ou cale a boca.

Liam cala a boca.

— Eu joguei bola contra o Marvin — diz Danny. — Conheço ele um pouco.

O que era meio verdade, pensa Danny, *se fosse possível chamar Marvin enterrando sobre minha cabeça de conhecer ele um pouco.* E ele tinha visto Marvin por aí, mas quem não tinha? O cara basicamente manda na prostituição e na jogatina no sul de Providence, então está na rua o tempo todo.

E os rumores diziam que Marvin quer tomar a venda de drogas dos italianos.

— Os zulus já tomaram metade de nossa vizinhança — diz John.

Danny não pode argumentar contra aquilo. Os irlandeses que podiam caíram fora para os subúrbios — Cranston, Warwick, o sul do condado — quando os negros começaram a se mudar para cá.

— Então o que vai oferecer a eles, o resto? — pergunta John.

— Não vou oferecer nada que nos pertence — diz Danny. — Vou oferecer a eles o que pertence aos Moretti...

— Não sei — fala John. — Se juntar com os negros...

— Os tempos mudam — comenta Bernie. — Precisamos mudar com eles. Se não, somos dinossauros.

Liam pergunta:

— O que tem de errado com dinossauros?

— Você os vê por aí, Liam? — pergunta Bernie.

Danny consegue aprovação para abordar Marvin.

O Top Hat Club está quase vazio às duas da tarde, a não ser por Marvin e seus caras sentados em uma mesa no fundo. Danny está bastante consciente de ser provavelmente o único branco a entrar ali, sem contar os policiais para pegar os envelopes mensais, e um dos caras de Marvin vem logo para cima dele.

— O que você quer?

— Quero falar com Marvin.

— Quem é você?

— Danny Ryan.

— Espere aqui.

Danny o observa voltar e cochichar na orelha de Marvin. Então Marvin sai da mesa e vai até Danny. Filho da puta alto, Marvin Jones, de constituição sólida, boa aparência — terno cinza, camisa vermelha, gravata vermelha. *Marvin se saiu muito bem*, pensa Danny.

Melhor que eu.
— Danny Ryan — diz Marvin. — Ouvi falar de você.
— Nós já jogamos um contra o outro — conta Danny.
— É mesmo? — responde Marvin. — Não lembro.
— Não tem motivos para lembrar.
— Está aqui para jogar bola?
— Meio que isso.

Danny faz a proposta. No fim das contas, ambos querem a mesma coisa — os italianos fora do sul de Providence. Marvin vem competindo com os Moretti por anos para ver quem vende heroína para o seu pessoal. Marvin tem a forte opinião de que deveria ser ele. John Murphy, diz Danny, está pronto para compartilhar desta opinião.

— Isso é verdade? — pergunta Marvin.
— Poderia ser — responde Danny. — John quer um encontro.

Marvin sorri.
— Certo, com uma condição.
— O quê?

Marvin diz:
— Murphy precisa nos convidar para jantar. No Gloc.

Danny tenta se lembrar da última vez que um negro entrou no Gloc e não consegue. Provavelmente porque nenhum negro colocou o pé lá, não por muito tempo, de qualquer modo. Não, teve aquela mulher negra que Liam trouxe uma vez, apenas para exibi-la embaixo do nariz de todos, mas era uma modelo que tinha saído na *Vogue*, então recebeu um passe livre.

Danny sorri de volta.
— Tudo bem.

Ele volta e diz a John, que pensa naquilo por um minuto, depois pergunta:
— Os negros, o que eles comem?
— Não sei — diz Danny. — Comida.
— Eu sei que é "comida", mas o quê? *Soul food*?

Aquilo diverte Danny, pois John provavelmente acabou de aprender a falar *negros* e agora está chegando a *soul food*?

— Não sei o que é *soul food* — responde Danny. — Costeletas de porco? Couve?

— O que é couve?
— Não sei. Acabei de ouvir.

John se decide por bifes e batatas assadas, o que é bom, pois é basicamente o que os cozinheiros do Gloc conseguem fazer. Agora está tudo servido em uma mesa longa — bifes, batatas envoltas em papel-alumínio, vagens, uma salada. Algumas garrafas de vinho, cervejas em baldes de gelo, garrafas de uísque.

— Acha que eu deveria ter comprado refrigerante de uva? — pergunta John quando Danny entra.

— Quê?

— Ouvi dizer que os negros gostam de refrigerante de uva.

— Quem disse isso?

— Kennedy, gerente do cinema — responde John. — Ele diz que quando tem um filme do qual os negros gostam, enche o estoque de refrigerante de uva.

— Só se forem *crianças* negras — diz Danny. Ele nem sabe se ainda fazem refrigerante de uva. Não toma um desde que bebeu uma garrafa em um só gole em uma aposta com Jimmy e saiu pelo nariz.

Minutos depois, Bobby Bangs enfia a cabeça para dentro e diz:

— Eles chegaram.

— Deixe-os entrar.

Chegou o dia de são nunca, pensa Danny.

Três homens vêm com Marvin, cada um no seu papel do homem negro bravo, fazendo cara feia, todos com um volume sob o casaco. Marvin dá uma olhada para o banquete, dá cem paus para um dos subordinados e diz:

— KFC.

O cara sai, John quebra o silêncio fazendo apresentações.

O homem de Marvin volta, então agora há bifes, batatas assadas e baldes de frango frito na mesa. Danny preferiria comer o frango do KFC a bife passado, mas não quer ser desleal, então espeta um bife para si.

Marvin não é dado a conversa fiada.

— Então, o que estamos fazendo aqui?

— Queremos sua ajuda contra os Moretti — explica Danny. — No momento, eles controlam o negócio de drogas no sul de Providence.

— É neocolonialismo — diz Marvin. — O homem branco vendendo drogas na comunidade negra.

Aquilo causa um alvoroço feio no lado irlandês, que não quer admitir que aquela agora é uma comunidade negra e não tem ideia do que é neocolonialismo, então Danny diz rapidamente:

— Queremos os Moretti fora também.

Mas um dos caras de Marvin replica:

— Mas não queremos substituí-los por um bando de burros de carga.

Danny não se importa com os insultos para irlandeses — caminhador de brejo, *mick*, harpa, burro —, fique à vontade. Mas Marvin dá um olhar de "cala a boca, idiota" para o parceiro, e o cara baixa os olhos. *O que significa que Marvin não acha que ele pode vencer os Moretti sem nós, também,* pensa Danny.

— Não temos interesse em vender drogas.

— Não — diz Marvin —, vocês têm interesse em afetar de modo adverso o fluxo de ganho dos Moretti. O que os enfraquece fortalece vocês.

Danny assente.

— Os italianos chutando a bunda de todos vocês — diz Marvin.

— Eles são durões — concorda Danny.

Marvin dá de ombros, como se para dizer "não tanto". Como se tivesse matado caras mais durões. *Talvez tenha,* pensa Danny. O rumor é que Marvin Jones já despachou um monte de rivais — negros, jamaicanos, porto-riquenhos.

— Então, o que iriam querer?

— Nossos sindicatos — diz Danny. — Nossas docas.

Marvin pensa e então declara:

— Nós vamos querer empregos nas docas.

— Não — diz Danny.

— *Não?*

— Vocês ficam com a droga, as mulheres e as apostas — afirma Danny. — As docas são nossas.

Danny sabe que é um risco que poderia afundar o acordo. Mas não há sentido em apenas trocar Peter Moretti por Marvin Jones, e de qualquer modo ele não conseguiria colocar negros no sindicato porque o pessoal de lá simplesmente não iria aceitar, e Marvin sabe disso. Danny aposta que ele está apenas testando, vendo até onde consegue chegar.

— Certo, Danny Ryan — diz Marvin. — Você conseguiu uns zulus.

Marvin ri da própria brincadeira e então todo mundo ri. Até Bernie Hughes se atreve a dar uma risadinha.

É uma vitória para Danny.

Ele não se importa com uma vitória no salão dos fundos, mesmo se aumentar seu status. Danny se importa é com os irlandeses de Dogtown sobrevivendo àquela guerra. Aquela aliança mudava os números, talvez o suficiente para trazer Peter para uma conversa de paz.

O surpreendente no jantar é que Marvin Jones e John Murphy se tornam chapas.

Quando John começa a contar velhas histórias de guerra, Danny tenta fazê-lo calar a boca, mas Marvin faz sinal que não — quer ouvi-las. Senta-se ali como um neto enquanto John fala e fala sobre os velhos dias. Danny apenas fica feliz por Marty não estar ali para se juntar a ele ou começar a cantar algo.

Quando John se levanta para mijar, Danny diz:

— Peço desculpas pelo meu sogro.

— Não — responde Marvin. — Respeito.

John volta limpando as mãos nas calças cáqui. Quando ele se senta, Marvin diz:

— É assim que eu vejo as coisas, sr. Murphy... — Danny vê que John gosta do "sr. Murphy". — Sem ofensa, mas os irlandeses eram os crioulos dos britânicos. Meu pessoal é o crioulo dos americanos.

Danny tem medo de que John exploda; mas ele conta:

— Quando meu padrinho chegou aqui, havia placas dizendo: "Não são permitidos cachorros e irlandeses".

— É disso que estou falando — diz Marvin.

Bobby Bangs traz uma nova rodada de bebidas. John diz:

— Não a porcaria da casa. Vá pegar o estoque particular.

Então Danny se senta ali, incrédulo, enquanto John e Marvin bebericam uísque irlandês envelhecido e trocam histórias. Estão ambos um tanto bêbados quando John diz:

— Posso te perguntar uma coisa, Marvin?

Marvin assente.

— Refrigerante de uva — continua John. — Você gosta?
— Tem aí? — pergunta Marvin.
— Não.
— Então por que perguntou?

Nem todos os parceiros de Marvin concordam com a nova aliança.
O primo dele Demetrius, por exemplo, não gosta nem um pouco.
— Deixe que eles matem uns aos outros. É uma coisa boa. Quanto menos brancos, melhor. Por que queremos nos meter?
— Não queremos os italianos fora dos nossos quarteirões? — pergunta Marvin.
— Podemos fazer isso sozinhos.
— Podemos fazer mais rápido com os irlandeses — diz Marvin. — E precisamos da proteção. Eles têm juízes, senadores estaduais, alguns policiais. Não temos nada disso.
— Você confia no Velho Murphy?
— Ele não está mais comandando as coisas — diz Marvin. — Ryan está. E digo mais, primo: o filho da puta quer cair fora. Vejo nos olhos dele. Ele não quer nenhuma parte da droga, não quer nenhuma parte dos esquemas. Nós tiramos os italianos do caminho, Danny Ryan nos deixa em paz. Ele que fique com os sindicatos deles, as docas dele. É uma mixaria perto das drogas.
— Eu sei, só odeio brancos.
— Então vamos matar alguns.

No começo, Peter Moretti acha que a aliança entre Marvin Jones e os irlandeses de Dogtown é hilariante.
É noite de caraoquê no escritório da American Vending quando os rumores sobre isso começam a chegar, o pessoal soltando um monte de piadas sobre "irlandeses negros", John Murphy deixando crescer um penteado afro, os irlandeses enfim conseguindo alguns paus dignos.
Peter acha tão engraçado que manda jogar uma carga de melancias do lado de fora do Gloc e entregar uma caixa de batatas no clube de Marvin, e todos dão belas risadas daquilo até que um dos debochados, um traficante de heroína, é encontrado morto atrás da direção de seu

Lincoln. E a piada de Marvin, "É tudo muito divertido até alguém perder um itali-olho", se espalha por aí.

Os rapazes da American Vending não acham tão divertido.

Peter envia Sal e Frankie para uma "caça aos pretos" e eles atiram do carro em um dos traficantes de Marvin na rua Cranston.

Marvin reage matando um dos caras de Sal em frente ao apartamento da *gumar* dele.

Os jornais adoram.

Agora têm uma guerra de três partes para cobrir.

A vida é boa.

Na casa de Danny, nem tudo está bem. Com cada vez menos dinheiro entrando, é difícil comprar fraldas, leite em pó, cadeirinhas para o carro, toda a merda cara que vem com ter um filho, e Terri está sentindo o aperto, além de ficar agoniada por estar trancada em casa com o bebê o dia todo. E ela sabe que as responsabilidades de Danny aumentaram, não entende por que o marido não recebeu também um aumento nos ganhos.

— Estou meio decidida a falar com meu pai sobre isso — diz ela uma noite, quando Danny chega em casa.

— Então fique com a *outra* metade que não decidiu — responde Danny.

A última coisa que o faria subir na vida era a mulher lutando suas batalhas por ele.

— Mas foi você quem arrumou todo esse negócio com Marvin Jones — argumenta Terri, tentando forçar uma colherada de alguma merda de vegetal na boca relutante de Ian.

— Você não deveria saber sobre isso.

— A vizinhança toda sabe — diz Terri. — Todo mundo fala disso.

— O peixe morre pela boca.

— O que isso quer dizer? — pergunta Terri, frustrada com ele e o filho, que desvia a cabeça e acha que tudo é algum tipo de jogo muito divertido. — Peixe? Quê? Eu só estou dizendo que com... a morte de Pat...

— Não quero falar sobre isso.

— Nem eu — diz Terri. — Mas alguém está ganhando esse dinheiro, não está indo tudo para Sheila, garanto, ela está com dificuldades. Então, para quem? Liam? E o que ele está fazendo em troca?

— Liam andou por aí.

Danny se pergunta por que está defendendo Liam, a porra do Liam, para a própria irmã. Sim, Liam andou por aí, mas tudo o que fez foi murmurar sobre se vingar por Pat, ele não *faz* merda nenhuma.

Terri diz:

— Só estou falando que meu pai deve a você, e sabe disso.

Certo, talvez ele deva e talvez não, pensa Danny. Se John deve, ele também se sai bem em fingir ignorância quando Danny menciona o fato a ele.

— E Pat nem esfriou na cova — diz John.

— Com todo o respeito — responde Danny —, Pat se foi há mais de um ano... e eu venho ficando com boa parte do trabalho.

— Pela família.

— Sei disso — diz Danny. — Mas tenho que pensar na minha família também.

Tipo sua filha, John? Seu neto? Mas Terri nunca foi uma das prediletas dele, não como Cassie. Terri é a filha do meio obediente, como Danny leu em um livro que ela tinha, que não consegue atenção porque apenas faz a coisa certa.

— Você precisa ganhar dinheiro, Danny, ganhar dinheiro — responde John. — Não estou te impedindo.

É, mas também não está me ajudando, pensa Danny. Mas ele entende a mensagem — John não vai fazê-lo subir no sindicato ou nas docas nem dar a ele parte das apostas, a proteção que era de Pat. O que John está dizendo é que Danny tem a própria equipe agora — então siga em frente e boa sorte.

Obrigado por nada, John.

VINTE E OITO

Sal Antonucci e Frankie V. entram no Mustang Club.
Normalmente um par de mafiosos italianos jamais seria flagrado entrando em um bar gay, mas o Mustang está na área de Sal e ele vai uma vez por mês pegar o envelope.

A regra implícita daquilo é que você sempre leva outro cara junto. Não para proteção — pelas aparências, assim nenhum rumor desfavorável tem início.

De qualquer modo, eles entram e pegam o envelope do atendente do bar e descobrem que é noite das mulheres, o que basicamente significa que as lésbicas ganham desconto na bebida.

Então, além dos michês costumeiros vestidos de coletes e perneiras, havia muitas sapatonas, como Frankie V. diz, incluindo uma gangue de motociclistas lésbicas cujos couros proclamam que são — inevitavelmente — as Amazonas, dançando com a música disco.

— Surreal — diz Frankie. — Vamos cair fora daqui.

— Vamos beber alguma coisa.

— Tá zoando com a minha cara?

— Ora, vamos — insiste Sal. — Quer dizer, quantas vezes vê algo assim?

— Com sorte, nunca mais — fala Frankie, enojado.

— Uma bebida. Vai nos dar uma história para contar.

Ele pede um Seagram sem gelo para cada um, então gira o banco para olhar para as Amazonas. Ele sabe que as Amazonas eram, tipo, gigantes ou algo assim, e aquelas mulheres chegam perto — a maioria é de lésbicas masculinas robustas, mas algumas são altas, bem altas, com ombros largos, e Sal não consegue deixar de imaginar como seria trepar com uma delas.

Frankie não cala a boca, segue com um monólogo sobre como as coisas são nojentas — as bichas, as sapatonas — e como ele quer vomitar, como o lugar inteiro devia pegar fogo com todo mundo dentro...

Uma das moças motoqueiras faz contato visual com Sal. Ele não desvia o olhar, e um segundo depois ela vem com uma amiga, uma moça atarracada em comparação à amiga alta.

— O que vocês são, curiosos? — pergunta a alta. — Porque não são gays.

— Ah, não somos gays — confirma Frankie.

— Queriam olhar os animais — diz a alta —, ir ao zoológico.

— Só estamos tomando uma bebida quietos — garante Sal.

— Vão beber em outro lugar — fala a alta. — Não são bem-vindos aqui.

As pessoas começam a olhar para eles, a ficar um pouco nervosas. O atendente vem e diz para a alta:

— Pare com isso, Meg.

Meg levanta uma sobrancelha, dá um risinho e diz:

— Ah, entendi. São os carcamanos que você precisa pagar.

— Olhe a boca — diz Frankie.

— Você bebeu um pouco além da conta — fala Sal. — Por que não vai embora agora?

— Por que *você* não vai embora, seu pau no cu?

— Opa! — diz Frankie. — Você chupa sua namorada com essa boca?

— O que você entende de chupar? — pergunta Meg.

Então ela se vira para Sal:

— Mas esse aqui sabe, não sabe? Acho que estava errada sobre você. Acho que tem uma daquelas casas grandes e berrantes de carcamano com flamingos rosa no gramado...

— Você vai deixar que ela fale com você desse jeito? — pergunta Frankie.

— E um armário enorme...

Sal dá um soco em arco com a mão direita, bem na mandíbula, e ela cai.

Apagada antes de bater no chão, e ela é forte.

— Isso *mesmo*! — grita Frankie.

Algumas das outras Amazonas começam a se juntar em torno deles, prontas para seguir, mas Frankie saca a pistola. Sal fica de pé ao lado da mulher, a cabeça aninhada no colo da amiga. Ela não parece tão furiosa agora, não parece tão durona.

Sal acha que ela parece... bonita.

A amiga dela diz a ele:

— Você é um homem corajoso, então? Isso faz de você um cara foda?

Sal sabe do que ela está falando de verdade.

Ele se sente mal. Murmura:

— Não bato em mulher.

— Aquilo não é a porra de uma *mulher* — diz Frankie. — Aquilo é uma aberração, uma *coisa*, uma...

Sal bate nele.

Um direto, e ele tira um pouco da força no último segundo, mas é no rosto, e a cabeça de Frank vai para trás e Sal sabe que cometeu um engano, que aquilo não vai acabar ali.

Ele colocou as mãos em um cara da máfia, e vai ter problemas.

— Nem pensar — diz Peter.

Ele está sentado em uma mesa na lanchonete Central, tentando comer ovos.

— Estou te dizendo — retruca Frankie V. —, o cara é um *finook*, um boiola.

— Sal Antonucci veado — diz Paulie. — Fala sério.

— Você não acredita em mim, tá — continua Frankie. — Mas ele me deu um soco. Ele socou um mafioso e quero que algo seja feito a respeito.

— Ele passou dos limites — fala Peter. — Sem discussão. Mas temos problemas maiores no momento.

— Tipo o quê?

— Tipo o quê? — repete Peter. — Que tal um bando de Mau Maus saindo da senzala? Sei que sabe disso, Frankie, eu vi você no funeral.

— E daí? — diz Frankie. — Vai deixar Sal me bater porque está com medo de que ele vá emburrar de novo, e você vá perder seu melhor atirador.

— Ei, Frankie, se quer apagar Marvin Jones, fique à vontade — diz Peter.

Aquilo cala a boca de Frankie.

Depois que ele vai embora, Paulie pergunta:

— O que acha? Sobre Sal ser veado?

— Nem fodendo.

— Não sei — diz Paulie. — Lembra de como ele ficou arrasado por causa do Tony?

— O cara foi companheiro de cela dele.

— É o que estou dizendo.

— Sabe o que eu acho sobre o Sal ser boiola? — pergunta Peter. — Para jamais ser repetido? Acho que não ligo. Depois que esses pretos *ditsoon* acabarem de pipocar Colts .45 em cima da cova de Marvin, aí talvez eu me importe. Até lá, Sal pode chupar pau até cansar.

No entanto, ele chama Sal para uma conversa.

Naquela tarde, na American Vending, Peter diz:

— Porra, todos os caras que eu conheço querem dar em Frankie V., com aquela boca dele. Não suporto o cara. Mas não deveria ter batido nele, Sal.

— Eu sei — diz Sal. — Esse meu gênio ruim. Se vai me cobrar por isso, cobre. Eu pago.

— Está no direito dele querer alguma coisa.

— Eu sei.

— Olha, peça desculpas a ele — diz Peter —, mande alguma coisa bacana para a esposa gorda dele, não sei, um pernil de carneiro… Estou disposto a esquecer tudo.

— É? — pergunta Sal, esperando a próxima palhaçada. Peter é um elefante, não esquece das coisas.

— Gostaria que fizesse uma coisa para mim — diz Peter.

Ali está.

— O que, Peter?

— Essa porra desse crioulo, Marvin…

* * *

A bola de Danny bate no aro.

— Você não muda, Ryan — diz Marvin, pegando o rebote. — Você era ruim naquela época e é ruim agora.

Ele se vira, joga e marca sem tocar o aro.

— Há algo a ser dito sobre consistência — diz Danny. Ele pega a bola debaixo da cesta e faz uma bandeja fácil saindo da tabela. — E eu achei que você não se lembrava de mim.

Mesmo no frio, Danny sua sob o suéter cinza de capuz. Ele passa a bola para Marvin.

— Não lembro — confirma Marvin. — Estou só zoando.

Ele faz um arremesso com salto.

Acerta sem tocar o aro.

—Já te contei da minha mãe, Ryan? — pergunta Marvin, enquanto Danny pega a bola. — A mulher levantava todo dia ao amanhecer, saía para limpar as casas de outras pessoas, passar esfregão no chão delas, esfregar os banheiros delas. Nós, os filhos, não tínhamos muita coisa, mas nunca passamos fome.

Danny coloca a bola debaixo do braço e escuta, grato por um momento de fôlego.

— Sabe quem foi meu pai? — pergunta Marvin. — Harold Jones.

— O cantor?

— É, *aquele* Harold Jones — confirma Marvin.

Ele começa a cantar uma música soul que Danny já ouviu no rádio milhares de vezes. Caramba, Terri e ele transavam ouvindo aquilo.

— Cantor de um só sucesso — diz Marvin. — Vai ficar aí parado ou vai lançar?

Danny lança.

Clang.

— Então, como ele era? — pergunta Danny.

— Não tenho ideia — responde Marvin. — Papai não parava quieto. Minha razão em te contar isso tudo é que minha mãe não limpa mais banheiros. Ela não passa esfregão no chão. Outras pessoas limpam o banheiro dela. Na casa que eu comprei para ela.

— Certo.

— E você? — questiona Marvin, correndo atrás do rebote de Danny. — Seu pai e sua mãe?

Marvin gira e arremessa.

Acerta.

— Meu velho é o estereótipo padrão do irlandês — diz Danny, correndo atrás da bola. — Um alcoólatra amargurado. Minha mãe é que não estava na parada.

— *Isso* é diferente.

É, é mesmo diferente, pensa Danny. Ele arremessa e a bola entra.

— Os pretos te contagiando — diz Marvin.

— Já ouviu falar de Larry Bird? — pergunta Danny.

Marvin ri.

— Sempre o exemplo que vocês usam.

— É porque não precisamos de outro — fala Danny.

Ele corre, pega o próprio rebote e faz uma bandeja.

— Um preto teria enterrado — diz Marvin.

— Um branco não precisa — retruca Danny.

Ele joga a bola para Marvin.

— Andam falando que Peter Moretti mandou te matar.

— Ouvi dizer — diz Marvin. — Ele deu o contrato a Sal Antonucci.

— Sal é perigoso de verdade, Marvin — avisa Danny. — Fique sempre atento.

— Não tenho medo de Sal Antonucci.

Mas deveria ter, pensa Danny.

Ele vai até Goshen com as compras de Marty.

Seria muito mais fácil se o velho se mudasse para Providence no inverno, mas ele é teimoso (vai entender) e se apega à casinha que mal tem isolamento. Então, pelo menos uma vez por semana, Danny precisa dirigir até lá com as compras e para ver se ele ainda está respirando.

E é um risco, dirigir até lá. Dirigir a qualquer lugar nesses dias, com uma guerra acontecendo. *Mas não se pode viver com medo*, Danny pensa. *Você toma precauções razoáveis, checa o retrovisor, mantém a arma perto da mão, a olhos atentos, e segue a vida.*

Em abril, o litoral está morto. Os trailers de férias estão fechados, a barraquinha de cachorro-quente, a sorveteria, até a lavanderia, tudo fechado, esperando o verão para voltar à vida.

Danny para no estacionamento da praia, sai e pisa na areia. Quando o tempo está limpo Block Island parece próxima, quase como se fosse possível nadar até lá. A água é verde garrafa, com espuma espirrando no topo das ondas. Ele observa um barco de pescaria, com as redes, saindo de Harbor of Refuge, e deseja estar nele, deseja que a vida fosse limpa e penetrante como a água, que, se pulasse nela, o frio, o sal e as ondas limpariam sua pele da camada que parecia sempre estar sobre ela naqueles dias.

Ele tem impulso de entrar, pegar uma onda e então nadar além da arrebentação.

Morrer congelado.

É só um lampejo na mente, nada sério.

Você tem uma mulher e um filho para cuidar, Danny pensa. *Tem Dogtown. E seu velho. Todos dependem de você.*

Coitadinho, pensa.

Pare de sentir pena de si mesmo.

Ele se vira, volta para o carro e dirige os dois minutos até a casa de Marty.

— Trouxe minhas Hormel? — pergunta Marty.

Ele está sentado na poltrona, com a TV ligada num volume alto, um zumbido contínuo. Um copo de uísque está na ponta da mesa ao lado da poltrona.

— Não, pai — diz Danny. — Toda vez que venho eu trago Hormel, mas desta vez, por algum motivo, decidi não trazer.

— Engraçadinho.

Danny descarrega as compras, coloca algumas coisas no armário, os produtos perecíveis na geladeira.

— Quer que eu faça alguma coisa para você?

— Não.

— Você comeu?

— Não estou com fome.

— Precisa comer.

— Ouvi dizer que você anda grudadinho com os negros agora — comenta Marty.

— Só um chamego — diz Danny.

Ele abre uma das latas de Hormel, encontra uma colher limpa na gaveta e coloca o picadinho de carne na panela.

— Por que, tem algum problema com isso?

Marty o surpreende.

— Não, é a saída inteligente.

Danny pega uma espátula de plástico na gaveta. A gaveta é grudenta por causa da maresia e difícil de fechar. Ele aperta o botão do gás, então mexe o picadinho na panela.

— Obrigado.

O picadinho esquenta rápido. Danny o coloca num prato, pega um garfo e passa para Marty.

Marty está com um sorrisinho sujo no rosto.

— Que foi? — pergunta Danny.

— Soube de uma coisa.

Dando corda naquilo, fazendo durar, pensa Danny, saboreando que sabe de algo que Danny não sabe, para variar.

— O que você soube, pai?

— Sal Antonucci é homo.

Homo?, pensa Danny. Ele leva um momento para se recordar o que a palavra quer dizer.

— Onde ouviu isso?

— Ned ouviu — diz Marty. — De um cara no bar. Frankie V. pegou Sal em um bar gay e Sal deu um soco nele.

— O que o Vecchio estava fazendo em um bar gay?

— Pegando envelope — explica Marty.

— É, não acredito.

— Não estou pedindo para acreditar — responde Marty. — Você me perguntou o que eu tinha escutado, eu contei.

— Coma.

Jesus Cristo, pensa Danny, *enquanto observa Marty empurrar a comida no prato. Sal, gay? Não importa se é verdade — se Ned ouviu um cara falar disso em um bar, é como se fosse. Se Marty em sua poltrona ali sabe...*

Ele consegue ouvir Frankie V. espalhando aquilo — *Eu provavelmente não deveria estar falando nisso, mas acho que você precisa saber, isso é só entre nós... Divertindo-se muito*. E, se for verdade que Sal deu um soco nele, Frankie teria ido correndo para Peter. Esperando o quê? Que Peter fosse escolher Frankie em vez de seu melhor atirador? Que Peter fosse fazer a coisa certa?

— Jesus, pai, pode colocar um pouco dessa porcaria de comida na boca?

— Eu disse que não estou com fome.

— Precisamos te levar ao médico?

— Eu odeio médicos.

Eles também odeiam você, pensa Danny. *Você os xinga e fica dando olhares descarados para as enfermeiras.*

— Você enche meu saco por causa da Hormel e agora não quer comer.

— Vou comer mais tarde.

E Danny sabe que é um sinal para ir embora. *Eu trouxe para ele as compras e os bilhetes da loteria, ouvi a fofoca, então cumpri meu propósito*, pensa Danny. Está com pressa de voltar a ser solitário e infeliz.

— Volto na quinta-feira — diz Danny.

— Se quiser.

Danny o beija na testa e se vira para a porta.

— Danny?

— Oi?

— Se cuida.

VINTE E NOVE

O menino é lindo.
Bem, não é um menino — isso seria *muita merda* —, é um homem, mas é um homem jovem, e é lindo.

Sal sabe que aquele é o último lugar do mundo onde deveria estar naquele momento, com os boatos sobre ele, mas tomou a precaução de dirigir até Westerly, o caminho todo dizendo a si mesmo que não ia descer, o tempo que passou estacionando dizendo a si mesmo que não iria entrar, o tempo todo no bar dizendo a si mesmo que não iria ficar.

A briga com Judy fora brutal.

Quando chegou em casa mais cedo naquela noite, ela estava sentada à mesa da cozinha com uma taça de vinho tinto e o olhou como se ele tivesse mijado nos sapatos dela.

— O que foi? — perguntou Sal.

Ela já estava meio bêbada.

— Fui arrumar meu cabelo hoje.

— E daí?

— E daí eu estava sentada na cadeira — continuou ela — e essas duas *chiacchieronas* perto de mim estavam conversando, e adivinha o que estavam falando?

Sal estava cansado.

— Não sei, Judy. O quê?

— De você.

Sal sentiu o estômago revirar.

Judy olhou para ele como se tivesse vontade de matá-lo.

— Precisei sentar ali e ouvir as duas gargalhando e dando risadinhas sobre meu Sal Antonucci sendo flagrado chupando pau no banheiro masculino de um bar gay.

— Isso não é verdade.

— Sabe, Sal, de algum jeito, eu sempre soube — disse Judy. — Tinha alguma coisa em você. E aí você e Tony...

— Ele era meu amigo.

— Ele era muito mais que a porra do seu amigo. Por assim dizer. Eu engoli isso quando você estava preso, você tinha suas necessidades, mas...

— Cala a porra da sua boca.

— Ou o quê? — perguntou Judy. — Vai me bater? Vamos lá. Ou quer comer meu cu, é disso que você gosta, não é? Vai, pode comer meu cu, Sal. Pelo menos desse jeito eu *sou* fodida de vez em quando.

— Eu te dei dois filhos.

— Ou talvez eu tenha entendido errado, Sally. Talvez você não seja o fodedor, você seja o *fodido*. É isso que você quer, que eu coma o seu cu?

Ele bateu nela.

Mão aberta no rosto, jogou-a da cadeira.

Ela colocou a mão no rosto e olhou para ele.

— Sai daqui. Vá procurar um rapaz, boiola.

Ele saiu de casa e entrou no carro. Entrou na 95 e foi para o sul, sem querer ir até lá.

Mas ali está ele, depois de duas bebidas, e o menino é lindo. Alto, esguio, cabelo louro escuro, um pouco longo. Camisa de seda estampada, jeans apertados, um belo par de sapatos. Sal nunca o vira ali antes. Sal esteve ali pelo menos umas vinte vezes, e aquele menino é novo.

Ele vê Sal olhando e retribui o olhar.

Sorri.

Sal vai até ele.

— Qual é seu nome?

— Alex.

— Posso te oferecer uma bebida, Alex?

— Talvez, se você me disser seu nome.

— Chuckie.

Alex ri.

— Mentira. Você acabou de inventar isso.

— É, talvez.

— Bem, certo, talvez Chuckie — diz Alex. — Acho que pode me oferecer um martíni.

Trinta minutos depois, estão na viela, Sal com as costas na parede e a braguilha aberta, Alex de joelho, chupando.

Sal envolve os dedos no cabelo grosso de Alex.

Aquele é o último lugar do mundo onde ele deveria estar, mas é tão gostoso, e o menino é lindo.

Danny aninha Ian nos braços e o balança suavemente para a frente e para trás, cantando baixo "Mammas, Don't Let Your Babies Grow Up to Be Cowboys".

Eles tiveram dificuldades para fazê-lo dormir naquela noite. Terri tentara de tudo, enrolando-o mais nos cobertores porque ele estava gelado, soltando os cobertores porque ele estava quente, balançando-o na cadeira, colocando-o no chão na frente da televisão, mas o menino continuava chorando, contorcendo-se e chutando.

Mesmo a normalmente eficiente "Mammas, Don't Let Your Babies Grow Up to Be Cowboys" fracassou, a música com a qual Ian adormecia antes que Willie chegasse ao final do primeiro refrão. Não naquela noite, e Danny disse que tomaria conta dele enquanto a exausta Terri tomava um longo banho quente.

Ele aperta o replay na música pela trigésima-sétima vez e recomeça a cantar e balançar, e finalmente sente Ian ficar pesado, e a respiração dele se torna suave e rítmica, e Danny apenas desfruta de segurar o filho um pouco antes de levá-lo para o quarto, colocá-lo bem devagar no berço e sair na ponta dos pés.

Terri acabou de sair do banho. Corpo e cabelos ainda enrolados em toalhas.

Com aquele olhar no rosto.

Aflita.

— Que foi? — pergunta Danny.

— Senti alguma coisa no meu seio.

* * *

A mulher é ao mesmo tempo cheia e escultural. Com seu adereço de plumas na cabeça, ela se move graciosamente pelo gramado como uma bela ave exótica.

Madeleine a observa.

Todas as modelos estão usando as criações mais emblemáticas de Manny Maniscalco. Madeleine certificou-se de que as dançarinas usando as criações de Manny na festa que se seguiu ao seu funeral tivessem corpos para exibi-las da melhor maneira.

Algumas pessoas na comunidade de Las Vegas, os tipos sérios de negócios menos associados com a Strip, acham vulgar e grosseiro aquele festival ao ar livre na propriedade dele, com as dançarinas de coro seminuas andando por aí se exibindo. Especialmente por ser ideia de uma mulher que, enquanto estiveram casados, regularmente traía o ex-marido.

Madeleine não está nem aí para o que pensam.

Ela sabia que Manny, um homem profundamente feio, adorava acima de tudo se cercar de beleza, especialmente do tipo feminino.

Então, ela quis dar isso a ele.

Madeleine se mudou de novo para a propriedade quando descobriu que ele estava com uma doença terminal. Tinham ficado em contato ao longo dos anos, pelo telefone ou para um jantar ocasional, e, em um desses últimos, ela viu que ele estava obviamente doente e arrancou aquilo dele. Quando, semanas depois, os médicos disseram a ele que não havia nada mais que pudessem fazer, e Manny quis morrer em casa em vez de no hospital, ela simplesmente se mudou para lá para se encarregar dos cuidados dele.

Ela chamou enfermeiras 24 horas para administrar a medicação e lavá-lo, mas se sentava com ele a maior parte do tempo, fazia companhia nas noites longas, limpava sua testa, segurava sua mão.

Falavam e riam dos velhos tempos, as viagens que fizeram, os jantares que tiveram, os espetáculos que viram, as pessoas que conheceram.

Quando ele morreu, foi Madeleine quem fechou seus olhos.

Ela saiu e chorou, então se recompôs e começou a planejar o funeral e aquela elaborada despedida para ele.

Todo mundo que é importante está ali, pois Manny era muito respeitado e profundamente amado em todos os círculos de Las Vegas. O prefeito, os congressistas, os empresários, as pessoas dos espetáculos, tipos de cassino e mafiosos batem papo no gramado, mordiscando canapés, bebendo vinhos finos e contando histórias sobre Manny.

E sussurrando sobre Madeleine, pois as notícias sobre o testamento de Manny já são parte da fábrica de boatos de Vegas, e a fofoca era que ela se mudara com ele nos últimos dias para enfeitiçá-lo em seu estado enfraquecido, trazer um advogado e, na presença dela, mudar o testamento dele.

Não era verdade.

Ninguém ficou mais chocado que Madeleine quando o advogado revelou que Manny havia deixado tudo para ela — a maioria das ações da Maniscalco, dezenas de milhões em ações e títulos, propriedades imobiliárias, além de milhões em dinheiro. Tudo é dela agora — a propriedade, a mansão, os cavalos, os estábulos, as quadras de tênis, a piscina.

O advogado a puxou de lado para assegurar a ela que Manny não havia mudado o testamento recentemente; na verdade, era daquele jeito desde o dia que se divorciaram.

— Ele me disse que você deu beleza a ele — contou o advogado.

Então Madeleine, já rica por obra dos próprios esforços, agora é abastada. Pode pagar com facilidade o meio milhão de dólares que torrou naquela festa.

Uma *big band* completa de um dos espetáculos está tocando "All The Things You Are" — uma das prediletas de Manny — e antes uma grande estrela da música, que tem seu próprio espetáculo, cantara "My Funny Valentine".

Um dos comediantes prediletos de Manny, um daquelas de "comédia de insulto", fez piadas às custas dele:

— Quando Madeleine disse "aceito", o padre perguntou: "Aceita, sério?". Não, mas Manny gostava muito de cavalos, sabe. Por que não? Ele tinha a cara parecida. Ei, não conte aos cavalos que eu disse isso.

Madeleine havia trazido todo o circo de Las Vegas — músicos, cantores, comediantes, malabaristas, acrobatas e, é claro, as dançarinas. Agora todos circulam entre os convidados, fazendo seus truques ou apenas mostrando a beleza, e é uma festa que ela sabe que Manny teria adorado.

Ela está admirando uma das dançarinas quando Pasco Ferri vem até ela.

O velho chefe da máfia tinha vindo da Flórida para prestar seus respeitos e representar outros chefes que não achavam que deveriam fazer uma aparição em público. Ele era um velho amigo de Manny, e Madeleine o conhecia há anos.

— É uma bela festa, Maddy — diz Pasco.

— Acho que ele teria gostado — fala ela. — Diga, como está meu filho?

— Danny e eu, a gente não conversa muito.

— Sei como é.

— Ele é um bom menino, Danny — diz Pasco.

— Ele não é um menino — retruca Madeleine. — Tem o próprio filho agora.

— Eu soube. Muitas felicidades.

Madeleine dá de ombros.

— Não vi meu neto.

— Danny é como o pai dele — diz Pasco. — Teimoso. Ouviu falar do Alzheimer irlandês? Eles esquecem tudo, menos os ressentimentos.

— Eu me preocupo com ele. Essa coisa com os Moretti. Se você puder fazer qualquer coisa ali, Pasco, eu ficaria grata. Sabe que posso abrir certas portas aqui. Não tenho pouca influência sobre a comissão de jogos, por exemplo.

— Não vim aqui para negócios, Maddy. Só para prestar homenagem.

— É claro.

Como se, ela pensa, *prestar homenagem não fosse parte de fazer negócios.*

A festa finalmente vai morrendo, os convidados vão embora; a equipe de limpeza começa seu trabalho, tirando mesas, tendas, retirando o lixo.

Mais tarde naquela noite, Madeleine se deita na cama e acaricia o rosto do jovem.

É macio, quase aveludado.

— Foi bom — diz ela.

Kelly sorri. Dentes brancos, retos, perfeitos.

— Estava esperando por algo um pouco melhor que "bom".

— Você não recebeu elogios suficientes quando eu estava gemendo seu nome? — pergunta ela. — Precisa de mais afirmação que isso?

Não deveria precisar, ela pensa. *É um belo, belo rapaz, e sabe disso. Quarterback do time local de futebol universitário, deve ter animadoras de torcida e alunas todas em cima dele, no entanto, por alguma razão, gosta de vir dormir comigo.*

Não são apenas os presentes que ela dá a ele — as roupas, os relógios —, é também algo nele que gosta de mulheres mais velhas.

E graças a Deus, ela pensa.

Madeleine não tem ilusões de exclusividade, e não quer, e certamente não quer que ele se apaixone por ela. Tudo o que quer é uma boa foda, regular, confiável, com um belo corpo, e Kelly tem tudo isso.

O físico dele é a perfeição.

Vem sendo uma boa coisa, e ela gostaria que continuasse, mas ele está começando a ficar um pouco carente.

E arrogante.

Bem na deixa, Kelly diz:

— Eu faço você gozar como um cometa e só o que diz é "bom"?

Ela se apoia em um cotovelo e olha para ele.

— Kelly, sabe qual a diferença entre você e um vibrador?

Ele parece confuso e um pouco assustado.

— O vibrador consegue girar — diz Madeleine — e custa muito menos de manutenção.

Ela está a ponto de elaborar quando o telefone toca.

É Terri.

Ela está chorando.

TRINTA

Sal sabe que precisa fazer alguma coisa a respeito daquilo, e rápido. No momento, ele tem o apoio de Peter, mas aquilo não vai durar para sempre. Peter Moretti é o chefe "o que você fez por mim ultimamente" original e, com rumores correndo de que Sal é gay, ele quer algo feito para ele ultimamente. Os caras já começavam a virar o rosto quando Sal entra em um cômodo. Ele escuta os sussurros quando passa por eles em um bar, vê os sorrisinhos de canto de olho, sabe que Frankie V. andou abrindo a boca.

Porra de Frankie. Sal tentou se desculpar, mas Frankie não quis saber. Sal enviou uma bela cesta para a casa dele — *prosciutto, bresaola, soppressata, abbruzze, auricchio,* azeitonas Cerignola, azeite Biancolilla, uma garrafa de Ruffino Chianti —, mas foi devolvida sem ser aberta.

Que porra Frankie quer?

O cara tem colhões de sair por aí dizendo que sou veado. Depois de matar Marvin, posso decidir matar Frankie.

O problema é que Marvin não está jogando de acordo com as regras. Se você sabe que está marcado, há certas maneiras de se comportar que se espera que sejam seguidas — você deve ficar quieto, manter a cabeça baixa, até sair da cidade.

Mas Marvin não está fazendo nada disso. Muito pelo contrário: está se exibindo, evidenciando-se, saindo para clubes, jantares, ficando na esquina e nos parques, se esfregando na cara de Sal.

Tipo: *Você está atrás de mim? Não sou difícil de encontrar, sou?*

Parte daquela merda de ficar escondido à vista de todos é tático, Sal sabe: ficar em público porque seu assassino em potencial não quer matá-lo na frente de testemunhas. Mesmo assim, aquilo está expondo Sal, fazendo com que ele pareça mal.

Especialmente quando Marvin enviou quinhentos gramas de roscas para Sal na American Vending com o bilhete: *Ouvi dizer que você gosta de queimar isso.* Mandou para *lá* deliberadamente, sabendo que humilharia Sal na frente dos outros caras, forçaria Peter a fazer algo.

As pessoas deveriam ter medo de Sal Antonucci.

Se ele perde aquele fator medo, perde muito.

Algum ambicioso poderia fazer uma tentativa contra ele.

Então, se ele precisa atingir Marvin na frente de testemunhas, Sal vai se certificar de que sejam testemunhas que não vão falar.

Os próprios rapazes de Marvin.

Ele poderia balear Jones em plena vista na frente de todos eles e ninguém o delataria à polícia. Todos iriam, eles mesmos, atrás de Sal, porque — negro ou branco — aquele é o código.

Ele decide apagar Marvin na quadra.

Fazer do jeito que os negros faziam.

Estilo ataque com veículo em movimento.

Tudo o que Sal sabe, Marvin sabe.

E o pior que o que Sal quer fazer a Marvin, Marvin quer fazer a Sal. Porque ele também ouviu cochichos. Sobre ele próprio. Que está ficando mole, que subiu e esqueceu como é estar embaixo. O crédito nas ruas é como qualquer mercadoria, você precisa reforçar de vez em quando para não perder a potência.

Então, ele dá todas as oportunidades para Sal chegar até ele.

Para lembrar seu pessoal por que Marvin é Marvin.

— Até os pretos sabem que Sal é veado — diz Paulie, sentado no escritório. — Todos estão rindo da gente agora.

— Eles não *sabem* de nada — diz Peter, olhando para a caixa de roscas na mesa. — Só sabem do que ouviram.

— É o que estou tentando dizer — diz Paulie. — Todo mundo ouve. E o que vão pensar disso em Peoria?

— Quê?

— É uma expressão — diz Paulie. — Tipo, o que as pessoas vão pensar. "O que vão achar disso em Peoria?"
— Onde fica Peoria?
— Não sei — responde Paulie. — Que porra de diferença faz?
— Por que caralho a gente deveria ligar para o que o povo de lá pensa?
— Não ligamos.
— Então por que... — Peter desiste.
— Nós ligamos — diz Chris, com a cabeça começando a latejar — para o que certas pessoas em Boston acham. Para o que as pessoas em Nova York acham. Que temos um capitão gay na família, que não conseguimos matar um punhado de irlandeses e que agora até os *ditsoon* estão mostrando o dedo para gente.

Manter uma família diferente no minúsculo Rhode Island sempre fora um problema, Chris sabia. Enfiada entre Boston e Nova York, ambas tentados a tomar o terreno e fazer uma equipe só, a família de Rhode Island sempre precisara ser mais dura, mais rígida, mais violenta. *Se os caras em Boston ou Nova York acharem que somos fracos, vão procurar tirar vantagem.*

Essa guerra de tentar tomar um pouco de terreno dos irlandeses vai nos custar a coisa toda.

— Então, o que quer fazer? — pergunta Peter.
— Sal precisa pegar Marvin...
— Para fazer o quê? — pergunta Paulie, em tom de piada.
— É, muito engraçado, Paulie — diz Chris. — Aí vemos o que precisamos fazer a respeito de Sal.
— Como assim? — questiona Paulie. — Ele é veado.
— Marvin diz que ele é — fala Chris. — Se Marvin sumir, não vai abrir a boca mais. Frankie V. diz isso, então...
— Então você está dizendo que deveríamos apagar Frankie para limpar a barra de Sal.
— Estou perguntando — explica Chris — quem é mais valioso. Quem é o melhor soldado? Quem é o que faz mais dinheiro?
— Quem é o *finook*? — pergunta Paulie.
Meu Deus, ele é muito burro, pensa Chris.
Peter entende, porém. Ele entende que o que importa é a imagem, não a realidade.

— Então você acha que deveríamos dar a Sal sinal verde sobre Frankie.

Chris dá de ombros.

— O que fazer com um cara que sai por aí falando que você é gay?

Peter faz um gesto de apertar o gatilho.

Chris dá de ombros de novo.

— Mas Sal *é* veado — diz Paulie.

— E daí, porra? — responde Chris.

— Está me zoando? — pergunta Paulie. — O que eles fazem é *nojento*. Me dá vontade de vomitar.

— Está me dizendo que nunca comeu o cu de uma mulher? — diz Chris.

— Isso é diferente.

— Como?

— Era uma *mulher* — responde Paulie.

Peter diz:

— Vamos esperar. Ver se Sal resolve nosso problema com Marvin. Aí decidimos o que fazer.

Clássico do Peter, pensa Chris, *chutando a lata pela rua. Mas tem uma certa razão — se Marvin matar Sal, não precisamos escolher entre ele e Frankie V.*

Paulie pega um pedaço de rosca.

— Que porra é essa?

— Que foi?

— Vai comer isso?

— Por que não? — diz Paulie, enfiando o pedaço na boca. — É bom.

Atrás do volante de um Caddy roubado, Sal vê a quadra de basquete a um quarteirão de distância.

Negros de blusas de capuz pulando para cima e para baixo. O problema é saber qual é Marvin. Ao estacionar ao lado da quadra, ele se lembra de que Marvin é o que não é péssimo.

Então ele vê um cara de blusa de capuz cinza fazer um drible cruzado que quase quebra os tornozelos do oponente e seguir para uma enterrada.

Marvin.

Sal abre o vidro da janela.

* * *

Marvin o sente.
    Então se prende ao aro e o vê.
    Demetrius grita:
    — Arma!
    Marvin solta o aro, saca a pistola presa dentro do bolso canguru do moletom e dispara.
    Então algo o atinge no peito.
    Ele morre antes de bater no chão.

Sal dirige por três quarteirões até perceber que foi alvejado.
    A porra do macaco acertou o braço dele.
    A adrenalina disfarça a dor, mas ele está sangrando feito louco e precisa cuidar disso rapidamente. Mas não pode ir ao hospital a dois minutos de distância, se entrar na emergência com um ferimento de bala, chamam a polícia. Ele joga a arma pela janela, entra na Rota 95 e segue para o norte. Tem um médico endividado em Pawtucket.
    Talvez ele consiga chegar até lá antes de sangrar até morrer.

Danny está sentado na sala de espera.
    Salas de espera de médicos são o purgatório, ele pensa. Uma espera infinita por uma salvação que pode não chegar. A tortura da esperança — você espera que não seja um tumor, espera que, se for, não seja maligno, espera...
    Até o nome na porta é assustador.
    Oncologista.
    O clínico geral deles o mandou ali. Disse que o cara era bom.
    O que isso quer dizer, Danny se pergunta, ao folhear uma cópia gasta de *Good Housekeeping*. Todas as revistas ali são femininas. Claro que são, as pessoas estão ali por causa de câncer de mama, idiota.
    Mas o que dizer para aliviar o câncer? O médico pode transformá-lo em *não* câncer? Pode mudar o que já está ali? Dizer a uma mulher jovem com um filho pequeno e toda a vida pela frente que ela vai poder continuar vivendo?

Ele olha uma receita de sanduíche de carne moída, então olha de novo para o relógio.

O tempo não se move. Não no purgatório. O que as freiras lhe ensinaram sobre eternidade. Enfim, a porta se abre e o médico está ali.

— Sr. Ryan?

Danny fica de pé.

— Entre, por favor.

Danny o segue até uma sala pequena. Terri está sentada ali e não parece bem — os olhos estão úmidos, com bordas avermelhadas. O médico faz um gesto para que Danny sente-se na cadeira ao lado dela e então senta-se à mesa e levanta um raio X para que Danny veja e usa a caneta para apontar uma "massa" no seio esquerdo de Terri.

Danny volta para um momento na praia, naquele momento em que Pam havia acabado de chegar, trazendo tanta morte consigo.

— *Eu gosto dos* seus *peitos*.

— *Boa resposta*.

O médico está falando algo sobre uma "biópsia":

— ... se for positivo, voltamos para a cirurgia e removemos o seio.

— E depois? — pergunta Terri. — Estamos falando em quimioterapia aqui?

O doutor sorri um daqueles sorrisos de "boa conduta com pacientes".

— É melhor não sofrer por antecipação. Enquanto não sabemos, vamos esperar pelo melhor.

— É câncer — diz Terri no carro.

— Não sabemos disso — retruca Danny.

— *Eu* sei.

— Como disse o médico, vamos esperar pelo melhor — diz Danny.

Esperança, ele pensa.

Purgatório.

Ele acabou de chegar em casa com Terri quando Jimmy Mac estaciona do lado de fora. Danny desce, Jimmy pergunta:

— Soube de Marvin Jones?

Danny vai ao velório de Marvin.

Parece ser a coisa certa a fazer.

Os policiais não perderam tempo em decidir que o assassinato de Marvin foi um ataque entre gangues e disseram que estavam atrás de pistas. Pegaram um punhado de membros de gangues rivais e os pressionaram, mas nenhum deles sabia de nada e todos tinham álibis.

O próprio pessoal de Marvin também não sabia e nenhum dos caras na cena viu merda nenhuma.

Então, até onde a polícia sabia, era simplesmente lixo contra lixo, e eles esperaram pela retaliação inevitável de mais lixo.

O nome de Sal Antonucci nunca foi mencionado.

E Sal sumiu do radar.

Agora Danny vai até a casa na rua Friendship que Marvin comprou para a mãe. As pessoas estão reunidas na calçada, nos degraus largos e na varanda ampla da grande casa vitoriana que fora completamente reformada.

Alguns lançam olhares para Danny, o único branco.

Danny entra.

Marvin está em um caixão aberto na sala, onde filas de cadeiras dobráveis, todas ocupadas, tinham sido colocadas. A maior parte dos enlutados são mulheres, que se sentam ali de preto, chorando em silêncio com lenços.

Danny vai até o caixão.

Marvin tinha levado um tiro no coração, então o rosto está sem danos, ainda belo, ainda orgulhoso, quase arrogante na morte. Marvin Jones acreditava ser invencível, Danny pensa, achava que nada podia tocá-lo. Talvez todos nós acreditemos nisso, até que alguém o faça.

Ele vai até a mãe de Marvin.

— Sinto muito por sua perda.

Ela é bela como o filho, com a mesma dignidade.

— Obrigada. Desculpe, mas quem é você?

— Meu nome é Danny Ryan.

— De onde conhecia Marvin?

— Nós jogamos bola juntos.

— Ah — diz ela. — Mas não nos encontramos antes?

— Não, senhora.

— Bem, obrigada por vir.

Danny vê Demetrius parado na porta da cozinha. Vai até ele e pergunta:

— Podemos conversar?

— Quintal — instrui Demetrius.

O quintal é grande e verde, com um grande carvalho e um bordo sombreando a maior parte. Uma mesa e cadeiras de ferro haviam sido colocadas sob o bordo, uma grelha com coifa contra a cerca.

— Sinto muito por Marvin — começa Danny.

— Sente por ter perdido um trabalhador de campo.

— O que isso quer dizer?

— Quer dizer que pode lutar suas próprias batalhas — diz Demetrius. — Estamos fora disso.

— Não quer revidar a morte de Marvin contra Sal? — pergunta Danny.

— Eu amava Marvin — fala Demetrius. — Mas ele nos enfiou em uma guerra de homem branco. Tentei falar para ele.

— Como assim, ele sabia o que aconteceria?

— Algo assim.

— Quanta frieza.

— O mundo é frio, cara.

— E quanto a tomar o bairro de volta para vocês? — pergunta Danny.

— Vai acontecer — diz Demetrius. — E não precisamos fazer nada. A cada dia, há menos de vocês. Todo dia, mais de nós. Só temos que esperar. Se vocês quiserem acelerar o processo se matando, fiquem à vontade, filhos da puta.

— Você sabe o que Marvin queria.

— Sei? — pergunta Demetrius. — Vamos voltar lá dentro e perguntar para ele, ver o que ele diz. Meu primo está morto por sua culpa morto, branco. Acho melhor ir embora agora,

Danny atravessa de volta para a casa, sai e vai até o carro.

Chris Palumbo sabe onde Marvin Jones está — Cemitério Norte —, mas não pode dizer a mesma coisa de Sal.

Fazia uma semana agora — se Sal estivesse morto, o corpo teria aparecido. O homem está encafuado. Se tivesse sumido para escapar da polícia, teria abordado alguém na família, mandado recado de que estava vivo e buscado ajuda. Então ele estava escondido da família também.

Inteligente da parte dele, pensa Chris, *esperando para ver como Peter vai se decidir no lance de ser gay. Eu poderia poupar-lhe a preocupação: Peter toma cada decisão com base em uma premissa: "O que é melhor para Peter?"* — e o melhor para ele é manter Sal na reserva, ainda que isso significasse fazer vista grossa a um ocasional desvio para o lado de lá.

Portanto, Peter vai dizer a Frankie para calar a boca a não ser que queira que ela seja fechada permanentemente, e, se for preciso, vai dar permissão a Sal para apagá-lo. Chris ficaria feliz em dizer a Sal, caso pudesse encontrá-lo.

Ele estaciona na entrada de Sal, sai e toca a campainha.

Judy vem à porta.

— Sal não está.

— Ele vai voltar logo?

— Não se santo Antônio ouvir minhas preces — diz Judy. — Entre Chris, em vez de ficar na soleira da porta que nem um *jadrool*.

Chris entra e a segue até a cozinha.

— Estava tomando *sambuca* — diz Judy.

— Eu não recusaria.

Ela serve uma dose para ele.

— Tem alguma ideia de onde Sal pode estar? — pergunta Chris, sentando-se em um banquinho alto no balcão da cozinha.

Ele dá um gole na bebida ardente.

— Não tenho.

— Ele tem... sem ofensa, tá, Judy... uma *gumar*?

Judy ri.

— Bem que eu queria. Tenho medo de que ele tenha me passado Aids.

— Então você ouviu falar disso.

— Você acha que conhece alguém — diz Judy —, mas não sabe nada.

Chris coloca o copo no balcão e fica de pé.

— Se ele ligar, você me avisa?

— Eu o odeio — fala Judy —, mas não o quero morto.

— Judy...

— Eu lidei com essa coisa a vida toda, Chris — diz ela. — Eu sei como é.

— Ninguém quer machucar ele.

— Mentira.

— Verdade. — Chris levanta a mão.

Ele deixa a casa convencido de que Judy não sabe onde está o marido e que não vai contar a ele caso descubra.

Danny está sentado na sala dos fundos do Gloc.

— É uma pena — comenta John. — Eu gostava daquele menino.

— Marvin não era um menino — diz Danny.

— Não quis dizer "menino" de verdade — corrige John. — Quis dizer que ele era jovem. O que sabemos sobre Sal?

— Nada — responde Danny.

Ele fizera os Coroinhas correrem atrás de informação e voltaram sem nada. É mais que preocupante — com Marvin morto e os negros fora da luta, não há nada para impedir que Peter ataque com força.

Ele quer Sal, porém, e Sal faz diferença.

— Deu uma olhada nas lojas de animais de estimação? — pergunta Liam.

— Quê?

— Para ver se teve alguma procura por gerbos — explica Liam, com um sorrisinho irônico.

— Engraçado — diz Danny. — Muito engraçado.

— Sempre falei que Sal jogava para o outro time — lembra Liam. — É o, como se chama, calcanhar de Aquiles dele.

— Preciso ir para casa — diz Danny.

— Como está Terri? — pergunta John. — Ela está indo bem?

— A cirurgia dela é amanhã.

— Vou rezar um rosário.

Isso, faça isso John. Certamente vai ajudar. Danny se levanta.

— Quer fazer alguma coisa, Liam? Sair daqui, tentar encontrar Sal?

— Não se preocupe com Sal — fala Liam, com aquela porra de sorrisinho irônico no rosto.

— Eu me preocupo — responde Danny.

Ele se preocupa com tudo.

Principalmente com Terri.

Vão interná-la naquela tarde. Cassie vai ficar com Ian durante a noite. A cirurgia vai ser no dia seguinte bem cedo.

É curioso o que acontece com as palavras, pensa Danny, voltando a pé para casa.

Na maior parte do tempo, não significam nada. Então, de repente uma palavra significa tudo, e eu daria tudo para ouvir uma palavra, uma palavra que não costumava significar nada para mim.

Benigno.

Liam coloca um pouco de pó na mesinha de café de vidro.

— Todos me tratam como merda de cachorro.

— Quem? — pergunta Pam, cansada das autocomiserações do marido.

— Danny, para começar — responde Liam. — Todos os caras no Gloc. Até meu próprio pai acha que sou um inútil.

Eu me pergunto por que, pensa Pam, *embora saiba que é melhor não dizer nada. Talvez porque você tenha começado essa coisa toda, e a mantido quando teve a chance de terminá-la. Talvez porque você tenha jurado se vingar por seu irmão* — aos berros, para quem quisesse ouvir — *e não tenha feito porcaria nenhuma, a não ser ficar por aí chapado. Talvez porque todo mundo* — Danny, *os caras do Gloc e seu pai* — *saiba que você morre de medo de Sal Antonucci e não vai fazer nada além de falar.*

E é nisso que você é bom, Liam.

Falar.

— Neste ponto, minha esposa dedicada — diz Liam —, você deveria dizer algo como: "Você não é inútil, Liam. Estão todos errados a seu respeito. Eles vão ver só".

Pam cheira uma carreira.

— Você não é inútil, Liam. Estão todos errados a seu respeito. Eles vão ver só.

— Vai se foder.

— Bem que eu gostaria — diz ela. — Você normalmente está chapado demais para ficar duro.

— Ou estou conseguindo em outro lugar.

— Deus a abençoe, seja quem for. Boa sorte para ela.

— Eu te amava! — grita Liam de repente. — Eu abri mão de tudo por você!

Liam enrola a nota de um dólar, curva-se sobre a mesinha de café e cheira outra carreira.

Depois outra.

Aí limpa o nariz.

— Vocês vão ver. Vocês todos vão ver. Nenhum deles conseguiu dar um jeito em Sal. Nem Danny, nem Marvin, ninguém. Ninguém, a não ser Liam. Você vai ver. Vocês todos vão ver. Apenas observem.

— Certo, Liam.

Jura que acabou o pó?, ela pensa.

Jura?

Sal sabe que não deveria ter feito isso.

Sabe que não deveria ter ligado para Alex.

Mas ele precisava de um lugar para se esconder, de um lugar para se recuperar; mais que qualquer coisa, precisava de um lugar para encontrar um pouco de conforto.

Alguma beleza nesta porra de vida.

Ele está deitado na cama olhando pela janela do pequeno apartamento de Alex em Westerly. Não é uma bela vista, a estação de trem do outro lado da rua, mas é tranquilo.

Seu braço está bem. A bala atravessou sem quebrar ossos nem atingir uma artéria, e o médico, embora totalmente apavorado, o remendou e o mandou embora.

Sal largou o carro de trabalho em Providence e tomou um trem para Westerly, de onde ligou para Alex.

Não tinha certeza de como seria recebido, mas Alex lhe disse "claro, venha logo". Quando chegou lá, Alex viu seu braço e perguntou:

— O que aconteceu com você?

— Lugar errado, hora errada — disse Sal. — Olha, eu preciso de um lugar para ficar escondido por um tempinho...

— É claro. Tudo bem.

Alex foi mais que um anfitrião, foi um enfermeiro. Colocou Sal na cama, comprou Tylenol para ele, sopa, colocou-o no chuveiro e lavou em torno do curativo. Alguns dias depois, quando Sal estava melhor, fez amor com ele gentilmente.

Depois, deitado ao lado dele, o dedo desenhando na coxa de Sal, Alex perguntou:

— Então, o que você faz?

— Faz?

— Você sabe, para ganhar a vida.

— Tenho negócios — respondeu Sal. — Tenho uma concessionária de carros, um negócio de reboque...

— Você é da máfia.

— Não.

— O que os caras acham de você ser gay? — Quis saber Alex.

— Eu não sou gay.

Alex riu.

— Com certeza era gay uns minutos atrás.

— Não, é só que... eu gosto de você.

— Eu gosto de você também.

Sal sabe que vai precisar ir embora cedo ou tarde, provavelmente cedo. Sair e enfrentar o que lhe espera.

Eu fiz o que Peter queria, ele pensa, *dei um jeito no problema Marvin Jones, então agora ele provavelmente vai me apoiar na coisa com Frankie V. acabar com os rumores de ser gay. Ou Frank vai se humilhar ou vou precisar matá-lo.*

E Peter vai permitir.

Afinal, qual é a pior ofensa, um cara ser gay ou um cara acusando falsamente outro cara de ser gay?

Mas, aí, talvez eu tenha me fodido. Com Marvin morto, Peter não precisa mais de mim e vai me jogar aos leões.

Alex vai ao 7-Eleven pegar alguma coisa para o café da manhã, então, Sal se levanta e usa o telefone.

— Porra, Sal — diz Chris. — Onde você está?

— Como fica minha situação?

— Como assim? — pergunta Chris.

— Você entendeu.

— Aquela merda que o Frankie andou falando? Ninguém acredita. Vamos.

— Se eu voltar — fala Sal —, vou precisar calar a boca dele.

— Faça o que precisa fazer, Sal.

Então é isso, pensa Sal quando desliga. *Ganho um passe com a coisa de ser gay e a luz verde para Frankie.*

Certo.

Alex usa a cabine telefônica em frente ao 7-Eleven.

— Ele ainda está aqui.
— Você ganhou dois mil.
— São cinco agora — diz Alex. — Os dois foram para pegá-lo. Eu quero mais três pelo... resto.
— Merdinha ganancioso.
— Eu deixei aquele porco me foder por uma semana — diz Alex. — Fiz sopa de galinha para ele. Três mil é uma barganha.
— Certo. Como vou saber quando ele estiver descendo?
— Vou abrir as persianas.

Liam volta para o carro e observa o apartamento.

Não sabe se pode confiar que Alex fará o que foi dito.

Não tinha sido difícil achar o cara; não há tantos bares gays em Rhode Island, então ele só precisou de algumas visitas para encontrar o lugar em Westerly onde as pessoas reconheceram Sal pela descrição.

Então foi só encontrar um michê que precisava de um dinheiro exta e era bonito o suficiente para atrair Sal.

Foi Alex.

— Vou embora — anuncia Sal.
— Não precisa ir — diz Alex.
— Preciso sim.
— Vai voltar? — pergunta Alex.
— Você quer que eu volte?
— Foi por isso que perguntei — diz Alex. — Quero.
— Então vou voltar.

Alex o beija.

Sal desce as escadas.

Alex abre as persianas.

* * *

Liam pousa o rifle na janela aberta do passageiro e espera.
    Suas mãos tremem.
    Não seja covarde, ele diz a si mesmo. *Não seja o que dizem que você é. Faça isso por seu irmão.*
    Ele vê Sal sair e mira no peito dele.
    Engolindo em seco, Liam aperta o gatilho.

Sal se senta no chão e se escora na parede. De repente está muito cansado, como se as pernas não quisessem mais carregá-lo.
    Ele sente a parte da frente da camisa quente e molhada.
    Levanta a mão e vê que está ensopada de sangue.
    Pensa...
    Santa Maria, Mãe de Deus
    Rogai por nós, pecadores
    Agora e na hora de nossa...

Danny está curvado sobre a máquina de vendas do hospital, tentando se decidir entre biscoitinhos com gotas de chocolate e uma barra de Hershey quando Jimmy Mac para atrás dele.
    — Soube da notícia? — pergunta Jimmy.
    — Que notícia?
    — Sal Antonucci. — Jimmy passa o dedo através da garganta.
    — Meu Deus — diz Danny. — Quando? Quem?
    Jimmy dá de ombros.
    — Em Westerly. Estava saindo de um prédio residencial e alguém atirou nele do outro lado da rua.
    Aquilo poderia mudar tudo, pensa Danny. Sem Sal no jogo, Peter pode querer negociar uma paz. Pode até recuar e se contentar com o status quo. Ou pode seguir o outro caminho e revidar a morte de Sal.
    — Diga a todos para ficarem de boa — diz Danny. — Para ficarem fora das ruas por um tempo.
    — Você também, Danny.
    — Não vão me acertar no hospital.

— Mas tem o estacionamento — responde Jimmy. — Ned estará lá fora. Mande beijos para Terri. Angie também manda.
— Vou mandar.
Danny decide que não está com fome e vai para o quarto de Terri. Deram-lhe um sedativo, então ela está basicamente fora do ar.
— Conseguiu algo para comer? — pergunta Terri.
— Consegui.
— Como está Ian?
— Com Cassie, então está ótimo.
— Estou com medo, Danny.
— Eu sei — diz. — Tudo vai correr bem.
— Promete?
— Prometo.
Porque o que mais ele ia dizer?

— Você é o *chiacchierone* mais sortudo que já vi — Chris diz a Frankie. — Sabe que Peter estava pronto para te entregar.
— Eu não estava certo? — pergunta Frankie. — Deixe-me perguntar o seguinte: onde Sal estava quando levou bala? Saindo do apartamento de um veado. Caso encerrado.
Alex está no porta-malas do carro que Chris está dirigindo. Foi esperto o suficiente para ir embora do seu apartamento, mas não para ir embora da área. Chris e Frankie o encontraram no estacionamento do mesmo bar gay onde Sal o encontrara.
Eles o estão levando para um lugar isolado perto de uma velha pedreira para uma conversa. Chris sai da rodovia e entra em uma estrada no campo.
Chris tem razão, pensa Frankie. *Quem apagou Sal me fez um grande favor. Embaralhou de novo as cartas e agora Peter vai precisar fazer um acordo comigo. Só preciso jogar certo. É bom, porém, que Peter estivesse disposto a me ver morto para proteger um* finook. *Essa coisa nossa não é o que costumava ser.*
Chris para na lateral de uma estrada de terra, perto da pedreira. Juncos altos ondeiam com a brisa entre eles e a água. Eles saem do carro, tiram Alex do porta-malas e arrancam a fita isolante da boca dele.
— Se gritar, enfio uma bala em você — diz Chris, mostrando a arma. — Ninguém vai te machucar, só queremos fazer umas perguntas.

Cristo, pensa Frankie, *o cara está tão assustado que se mijou.*

— Quem te pagou para entregar o Sal? — pergunta Chris.

— Ninguém — responde Alex.

— Ah, é, fez isso de graça?

— Eu não entreguei ele — diz Alex. — Não tive nada a ver com isso.

— A gente tem dois caminhos — diz Chris. — Em um, você nos diz a verdade, tudo o que sabe, nós o levamos de volta, você segue sua vida. No outro, nós machucamos você mais do que pode imaginar, depois deixamos seu corpo na lagoa. Eu escolheria a opção número um, mas você quem sabe.

Alex conta tudo a eles.

Como Liam Murphy se aproximou dele em um bar gay. Ofereceu dois mil dólares para seduzir Sal. Como ele ligou para Liam quando Sal apareceu em sua porta. Ligou de novo quando Sal estava para ir embora. Como abriu as persianas como sinal.

— Então Liam Murphy puxou o gatilho — diz Chris.

— Não sei.

— Mas ele estava lá.

— Definitivamente estava lá — confirma Alex —, em um carro do outro lado da rua. No estacionamento da estação de trem.

— Você está nos dizendo a verdade, Alex?

— Juro. — Ele começa a chorar. — Por favor, não me matem.

— Fique calmo — diz Chris. — A gente nem gostava do cara. Onde Liam deveria te dar o resto do dinheiro?

— No bar — responde Alex. — Mas ele não apareceu.

— Que surpresa — diz Frankie.

— Da próxima vez, pegue o dinheiro adiantado — recomenda Chris. — Sempre pegue o dinheiro adiantado.

— Tenho mais uma questão — diz Frankie. — Sal: rebatedor ou apanhador?

— Hein?

— Você fodia ele ou ele fodia você? — pergunta Chris.

— Ele me fodia.

— Bom, menos mal — diz Frankie.

— Acabou? — pergunta Chris a ele.

— Acabei.

— Aqui está o acordo — diz Chris a Alex. — Gostaria de deixá-lo ir embora, mas você entregou um cara da máfia, e há regras sobre essas coisas.

— Por favor. Faço qualquer coisa. Chupo o pau de vocês dois.

— Por mais que pareça sedutor — diz Chris —, temos um chefe para quem dar satisfações, então...

— Por outro lado — começa Frankie.

— Que outro lado?

— Se colocarmos o cara em um ônibus e ele prometer não voltar nunca mais — diz Frankie —, poderíamos só *dizer* que o apagamos. Quem iria saber?

— Isso nos poupa de cavar uma cova — concorda Chris. — O que acha, Alex? Estaria disposto a fazer isso? Entrar em um ônibus, desaparecer?

— Eu precisaria... eu precisaria trocar minha calça.

— Sério? — diz Frankie. — Você seria o único na estação da Greyhound que *não* cheira a mijo. Mas, tá, acho que poderíamos passar na sua casa.

Chris diz:

— Mas vai ter que ir no porta-malas de novo. Sem ofensa, mas não quero que deixe o fedor no interior.

— Ok.

Eles o levantam e o colocam no porta-malas.

Antes de fechá-lo, Chris diz:

— Talvez a gente pare no drive-thru do McDonalds, então não faça nenhum barulho.

— Quer alguma coisa? — pergunta Frankie. — Um quarteirão?

Alex balança a cabeça.

Eles fecham o porta-malas. Então Chris coloca o carro em ponto-morto, empurra-o para a água e eles observam enquanto ele afunda.

Vinte minutos depois, outro carro passa e os pega.

— Ainda quer parar no McDonalds? — pergunta Frankie.

— Eu até que estou com fome — responde Chris.

* * *

Liam está chapado quando chega em casa.
Totalmente louco de cocaína.
— Consegui — diz ele a Pam.
— O quê?
Ela está cansada, não está a fim de ouvir um monólogo movido a cocaína.
— O que todos diziam que eu não conseguiria — responde Liam.
— O que todos diziam que eu não teria coragem de fazer. É isso.
— Pode ser um pouco mais específico, Liam?
Ele se senta no sofá ao lado dela. Inclina-se e sussurra:
— Eu matei Sal Antonucci. Eu. Eu matei. O inútil, fraco, imprestável do Liam.
Ele conta a ela toda a história.
Pam ouve e então diz:
— Então você subornou um cara gay para seduzir Sal e então atirou nele do outro lado da rua. Ah, é, você é um homem e tanto, Liam.
Ele levanta o punho para ela.
— Faça isso, pau mole — provoca Pam. — Eu te bato até cansar.
Ela se levanta e entra para tomar um banho.

Frankie tem uma reunião com Peter.
— Sabe o que é história? — pergunta Peter.
— História?
— Isso.
— Sei lá — diz Frankie —, são coisas que aconteceram.
— Não — fala Peter, — é o que as pessoas *dizem* que aconteceu. Então me deixe contar a história do Sal. Ele não era gay, era um pai e marido amoroso, os negros o mataram para vingar Marvin Jones.
— Liam o matou.
— Viu, isso é você sem entender história — diz Peter.
— Não entendo o motivo, no entanto.
Seu merda burro, pensa Chris. Se Liam matou Sal, então espera-se que Peter revide e a guerra continua. E não queremos que a guerra continue, não desse jeito, de qualquer modo. Se fosse algum negro, então poderíamos passar meses atrás dele, e ninguém se importaria. Ou apaga um deles e esquece a história.
— Você não precisa saber o motivo, Frankie — fala Chris.

— Mas eu já disse a um monte de gente que Sal era veado.

— E agora vai dizer que Sal não era — ordena Peter. — E eles vão acreditar ou fingir que acreditam, porque é história. *Capisce*?

— *Capisce*.

Frankie se levanta e vai embora.

— Confia nele? — pergunta Chris.

— Não.

— Cedo ou tarde, vamos precisar fazer alguma coisa a respeito dele — diz Chris.

TRINTA E UM

A palavra "diagnosticado" nunca significou muita coisa para Danny. As pessoas eram diagnosticadas com todo tipo de coisa — sinusite, pneumonia, doença mental. Mas agora ele aprende que a palavra tem um significado muito específico: você tem câncer.

Era como más notícias crescentes, uma onda que não se podia parar. Primeiro foi a descoberta do nódulo. Poderia ter sido benigno. Não era, era maligno. Aí, houve a cirurgia. Poderia ter sido uma lumpectomia, mas não foi, foi uma mastectomia. Então, poderia ter sido estágio um, ou mesmo estágio dois.

Não era, era estágio três.

Cada cruzamento levava a um lugar mais sombrio.

A vida se torna uma rodada de quimioterapia, vômitos, fadiga enquanto ele observa, impotente. A única coisa que pode fazer é segurar a cabeça de Terri, trazer-lhe toalhas frescas, cuidar de Ian enquanto ela descansa, fazer as refeições da melhor maneira possível.

Refeições que Terri belisca.

Ele a observa emagrecer.

Ela faz piadas ruins sobre aquilo.

— Ei, olha, finalmente perdi o peso da gravidez.

Danny diz todas as coisas que se deve dizer: "Vamos vencer isso". "Estão descobrindo novos tratamentos o tempo todo." Todos dizem o que deveriam dizer, os clichês de costume, como "ela é uma guerreira".

Sim, pensa Danny. *Há dois guerreiros em qualquer luta, e um deles perde.*

Ele tenta "permanecer positivo", porém.

Uma coisa boa é que a guerra com os Moretti terminou. Não oficialmente, não houve encontro, nenhuma negociação, mas Peter não revidou a morte de Sal e não houve nenhuma agressão de qualquer tipo dos italianos.

Parece que lutaram até uma paralisação.

Liam que os créditos por isso.

Enche a sala dos fundos do Gloc contando vantagem.

— Sem Sal, acabou para eles. Quem matou Sal... e não vou dizer quem, veja bem... ganhou a guerra. Acabou para eles.

Em particular, especialmente quando está chapado — e ele sempre está chapado —, sai por aí contando a todo mundo "na maior confidencialidade" como matou Sal Antonucci.

— Ele veio atravessando a rua na minha direção, arma na porra da mão, e BAM!

— É, era *Matar ou morrer* — diz Pam a Danny, uma noite, ouvindo a conversa por alto. — É o Gary Cooper ali.

— Mesmo se for verdade, ele devia ficar de boca fechada sobre isso — responde Danny.

— Como está Terri?

— Ela está bem.

— É uma guerreira.

— O quanto ele está cheirando? — pergunta Danny, olhando para Liam.

— Garantindo o emprego de muitos colombianos — diz Pam.

— Por que fica com ele, Pam?

— Não sei.

E é a verdade. Ela tem opções. Outro dia mesmo, quando estava fazendo compras, um agente do FBI a abordou.

— Uma mulher com sua criação — falou Jardine. — De uma boa família. O que está fazendo com um bosta feito Liam Murphy?

Ela não respondeu.

— E agora está usando coca? — perguntou Jardine. — Vejo em seus olhos. O que *não* vejo é você na cadeia. Uma moça linda que nem você? Uau.

Ele balançou a cabeça.

— Só estou tentando fazer minhas compras — disse Pam.

— Como uma boa esposinha da máfia — retrucou Jardine. — Ele provavelmente está fazendo você recortar cupons de desconto agora, porque, pelo que ouvi, o time da casa não está indo tão bem. O que estou dizendo é que você tem opções.

Ele passou o cartão a ela.

— Me ligue, podemos combinar alguma coisa. Você é uma menina de Connecticut, não se encaixa em Rhode Island.

Ela não respondeu, mas colocou o cartão na parte de trás da bolsa. Agora ela diz a Danny:

— Talvez porque, se eu largar dele, tudo isso foi a troco de nada.

Danny se recorda do primeiro momento em que a viu, saindo do oceano. Tão linda, tão dourada.

Agora nem tanto.

Ele não tem coragem de dizer a ela que *foi* tudo a troco de nada.

— Quanto pó *você* está cheirando?

— Demais.

— Talvez possa conseguir alguma ajuda.

— Como? — pergunta Pam. — Ir com Cassie naqueles encontros horríveis? Não, obrigada. De qualquer modo, estou reduzindo. O que foi, Danny, acha que não tenho espelho, acha que não sei como está minha aparência?

Danny não vai muito ao litoral.

Ele normalmente só vai para levar as compras ao pai, talvez para um mergulho rápido. Os passeios são uma pausa culpada da dor pela doença de Terri. Às vezes, ele para no Dave's Dock para um cozido rápido ou na Tia Betty para comer bolinhos de marisco, chacoalhando-os em um saco de papel marrom para cobri-los de sal e vinagre — às vezes, pega uma cerveja no Blue Door.

Então ele corre para casa com vergonha por ter se divertido um pouco.

Um dia ele perguntou a Marty:

— Por que você acha que Peter finge que os negros mataram Sal?

— Pense bem — disse Marty. — Peter e Sal se odiavam: cedo ou tarde, Sal ia dar seu bote. Então Liam fez um favor a ele.

— Acha que a guerra acabou?

— Nunca acaba — respondeu Marty. — A maré vem e a maré vai. Você atravessa a guerra, atravessa a paz. Aproveita a paz enquanto dura, tenta sobreviver à guerra. É só o que pode fazer.

Danny acha que aquilo está certo.

Dirige até Providence e vai ver John no Gloc.

O velho pergunta:

— Como está minha filha?

— Vá ver por si mesmo — diz Danny. Pois John não os visita desde que Terri foi diagnosticada. — Sabe que ela amaria ver você.

— Não quero perturbar o descanso dela.

— Ela não é contagiosa, John.

Os olhos de John ficam cheios d'água.

— É que é tão difícil, você sabe, Danny.

Difícil para ela, pensa Danny. *E foda-se você, John, velho babaca egoísta.*

Catherine visita quase demais, levando cozidos — o que ajuda muito, Danny precisa admitir — e roupas limpas, mas perturbava muito Terri.

E Danny.

— Não consegue fazê-la comer, Danny? — pergunta ela.

— Ela simplesmente vomita, Catherine.

— Mas ela precisa comer — diz Catherine. — Está sumindo, a pobrezinha. É aquela química desgraçada. Juro que é pior que o câncer.

Cassie visita bastante também, mas em total harmonia com a irmã, assistindo à TV, brincando com Ian, apenas falando bobagem. Ela normalmente está lá quando Danny volta para casa, e ele fica agradecido.

Ela faz Terri rir.

"Não sei, mana, ficar lá deitada com o braço cheio de drogas socialmente aprovadas? Estou meio que com inveja."

Ela é tão boa com Terri quanto com o bebê — segurando-o, alimentando-o, banhando-o com um humor gentil que acalma o menino ansioso.

— Nunca pensa em ter um seu? — pergunta Danny a ela um dia.

Cassie balança a cabeça.

— Não é para mim.

— Você é muito boa nisso.

— Não é para mim.

Ele deixa quieto.

Chega o primeiro aniversário de Ian.

É uma grande ocasião, e Terri quer fazer uma festa, mas Danny não tem tanta certeza.

— Está com disposição para isso?

— Não — diz Terri. — Mas quantos aniversários dele eu vou ter?

— Não fale assim — diz Danny.

— Quero que meu filho tenha uma festa de aniversário.

— Ele tem *um* ano — retruca Danny. — Ele não vai saber.

— Eu vou saber — fala Terri.

Aquilo decide a questão.

Terri quer fazer a festa no apartamento deles, o que não faz nenhum sentido, pois é muito pequeno e ela convida a família inteira. Então Danny sai e compra um bolo Carvel, uma série de frios, pão, cerveja, vinho e refrigerante para Cassie.

Toda a turma se aperta na casa: John e Catherine, Sheila e Johnny, Cassie, Jimmy Mac e Angie, Liam e Pam, e Bernie Hughes. Danny sai de manhã e pega Marty e Ned. Os Coroinhas passam e deixam um caminhão de brinquedo que Ian ainda não pode usar, mas é uma boa lembrança, de qualquer modo.

Eles enfiam uma vela no bolo de sorvete Carvel e Terri a sopra para Ian, que começa a enfiar mais bolo na cara do que na boca. Eles cantam "Parabéns para você" e abrem os presentes, e é um momento bastante agradável, mas Danny vê que Terri está ficando cansada, e Cassie percebe e diz que está indo embora, como uma sugestão geral de que todos deveriam partir.

Um membro da família que não está ali é Madeleine.

Terri a convidou às escondidas, sem dizer a Danny, mas ela recusou com relutância, sem querer causar nenhum problema entre o casal.

Em vez disso, ela faz uma pequena festinha para si, com um pequeno bolo, uma vela e presentes que comprou para Ian. Não presentes para um menino de um ano, mas para um de três, imaginando um plano de dois anos que a reconciliará com o filho e lhe dará acesso ao neto.

Um caminhão de brinquedo grande.

Umas roupas.

E o pônei que agora pasta no campo com os puros-sangues de Manny.

Assim, Madeleine se senta, olha para o bolo e pensa nos telefonemas que fez para o melhor oncologista de Rhode Island e para o hospital.

— Quero que deem a Terri Ryan o melhor tratamento que existe — disse a eles — sem preocupação com custos. Mande as contas para mim. Só uma coisa: nem ela, nem o marido podem saber. Só diga que o plano cobre ou algo assim.

— Não tenho certeza sobre a ética médica disso — falou o médico.

— Não me importo com a ética médica — respondeu Madeleine. — O que vai ser preciso? Uma contribuição para o hospital? Uma nova ala, talvez? Você tem uma instituição de caridade de preferência?

Madeleine consegue; ela sempre consegue.

Ela apenas espera que seja o suficiente.

Ela canta "Parabéns para você" e sopra a vela.

O verão segue até setembro.

O mês favorito de Danny. As praias estão vazias, a água ainda está quente, o céu ainda está azul.

E Terri está morrendo.

Os médicos, a quimioterapia e as cirurgias não conseguem parar a porra do câncer.

Danny aprende outra palavra: "metástase".

O câncer se espalha para o fígado de Terri.

Os médicos dão meses de vida a ela.

Como se fosse um presente, pensa Danny, *como se fosse deles para ser dado. Como se fossem pequenos deuses, distribuindo vida e morte.*

Setembro dá lugar a outubro, e de repente é Ação de Graças, e um jantar em família deprimente nos Murphy, com todos fingindo que Terri não está morrendo. John fala sobre o Natal, faz a mesma piada ruim sobre Liam comer tanto que deve ter a perna oca, todos fingem que não estão escutando Terri vomitar do outro lado da porta do banheiro.

Cassie não consegue aguentar.

Ela confessa a Danny no corredor:

— Odeio a porra da minha família.

— Ninguém sabe lidar com isso, Cassie.

— Então apenas fingimos que não está acontecendo?

Ela entra no banheiro para ajudar a irmã.

É lá fora no quintal — no que costumava ser o tradicional jogo de futebol de toque que agora é apenas Danny e Liam jogando a bola para lá e para cá — que Liam faz sua abordagem.

— Adivinha quem entrou em contato comigo? — pergunta.

Danny não está a fim de jogar o jogo das vinte perguntas.

— Por que não me conta?

— Frankie V. Ele me ligou na noite passada. Diz que quer uma reunião.

O primeiro pensamento de Danny é que se trata de uma emboscada, — Frankie está armando para eles. Vão para a reunião e são recebidos por balas, e ele diz isso a Liam.

— Não acho que seja — discorda Liam. — Acho que vale a pena descobrir.

— Então vá descobrir.

— Ele só vai se você estiver lá — diz Liam. — Ei, eu também não gosto, mas aparentemente você é o cara agora.

— E quanto ao seu pai?

— Frankie não perguntou por ele — explica Liam. — Talvez podemos deixá-lo de fora até sabermos mais.

Danny pensa sobre aquilo.

Frankie pode ser um emissário dos Moretti, uma sondagem preliminar de paz. Se for o caso, vale o risco.

— Certo. Mas ele vem nos encontrar. Vou escolher o lugar e a hora e avisamos 45 minutos antes, nada mais.

— Vou ver se ele concorda.

— Ou ele concorda, ou não vamos — diz Danny.

Fica gelado e eles voltam para dentro. Terri está sentada no sofá da sala, terrivelmente pálida, mas ainda sorri quando o vê entrar e diz:

— Finalmente encontrei um programa de perda de peso que funciona de verdade. Deveria ir para a TV.

— Você é bonita o suficiente — diz a mãe dela.

Porque ninguém sabe o que dizer. Eles ficam mais um pouco, Danny come um pedaço de torta de abóbora, e então vão para casa, onde ele coloca a mulher e o filho na cama.

No dia seguinte, Danny se senta com a equipe — Jimmy Mac, Ned Egan e os Coroinhas.
Ned, que nunca tem muito a dizer, fala:
— Não. Não vou deixar você ir lá. Prometi ao seu pai.
O próprio Danny tem suas dúvidas.
Tenho um filho pequeno e uma mulher com câncer, pensa. *Se alguma coisa acontecer comigo, o que vai ser deles?* Mas ele diz:
— Ned, se conseguir um acordo razoável, eu fecho.
— Fodam-se os acordos — diz Kevin. — Digo que deveríamos ir atrás deles, ir atrás deles de verdade, e acabar com isso.
— O homem não pediu a sua opinião — responde Ned. — Você não tem direito a voto.
— A questão não é se vou ou não — fala Danny. — Isso já foi decidido. A questão é como fazer isso de modo seguro.
Ned expõe suas exigências — não pode ser em um restaurante nem em um bar; os italianos têm conexões na maioria deles. Precisa ser ao ar livre, em um lugar com dois lugares para entrar e sair, boa visibilidade em todos os lados, um lugar em que Ned e os outros possam ficar perto, com um carro de fuga separado. Eles sugerem vários lugares, mas nenhum se enquadra nas exigências de Ned — sem visibilidade suficiente, sem bons ângulos de tiro, "italiano" demais.
Por fim, Danny sugere o Farol Gilead.
— O pequeno parque acima do farol. Tem um estacionamento grande, uma entrada e uma saída separada. Não precisamos nos preocupar com o lado do oceano e você pode cobrir os outros ângulos.
Ned olha para Jimmy Mac.
— Você e eu vamos até lá, dar uma olhada.
Danny diz:
— Estivemos lá mil vezes.
— Então 1.001 não vai ser um problema — fala Ned.
Ele se levanta.

Jimmy se levanta com ele.
Danny vai para casa ver a mulher e o filho.

Às duas da manhã seguinte, Danny se senta no banco do passageiro de Jimmy, estacionado no lado da estrada que leva até o farol, esperando que Liam passe de carro.

Liam deu a Frankie um aviso com 45 minutos de antecedência para encontrá-lo no quebra-mar, onde o pegaria e o levaria para o encontro. Ned já está em seu carro no estacionamento. Kevin Coombs está escondido no mato com um rifle e uma mira de visão noturna.

Sean está em outro carro. Ele vai dar um minuto para Liam e então ficar atrás dele, para ver se há alguém seguindo.

O BMW de Liam passa.

Danny vê Vecchio no assento do passageiro.

Ned vê o carro de yuppie parar.

Ele espera, observa, e então sai do carro, anda até lá e entra na parte no banco trás do carro de Liam.

— Vou revistar você — avisa ele a Frankie.

— Não estou armado — diz Frankie.

— Preciso ter certeza.

— Faça o que tem que fazer — diz Frankie. Então, porque ele é Frankie V., precisa completar: — Se apalpar meu pau mais uma vez, está me devendo um jantar.

Ele está limpo.

Jimmy espera cinco minutos e então entra com o carro no estacionamento. Ele sai e Liam entra em seu lugar. Ned anda com Frankie até o assento de trás do carro de Jimmy e entra ao lado dele, aponta a arma para a virilha dele.

— Se você piscar esquisito, eu explodo as suas bolas.

— Relaxa, Ned — diz Liam.

Ned não relaxa.

Frankie V. sempre foi um babaca cheio de si e engraçadinho, pensa Danny, *mas agora não parece tanto. Parece assustado.*

— Posso fumar?

Ned proíbe.

— Não. Pode ser um sinal.
— Pode esperar? — pergunta Danny a Frankie.
— Pelo jeito, vou precisar — diz Frankie. — Fiquei triste ao saber da doença de sua mulher.

Danny não responde.

Liam diz a Vecchio:

— Diga a ele o que me disse.

Danny olha para Vecchio tipo: *Certo, estou escutando.* O que ele quer ouvir é que Frankie está ali para começar uma negociação de paz.

Não é o que ele ouve.

— Heroína — diz Vecchio.
— O que tem?

Os Moretti têm um grande carregamento chegando, é disso que se trata. Quarenta quilos de heroína vindo do Triângulo Dourado, com valor de mercado de 150 mil dólares cada — então, uns bons 6 milhões. E isso antes de entrar e colocar na rua, onde o valor poderia dobrar ou até triplicar. Maior compra já feita, suficiente para deixar cada viciado na Nova Inglaterra viajando. A merda estava chegando em um navio cargueiro, bem no Porto de Providence, e o grupo de Vecchio está encarregado de retirar a carga e da distribuição.

— É para vocês tomarem — diz Frankie.
— Que porra é essa? — questiona Danny.

O cara ia fazer o que, jogar alguns milhões nas nossas mãos? E para quê? Ele olha para Liam e chacoalha seu descrédito.

— Ouça o homem — pede Liam.

Danny se inclina no assento na direção de Vecchio. Como que dizendo: *Certo, me conte uma história, fale aí esse monte de besteira.*

— Acho que Peter vai mandar me apagar — conta Frankie. — Ele me culpa por Sal, como se eu tivesse feito alguma coisa de errado, como se eu não tivesse dito nada que não fosse verdade.

— Vamos ao ponto — diz Danny.

— Preciso de dinheiro para fugir — continua Frankie. — Tenho filhos na faculdade; se eu sumir, quem vai pagar as contas? Tenho dinheiro para dias de emergência, mas estamos falando de *anos* de emergência aqui, se é que chego até lá. Tenho família, pelo amor de Deus. Minha mãe não está bem...

Ele está soltando tudo, pensa Danny. *Os filhos, a família, uma mãe doente... E aí, agora devemos sentir* empatia *por aquele italiano gordurento? Bem, foda-se. Foda-se Frankie V. e quem o acompanha.*

Frankie continua falando, mas Danny mal escuta. O acordo é obvio: Frankie dá a eles os detalhes do carregamento de heroína, eles o roubam, o italiano pega seu pagamento, todos vivem felizes depois disso.

— Estou te falando que isso vai acabar com eles — diz Frankie. A guerra os desgastou, e estão falidos, estão contando com essa carga para melhorar.

— Se os Moretti não confiam em você — fala Danny —, por que o encarregaram de uma coisa tão importante?

— Você acha que eles vão chegar perto? São uns merdas. Não. Deixe Frankie V. correr os riscos, vamos ficar com os lucros, a mesma merda de sempre. Bem, foda-se isso, o bom Frankie vai cuidar de si mesmo uma vez na vida.

Danny olha para Liam e fala:

— Ele está nos enganando. Se formos pegar a carga, entramos direto em uma emboscada.

— Juro pela vida dos meus filhos — diz Frankie.

— Eu acredito nele — declara Liam.

— Você está louco? — pergunta Danny. — Ele te seduz e você foge com ele?

— Podemos vencer essa guerra.

— Eles estão nas últimas — insiste Frankie. — Isso vai pressioná-los. Vão precisar vir até vocês para fazer um acordo. Vão pegar as docas de volta, tudo. E o dinheiro da droga... Só quero dez quilos para mim. Tá, cinco.

Danny não gosta daquilo.

Para começar, ele não confia em Vecchio — ainda acha que poderiam estar entrando em uma cilada. E ele não gosta de toda a coisa da droga. É um negócio maldito, e, se você é pego, vai preso pelo restante da vida. E ele sabe que Liam não vai pegar a heroína e fazer a Festa do Chá de Boston com ela, jogar tudo na água e custar aos Moretti os milhões que precisam para seguir. Ninguém joga milhões de dólares fora, ninguém. Liam vai querer botá-la na rua e conseguir o grande lucro.

Então Danny não gosta daquilo, não gosta nem um pouco.

Mas ele percebe que Liam está animado.
— Preciso pensar mais sobre o assunto — diz Danny.
— Não posso vir a outros encontros — explica Frankie. — Porra, se souberem que estou aqui agora, estou morto.
— Vá se sentar no outro carro por um minuto — fala Danny.
Ned leva Frankie para fora.
— O que tem para pensar? — pergunta Liam.
— Está tirando com a porra da minha cara? — Danny expõe as coisas para se pensar. Então completa: — Não sou traficante.
— E se for um último lance para cair fora? — pergunta Liam. — Seu coração não está mais nisso; para falar a verdade, nem o meu. Você tem contas médicas para pagar, e se Deus quiser, vai ter muito mais. Proponho que a gente faça isso, reparta o dinheiro e dê a parte do meu pai. Então eu vou para a Flórida, você leva sua família para a Califórnia, vivemos nossa vida. Longe de Dogtown.
— Não sei.
— E Terri? — pergunta Liam. — Esse tipo de dinheiro paga os melhores médicos no mundo, o melhor tratamento.
As freiras costumavam dizer que o demônio vem disfarçado como anjo. Que as piores coisas que você fará serão pelos melhores motivos. As coisas mais odiosas que vai fazer, fará pelos que mais ama.
Danny diz a Liam para fechar o acordo.

Bernie Hughes se pronuncia contra aquilo no Gloc.
Xícara de chá na mão, o saquinho ainda dentro, ele fica de pé, saturnino e de voz macia, e diz:
— Estou nessa empreitada desde o começo, quando éramos basicamente John, Martin e eu, e nesses cinquenta anos nunca sujamos as mãos com droga.
Liam dá um olhar para Danny, tipo: *Cala a porra da boca.*
— Trabalhamos em sindicatos — diz Bernie —, fraude em construções, agiotagem, jogatina, liberamos alguns produtos das docas, tomamos cargas de caminhão. Mas nunca descemos ao ponto de vender mulher em prostituição ou veneno para as pessoas injetarem no braço. Por quê? Porque nos confessamos aos sábados, e, aos domingos, vamos à comunhão, e sabemos que vamos precisar responder ao nosso Senhor.

Ele dá um longo gole no chá.

— E por razões pragmáticas também — continua Bernie. — Temos boas relações de trabalho com a polícia, os juízes e os políticos, que são razoáveis a respeito de como o mundo funciona. Mas eles colocam o limite em drogas, e podemos perder essas relações.

— O próprio Don Corleone — murmura Liam.

— Por esses motivos — declara Bernie —, eu me oponho fortemente aos arranjos que fez com Vecchio e peço, com os termos mais fortes possíveis, que reconsidere. Danny Ryan, você sabe que tenho razão.

— Vai ser só desta vez — diz Danny.

— Sua alma nunca é alugada — fala Bernie. — Está sempre na promoção.

— Você é contador ou padre? — pergunta Liam.

— Há similaridades — diz Bernie. Ele se vira para John. — O que você diz?

— Também não gosto de droga — começa John. — É um negócio ruim que sempre deixamos para os carcamanos e os negros. Mas precisamos do dinheiro, e este é o mundo em que vivemos agora. Então digo para fazermos.

— E essa é sua decisão? — pergunta Bernie.

— É.

Bernie assente e se senta novamente.

Na noite do roubo, Danny se senta na cama com Terri, assistindo a algum seriado idiota na televisão.

Ela está meio fora do ar com os comprimidos para a dor.

— Preciso sair — diz Danny.

— Para onde?

— Coisa de trabalho — diz Danny. — Cassie está lá embaixo, se precisar de alguma coisa.

Ela levanta o copo vazio.

— Pode me pegar um pouco de água antes de sair?

Danny leva o copo até o banheiro, enche e coloca na mesa lateral. Então ele se curva e a beija no rosto.

— Eu te amo.

— Te amo.

Danny vai dar uma olhada em Ian.

Dormindo pesado. Ótimo.

Cassie está lendo.

— Não sei que horas vou voltar — diz Danny.

Não é mentira. Se você vai roubar o maior carregamento de heroína que já chegou na Nova Inglaterra, não sabe quando — nem se — vai voltar.

— O que está acontecendo, Danny?

— Nada.

Ela ri.

— Eu sou a louca, não a idiota. Está no ar, algo acontecendo.

— Como sabe disso?

— Liam não consegue guardar um segredo, não mais do que consegue deixar o pau dentro da calça — diz ela. — Temos alma, Danny Ryan. Precisamos tomar conta dela, senão a perdemos.

— Certo.

Cassie segue:

— Eu tenho um mau pressentimento. Tentei dizer a papai, tentei dizer a Liam. Eles falam que sou só eu sendo a louca de sempre, mas não é, Danny, não é.

— Vai correr tudo bem.

Porém ele sabe que não será. Sabe que Cassie está certa, Bernie está certo. Sabe que está caminhando para a beira do precipício, mas por algum motivo não consegue impedir seus pés de seguirem — direita, esquerda, direita, esquerda — na direção do abismo. É como se outra pessoa o empurrasse, algo fora dele mesmo, além de seu controle.

Cassie diz:

— Sinto saudades de Pat.

— Eu também.

Por várias razões, ainda mais por querer que fosse ele a tomar essas decisões em vez de mim.

— Não faça isso, Danny.

— Tenho que fazer.

Porque sou Danny Ryan, o bom soldado, ele pensa, ao sair. O bom e velho Danny, que faz o que precisa ser feito.

* * *

Poucos minutos depois, Jimmy Mac passa por ali, com Kevin Coombs no banco do passageiro. Eles vão para a avenida Artwells, onde Frankie V. está esperando em seu Caddy. Jimmy vai para trás do volante, Danny e Kevin vão para o banco de trás, e Kevin enfia a .45 na parte de trás do assento do passageiro enquanto Danny diz:

— Qualquer coisa. Qualquer coisinha, ele vai espalhar você pelo carro inteiro.

Kevin sorri e concorda. Difícil escapar da impressão de que ele *quer* que dê tudo errado. Kevin gosta tanto de trabalho de sangue que deveria usar uma capa de chuva, não jaqueta de couro.

Vecchio diz:

— Nada vai dar errado.

Nada vai dar errado, pensa Danny. *Algo* vai dar errado, sempre dá, sempre deu. Aquele negócio era errado desde o início. Se começa errado, vai terminar errado, simples assim.

E ele não acredita por um instante que Peter Moretti vai confiar a Vecchio 6 milhões de dólares em mercadoria. Os Moretti podem não querer chegar perto da heroína, isso Danny entende, mas vão ter alguns olhos sobre ela. E armas também.

Então seria uma burrice roubar o carregamento nas docas. Sem sentido. A heroína está em sacos dentro de fundos falsos em caixas de ferramentas baratas de algum país do Leste Europeu. Serão descarregados em uma carreta. Os Moretti esperam que Frankie e sua equipe peguem o caminhão e dirijam a curta distância até uma mecânica de caminhões em Fox Point. Para descarregar o troço.

O pessoal dos Moretti estará esperando lá.

Há um terreno baldio na rua Gano logo depois da saída da Rota 195, talvez uns 45 metros do rio Seekonk. Aquele é o momento deles. Jimmy vai forçar o caminhão a sair da estrada para o terreno, e então terão mais ou menos um minuto para roubá-lo.

O que poderia dar errado?

Muita coisa.

Os Moretti podem ter um ou dois carros seguindo o caminhão, cheios de caras armados. Ou aquilo poderia ser uma porra de uma emboscada, e um exército pode estar no terreno baldio. Ou os caras de Vecchio, que não estão dentro, resolvem lutar.

Antes, naquela semana, Danny perguntou a ele sobre isso.

— Não vão — disse Frankie.

— E se lutarem?

— Azar deles, imagino — diz Frankie, fazendo gesto de puxar o gatilho. O fato de Frankie ser frio o suficiente para deixar que a própria equipe termine morta não tranquiliza Danny.

Não, ele não confia em Frankie nem um pouco.

Frankie só está levando dois caras — um para dirigir o caminhão, o outro para ficar dentro da carreta com a droga. Ele diz que eles não sabem o que há debaixo das ferramentas. O motorista vai ter um .38 em um coldre de ombro, o cara dentro terá uma espingarda calibre doze.

Talvez, pensa Danny. *Ou talvez sejam seis caras ali com armas automáticas e descarreguem na hora que abrirmos a porta.*

Então Danny trouxe muito armamento. Trouxe uma MAC-10 para si mesmo, e Jimmy tem uma calibre doze. Ned está apostando no seu revólver .38, pois é o que ele usa e é isso aí.

— Certo — diz Danny. — Vamos começar.

Danny se senta no banco do passageiro do carro de trabalho estacionado na rua Gano, bem ao norte do terreno baldio.

Um Dodge Charger 1984, recém-roubado. Jimmy tem um rádio da polícia sob o painel de controle. Ele está dirigindo e Ned está no banco de trás.

— Isso vai funcionar? — pergunta Danny.

— Quem vai dirigir? — responde Jimmy.

— Você.

— Então vai funcionar.

É só mais um roubo de cargas, Danny diz a si mesmo. Já fez isso uma dúzia de vezes, nada de diferente, nenhuma dificuldade, o negócio de sempre.

Não, não é, pensa ele. Isso não é uma carga de cartuchos de oito faixas ou jaquetas de esquiador, são 6 milhões em heroína. As pessoas matam por esse tipo de dinheiro, morrem por ele. Aquilo poderia ficar sangrento bem rápido.

Passam pelo terreno baldio um par de vezes, não veem ninguém, nenhum sinal de emboscada.

Isso não significa que não esteja ali, pensa Danny.

O plano é que Danny vai simplesmente tomar o caminhão e sair dirigindo, mas isso não vai funcionar se os Moretti estiverem seguindo. Então Danny tem outro plano, mas não diz nada para Frankie.

O problema com o plano alternativo é que ele depende de Liam. Liam precisa estar lá — na hora. Se Liam estiver bêbado, trincado de coca ou só assustado demais para fazer o trabalho — todas possibilidades muito reais — eles estão fodidos.

Danny se vira e vê o carro de Sean estacionado uns dezoito metros atrás. Digam o que quiserem dos Coroinhas — e há muita coisa a ser dita —, mas eles sabem como trabalhar. Ele não tem dúvidas de que vão cumprir as tarefas que receberam.

Ele se recosta no assento. Agora, tudo o que pode fazer é esperar.

Uma hora, uma e quinze, uma e meia.

Onde diachos está Vecchio com o caminhão?, Danny se pergunta.

Um pensamento o atinge — talvez os Moretti tenham usado esse trabalho como armadilha para atingir Frankie. Talvez não houvesse porra de heroína nenhuma em primeiro lugar, e Frankie V. esteja enrolado em correntes no fundo do Rio Providence.

É uma possibilidade.

Talvez a polícia federal esteja atrás do carregamento e o tenha estourado. O rádio não pegou nenhuma atividade incomum, mas não teria se fosse uma operação dos federais e eles tivessem mantido a polícia de Providence de fora, o que seria uma boa ideia.

Ou talvez Vecchio tenha simplesmente pegado o caminhão e saído com ele. Aquilo não fazia sentido, porém. Se ele fosse fazer isso, para que nos trazer, em primeiro lugar?

Ou talvez...

— Danny.

Jimmy o cutuca, aponta para faróis vindo na direção deles.

Faróis altos.

Um caminhão.

— É ele? — pergunta Danny.

Ele puxa uma meia escura sobre o rosto.

— Acho bom ser — diz Jimmy, fazendo a mesma coisa.

Ele acelera o motor e sai.

— Segura firme.

Tem que segurar firme mesmo, pensa Danny, porque Jimmy acelera, vira na via que entra e aponta o Charger bem para o caminhão.

A buzina do caminhão soa acima do ronco do motor.

Teste de coragem, e Jimmy não vai recuar. Ele está rindo como um idiota, sendo puramente kamikaze ali, e Danny quase se mija enquanto o caminhão fica cada vez maior, então tudo o que ele pode ver é o gigante automóvel e ele cobre o rosto com os braços e...

O caminhão vira e entra no terreno baldio.

Danny, Jimmy e Ned saem e correm para a cabine, armas em punho, sacolas de plástico de lixo pretas enfiadas nos cintos.

De canto de olho, ele vê Sean estacionar, virar o carro de lado, de modo que fique paralelo à rua, e Kevin colocar o cano de sua AR-15 na janela. O que é uma coisa boa, pois não havia um carro seguindo, eram dois deles, e Kevin abre fogo quando eles começam a entrar no terreno.

Brilhos vermelhos dos canos cortam a noite.

Tiros saem dos carros.

Danny imagina o tiro que saiu do escuro e explodiu um buraco nele. Você leva um tiro e não se esquece. Mesmo se sua cabeça esquecer, seu corpo não esquece — ainda consegue sentir o choque, a dor, o sangue se derramando. O corpo lembra. E agora os nervos e músculos de Danny estão retesados como a corda de um arco. Ele não consegue evitar.

Mas os caras nos carros de escolta não estavam prontos para o rifle automático e recuam.

Não vão longe, pensa Danny. *Vão sair do alcance e ficar de olho no caminhão, vão tentar de novo quando formos sair. Sabem que estamos encurralados aqui.*

E os policiais chegarão a qualquer segundo.

Então corre.

Ele aponta a MAC-10 para o motorista.

— Desce daí! Desce daí!

Frankie V. está no banco do passageiro. Ned contorna e aponta a arma para ele.

O motorista hesita.

— Quer morrer por um bando de idiotas? — grita Danny.

Ele ouve Frankie.

— Faça o que ele diz!

O motorista desce. Frankie sai pelo outro lado.

Ned empurra Frankie na direção da parte de trás do caminhão.

— Grite para o seu cara lá dentro — diz Danny a ele. — Diga a ele para soltar a arma ou vamos explodir a porra do cérebro dele.

— Está escutando, Teddy? — grita Frankie. — Faça o que ele diz! Essa porra não vale a pena!

Com Jimmy lhe dando cobertura, Danny abre a porta do caminhão.

Teddy está ali com as mãos para o alto, a espingarda aos pés. Danny pega a arma e a joga no chão, então faz um gesto para que Teddy saia. Quando ele sai, Ned dá cobertura enquanto Danny e Jimmy pulam para dentro do caminhão.

Frankie parece surpreso — aquele não era o plano.

Danny sabe que precisa correr.

Ele e Jimmy abrem as caixas, jogam as ferramentas foram e começam a pegar os tijolos de heroína envoltos em plástico, Danny contando-os em voz alta e enfiando-os dentro de sacos de lixo.

— Dois minutos! — grita Jimmy.

Danny dera a eles três minutos, no máximo, para fazer aquilo. O que não conseguirem em três, não pegam, e isso é apenas parte da disciplina daquele tipo de trabalho. Melhor escapar leve do que ser pego carregado.

Não se pode gastar nada morto ou na cadeia.

Mas eles pegam toda a carga.

— Quarenta! — grita Danny.

— Dois e 35 — responde Jimmy.

Eles pulam para fora do caminhão.

Danny escuta as sirenes chegando. Polícia de Providence respondendo a um chamado de "tiros disparados". Provavelmente acham que é um tiroteio em carros de gangues, então não estão com muita pressa. Danny derruba a MAC-10 no chão porque precisa das duas mãos para carregar os sacos de lixo.

Ele não entra no carro, mas passa pelo terreno baldio, longe da estrada.

Sean sai correndo.

Ned cutuca Vecchio nas costas com o revólver.

— Você vem conosco.
— Quê? — diz Vecchio. — Isso não era parte do...
O que é uma coisa idiota para caralho de se dizer.
— Agora é — responde Ned. — Vamos.

Eles atravessam o terreno, sobem em um corrimão de segurança baixo, passam por uma faixa estreita de grama até umas rochas que beiram o rio. A rampa de saída para o oeste da 195 está sobre eles, dando alguma cobertura.

Agora tudo depende de Liam, pensa Danny.

O que não é nada reconfortante.

— Que porra você está fazendo? — pergunta Vecchio.
— Cala a boca.
— Isso não era...
— Eu disse cala a boca.

Danny olha para baixo do rio. Vai, Liam, cadê você? Então ele vê o barco, um velho Cobia de 22 pés com motor Yamaha.

Liam está no leme.

Ele o para debaixo da rampa de saída.

— Vamos — diz Danny.
— Não vou entrar em barco nenhum — retruca Frankie.

Ned aponta a arma para a cabeça dele.

Vecchio entra no barco.

Danny e Jimmy jogam os sacos para dentro e sobem. Danny estica os braços e puxa Ned a bordo. Então ele olha para Liam.

— Vou pegar a direção.

Liam vai para o lado.

Danny pega o leme, puxa, vira o barco e segue rio abaixo, para a baía de Narragansett, dali para o oceano.

Jimmy está cortando os sacos para abri-los. Ele enfia um dedo dentro e experimenta o pó.

— É heroína.
— Acho bom ser — diz Liam.

Ele gira o rosto para Danny e grita acima do motor.

— Deveríamos simplesmente apagar Frankie agora?
— Deixe ele em paz!
— Se o pegarem, vai nos dedurar!

— Acordo é acordo — diz Danny.

Leva mais tempo do que ele queria, indo contra o vento e as ondas, mas ele finalmente atravessa com o barco a abertura leste do quebra-mar para dentro do Harbor of Refuge, então desacelera e desliza pelo canal até Potter's Wharf, uma pequena marina do lado oposto a Gilead.

Eles tiram os sacos do barco, andam até um furgão e os jogam na parte traseira. Danny pega cinco tijolos, coloca-os em outra sacola e a dá para Vecchi.

Então entrega a ele um jogo de chaves de carro e faz um gesto com a cabeça para um Chevy Nova no fundo do estacionamento.

— É roubado, mas as placas estão limpas. Desapareça, Frankie. Eles vão procurar você.

Vecchio vai até o Nova e entra.

— Deveríamos ter jogado ele na baía — diz Liam.

— Entra no carro.

Idiota sedento por sangue, pensa Danny.

Tinham alugado uma casa de um andar na rua Exit, a poucas ruas da casa do pai de Danny, um lugar desinteressante, igual a dezenas de outros ali no ponto. A maioria delas fica vazia no inverno — apenas eremitas como Marty Ryan e talvez universitários que as alugam barato.

Dentro, começam a repartir o ganho. Danny vai deixar sua parte — dez quilos — ali. Vai dividir os lucros com Jimmy, Ned e os Coroinhas, embora vá ficar com a parte maior. Liam pega os outros 25 para guardar em Providence e dividir com o pai.

Eles empurram um painel do teto e enfiam dez sacos lá em cima, depois colocam o painel de volta no lugar.

— Estou dizendo — diz Danny —, deixe a coisa assentar. Isso não vai valer menos em um ou dois meses.

Vender a droga lentamente, pensa Danny, *deixar o dinheiro esfriar, aí usá-lo para pegar sua família, cair fora de Dogtown e recomeçar em algum lugar. Em algum negócio limpo. Sua parte dever ultrapassar um milhão de dólares, mais que o suficiente para pagar um recomeço.*

Você é um hipócrita, diz a si mesmo, *usando dinheiro sujo de drogas para se corrigir, usando o sofrimento de outras pessoas para aliviar o seu, cometendo um pecado mortal para salvar a alma.*

Mas, se é isso o que é preciso, é o que é preciso, pois Ian não cresceria naquela merda.
Ele jamais precisará saber que o pai era traficante de drogas.
Mas você vai saber, pensa Danny.
Algo mais o incomoda.
O roubo foi sossegado demais.
Não deveria ter sido tão fácil.

Chris Palumbo dirige todo o caminho até Hope Valley, onde há apenas fazendeiros e tontos, e estaciona do lado de um pequeno lago no meio do nada.
O que é mais ou menos o motivo.
Phillip Jardine estaciona poucos minutos depois, e Chris entra no carro do agente do FBI.
— Então? — pergunta Jardine.
— Foi tudo bem — diz Chris. — Tudo de acordo com o planejado.
— Ryan está com as drogas?
— Ele e Liam Murphy — fala Chris.
— E quanto a Vecchio, vai testemunhar?
— Frankie entende que tem opções limitadas — diz Chris. — Ele testemunha e vai para o programa ou simplesmente cai fora. Ele pode colocar heroína nas mãos de Liam Murphy, John Murphy, Danny Ryan, o grupo todo. Você pode montar em Vecchio até um cargo em D.C., o melhor escritório.

Chris explicara aquilo a Frankie semanas atrás, quando teve a ideia de armar para os Murphy. Disse a Frankie como ele era o alvo depois de toda a coisa com Sal, como Peter ia mandar matá-lo, como havia um jeito de escapar.
Vá aos Murphy, venda a eles o roubo de heroína.
E os burros caíram direitinho na armadilha. Até Danny Ryan, o mais inteligente deles, caiu.
Agora os irlandeses estão fodidos.
Porque Jardine usou a informação de Vecchio para obter mandados para instalar escutas no Glocca Morra. Ele os gravou discutindo o acordo da heroína. Junte isso com flagrá-los em posse dela, caso resolvido.
De trinta anos a prisão perpétua para todos.

Fim da guerra.

— E eu ganho imunidade, certo? — diz Chris. — Com a diretoria?

— Desde que não enterre mais nenhum corpo — recomenda Jardine.

— Então nosso acordo está de pé — fala Chris. — Quer dizer, não se esqueça.

— *Você* não se esqueça.

— Ei, você é meu cara.

Eles dois sabem como funciona.

Uma mão suja a outra.

O dia seguinte é estranhamente tranquilo.

Como em um dos velhos filmes ruins do Velho Oeste, pensa Danny, *em que um dos atores diz: "Tranquilo demais" e um segundo depois é atingido por flechas.*

O que a rua comenta é... bem, a rua não anda comentando muita coisa, mas dizem que uma carga de ferramentas foi roubada e é isso. Nem os contatos na polícia de Providence ou os policiais estaduais falam algo sobre heroína.

Danny esperava ao menos alguns tambores soando de Federal Hill. Afinal, Peter não tinha 6 milhões para pagar a droga, provavelmente conseguiu um adiantamento, e agora ele deve uma bolada sem ter como pagar.

Então Danny pensou que os soldados dos Moretti estariam nas ruas, chacoalhando todo mundo atrás de informações, que os policiais na lista de pagamento dos Moretti estariam fazendo provocações, mas, até o momento, nada.

Danny imaginou que a polícia estaria na sua porta, pois era um roubo de carga de caminhão, e Danny era conhecido por participar de tais atividades, e ainda por cima ele está em uma guerra com os Moretti.

Ninguém aparece.

Isso dá munição para o argumento de Liam de vender a heroína logo.

— Por que esperar? Vou espalhar por aí. Aqui, Boston, Nova York, D.C., até Miami.

— Agora não — insiste Danny. — Deixe as coisas se assentarem.

Se soltarem cedo demais, todo mundo vai saber de onde veio e quem roubou a carga.

— Você se preocupa demais — diz Liam.

— É, eu me preocupo, Liam.

— Mas isso é você, Danny — fala. — Você se preocupa. Porra de irlandeses, sempre esperando a próxima derrota.

— Por que a pressa? — pergunta Danny.

— Porque temos milhões de dólares no porão — diz Liam — e, quanto mais rápido convertermos isso em dinheiro, melhor.

É, pensa Danny, *Liam gosta do dinheiro. Mas a última coisa de que precisamos é Liam ostentando dinheiro, saindo e comprando um carro novo, relógios, joias para Pam. Ou uma porra de uma casa na praia, o que seria a cara dele. Pior do que Liam com cocaína no nariz só Liam com dinheiro no bolso. Ambos faziam um estrago.*

As pessoas notariam e começariam a fazer perguntas. Do tipo, onde Liam conseguira dinheiro de repente? Notariam a coincidência entre o roubo de carga e Liam bancando o endinheirado.

Não seria bom.

Especialmente quando parte das pessoas que se perguntariam seriam os Moretti e os policiais federais, e ele diz isso a Liam.

— E o que tem se os Moretti nos ligarem ao roubo? — pergunta Liam. — O que eles vão fazer? Vão nos matar? Já estão tentando fazer isso.

— Vão tentar pegar a droga de volta.

— E é por isso que deveríamos vendê-la agora — diz Liam. — Não quer se mandar para a Califórnia?

— Como assim? — pergunta John.

Danny dispara um olhar para Liam: *Por que não consegue ficar de boca fechada*, então se vira para John e diz:

— Venho querendo contar a você, o momento certo nunca chegou, mas é, vou usar o dinheiro para me mudar para a Costa Oeste. Estou pensando em talvez San Diego.

— Terri sabe?

— Conversamos sobre o assunto — diz Danny. — Acho que o sol e o calor fariam bem a ela.

— E quanto ao negócio? — pergunta John.

Danny se sente ficando irritado.

— O que tem?

— Não acha que tem responsabilidades aqui?

Danny olha para Liam outra vez: *Diga alguma coisa.*

— Pai — diz Liam —, você está falando de aposentadoria há muito tempo. Danny quer ir para a Califórnia, eu estou pensando em me mudar para a Flórida...

— Ah, você está pensando, é? — O rosto de John fica vermelho.

— É, estou fora — confirma Liam.

— Eu não.

— Bem, talvez devesse — diz Liam. — Sair, comprar uma bela casa nova na praia, sentar-se no pátio, brincar com os netos.

John aponta para Danny.

— Ele está levando meu neto para a Califórnia.

— Então vá com ele — responde Liam.

Obrigado, Liam, Danny pensa.

— Passe os invernos lá — diz Liam. — Ou na Flórida. Ou nos dois lugares. Não importa. Você vai ter dinheiro para ir para onde quiser. Mamãe iria amar não se preocupar com escorregar no gelo e quebrar um quadril.

— E as docas, os sindicatos?

— Deixe os Moretti ficarem com eles — diz Liam.

— Acabamos de lutar uma guerra...

— Para quê? — pergunta Liam. — Por um negócio moribundo? Entram menos navios aqui a cada dia. As fábricas estão todas na Carolina do Norte ou algum outro lugar. Mesmo se ficarmos com ele, vai acabar.

— Seu irmão deu a vida protegendo Dogtown.

— Dogtown não existe! — diz Liam. — Céus, velho, olhe ao redor, o que vê? Famílias irlandesas, indo para a igreja na manhã de domingo? *Céilís,* jogo de hurley no parque? Isso ficou no passado. Acabou. E meu irmão está morto.

John fica emburrado.

Liam se vira para Danny.

— Faça o que quiser com o seu. Vou colocar minha droga na porra da rua.

— É um erro, Liam — diz Danny.

Bobby Bangs enfia a cabeça na porta.
— Danny...
— Que porra você quer? — questiona Liam. — Não vê que estamos fazendo uma reunião aqui?
— Cassie está no telefone — diz Bobby. — Ela está levando Terri para o hospital. Disse que o estado é ruim, Danny.

TRINTA E DOIS

Danny se arrasta pelo longo caminho do estacionamento dos fundos do hospital, como vem fazendo nas últimas três semanas. Parece que o estacionamento está sempre cheio, dia e noite, é sempre difícil encontrar vaga.

Ele está cansado para caramba. Tinha acabado de sair dali para dar uma olhada em Ian e tentar dormir um pouco.

Ned o trouxe de volta e ficou esperando no carro.

Catherine estava no apartamento, a avó amorosa.

— Como ela está?

— Nada bem.

Ele foi ver Ian, que estava dormindo tranquilamente, depois entrou no quarto que dividia com Terri e se deitou. Na maior parte do tempo ficou se virando na cama, e, quando dormiu, seus sonhos foram estranhos e problemáticos.

Os médicos disseram que não havia nada mais a fazer, exceto tentar proporcionar algum conforto. Ele lhes agradeceu do jeito que sempre se agradece aos médicos, mesmo quando diziam que estavam desistindo.

Agora as botas de Danny se afundam na neve suja. Ned caminha diligentemente ao seu lado. Montes de neve suja coberto com fuligem dos escapamentos dos carros foram erguidos nos cantos do estacionamento.

Ele passa por pessoas voltando para o carro. Consegue saber por seus rostos quais as notícias que tiveram. Alguns estão sorrindo, até rindo — talvez um bebê tenha nascido ou exames tenham apontado algo benigno. Outros estão cheios de preocupação ou dor, resignação sombria aliviada apenas pela crença na Virgem Maria ou em um santo especial. Estacionamentos de hospitais são lugares difíceis — as pessoas vão para o carro para chorar, socam o volante, apenas se sentam em um silêncio atordoado.

Como ele fez depois que soube.

Mãe jovem, com um filho que ainda não tem dois anos.

Os velhos catequismos questionam: por que Deus nos fez? Ele nos fez para amá-lo e partilhar o reino dos céus. Para resumir, Eles nos fez para morrer. Vivemos para morrer, é o único motivo. Receber a extrema-unção, dizer um Ato de Contrição perfeito, ir diretamente para o céu para viver ao lado Dele pela eternidade.

Quando as freiras falavam sobre eternidade, normalmente queriam dizer inferno. Imagine viver no fogo, queimando sua pele, para sempre. O fogo nunca apaga e nunca deixa de queimá-lo, e isso é para a eternidade. Agora imagine isso mil vezes mil e terá um milésimo de ideia das dores do inferno. Nunca falavam de partilhar da paz e da glória do céu sem fim. Era sempre o inferno.

Se Deus nos fez para morrer, devia estar bem feliz com Dogtown nos últimos anos. Quarenta e oito almas enviadas para o céu ou o inferno desde que começara a "Guerra do Crime na Nova Inglaterra", como os jornais gostavam de chamar. Uma contagem de corpos para deixar Deus e os jornais felizes.

E agora Deus quer Terri também.

Passando pela porta giratória, Danny sente o cheiro de hospital. Está quente lá dentro, mas o ar é estagnado e nauseante. Não há como desviar, hospital tem cheiro de doença e morte.

As luzes de Natal, a árvore artificial vivamente decorada, com presentes falsos embaixo dela, são quase uma zombaria.

Jimmy Mac está esperando no saguão.

— Descansou um pouco?

— Um pouco — diz Danny. — Vai para casa. Estou com Ned aqui.

Ele sobe as escadas.

Terri está dormindo quando ele entra no quarto. É bom, ela não está sentindo dor. Deitada de costas com o lençol até o pescoço, o rosto um dia belo agora magro e exausto, a pele acinzentada. Danny coloca a cadeira de plástico perto da cama e se senta ao lado dela. Não sabe por quê. Ela não sabe que ele está ali. Está em um mundo próprio de sonhos, com sorte, melhor. Precisa ser melhor.

E agora a guerra está acabando e Terri está morrendo.

Não faz sentido.

É, mas nada disso fez um dia.

Cassie está sentada bebendo uma Coca-Cola diet no bar do salão da frente do Gloc.

Já passou bastante da hora de fechar, mas ela não tem para onde ir. O pai e alguns dos homens mais velhos estão no salão dos fundos contando mentiras sobre quando eram jovens, e Bobby Bangs não parece estar com pressa de sair de trás do bar.

Ela sabe que Bobby tem uma leve atração por ela; é inofensivo.

Outra merda de Coca diet, pensa. Quando o que ela realmente quer é um uísque ardente com algumas pedras de gelo derretendo.

Seja sincera, diz a si mesma, *o que você realmente quer é uma dose de heroína.*

Isso sim é que é calor.

Como ser envolvida no cobertor mais quente que já existiu.

Alguém tinha feito uma tentativa de decorar o lugar para o Natal, havia algumas luzinhas pelas paredes, uma árvore de Natal falsa em um canto, com um pouco de festão que Bobby tirara do porão. *Tentando animar o lugar,* pensa ela, *mas a única coisa que realmente alegraria um bar irlandês seria a Inglaterra afundar no oceano.*

O nascimento de nosso Salvador, pensa Cassie.

Ah, mas nós amamos nossos mártires — seus retratos em todas as paredes: James Connolly, Padraic Pearse, e assim seguia. *Se ninguém mais vai pregá-los na cruz, vão dar um jeito de fazer isso eles mesmos.*

E agora Terri está em "estado terminal". É horrível, mas Cassie não consegue deixar de pensar que é carma, por terem feito o roubo da droga, e isso é o universo lhes dando o troco.

— Papai Noel vai ser bonzinho com você? — pergunta Bobby.

— Fui uma boa menina. — Ela dá de ombros.

A porta da frente se espatifa.

A madeira racha, as dobradiças são arrancadas do batente.

Cassie se vira para olhar. Homens com capacetes e coletes à prova de bala estão ali com um aríete, pelo amor de Deus. Por um segundo ela pensa que é algum sonho estranho, ou um filme do Monty Python, ou algo assim, mas aí mais homens entram, armas em punho, gritando para que se abaixem.

Cassie se abaixa e aperta a base do banquinho do bar.

Ele ouve um homem gritar:

— John Murphy! FBI! Saia com as mãos para o alto!

Ela ri, porque é um baita clichê.

— O que é tão engraçado? — berra Jardine.

— Você — responde Cassie.

Ele a pega pelos cabelos e a levanta.

— Ei — diz Bobby Bangs.

Ele começa a sair de trás do bar para defendê-la, mas um dos policiais o golpeia no peito com um cassetete, vira-o conta o bar e o algema.

— Coloque algemas nela também — ordena Jardine, passando Cassie para um dos outros policiais. — Você é Cassandra Murphy, não é? Onde está seu pai?

— Vai se foder.

— Que bela boca a sua.

O policial algema as mãos dela nas costas.

Então a porta do salão dos fundos se abre e John sai.

— Que porra tá acontecendo aqui?! Quem são vocês?! Saiam do meu bar!

Ele vai para cima de Jardine como se fosse golpeá-lo.

— Pai, *não* — grita Cassie.

Bernie Hughes está atrás dele.

— John...

— FBI, sr. Murphy. Agente especial Jardine. Está preso.

— Por que, por ser irlandês?

— Por conspiração para distribuir narcóticos — anuncia Jardine.

— Deveria se envergonhar de si mesmo — diz John. — Invadindo o local de trabalho de um homem. Quando Peter Moretti está te pagando, policial filho da puta?

— John — começa Bernie —, deixe os advogados cuidarem disso.

— Vire-se, por favor, sr. Murphy — diz Jardine. — Coloque as mãos às costas.

John faz como foi pedido.

— Espero que o Papai Noel cague nas suas meias.

— Seu filho Liam está aqui? — pergunta Jardine.

— Meu filho *sobrevivente*, quer dizer? — diz John. — O que seu empregador não assassinou? Não, graças a Deus.

Jardine indica com o queixo o salão dos fundos e uma equipe de agentes entra.

— Sabe onde ele está?

— Comendo sua esposa, se conheço meu menino.

Jardine olha para Cassie.

— Você teve a quem puxar.

— Jardine — diz John. — É francês, não é? Tem certeza de que não quer se render para *mim*?

— Não vai rir cumprindo de trinta anos a perpétua.

— Não vou viver mais dez anos — fala John. — A piada é você.

— Agora pode ser a hora de ficar em silêncio, John — diz Bernie.

— Você é Bernard Hughes? — pergunta Jardine. — Não temos mandado para você. Ainda.

— Vou diretamente aos advogados — Bernie tranquiliza John.

— Vamos tirar você para a missa da meia-noite hoje. Oficial Jardine, por que essas outras pessoas estão algemadas? Certamente não tem mandados para eles.

— Resistir à prisão — diz Jardine. — Obstruir um agente federal no cumprimento de suas funções. O que mais eu conseguir pensar.

— Puro assédio — fala Bernie. — Tenha a bondade de soltá-los.

Jardine assente.

O policial tira as algemas de Bobby, depois de Cassie. Ela chacoalha as mãos, os pulsos já ficando adormecidos. *É a heroína*, ela pensa, *suas piores premonições tornando-se verdade. Como se para validar aquilo*, ela ouve um grito do salão dos fundos.

— Tiramos a sorte grande!

Um agente sai segurando dois tijolos de heroína.

— Tem mais dez no porão.

Jardine sorri para John.

— Agora vamos tomar seu bar também.

Cassie observa o pai sendo levado pela porta algemado. Ela o segue até lá fora. Os furgões de notícias já estão lá, o que significa que Jardine os avisara com antecedência. O agente abaixa a cabeça dele quando o colocam no banco de trás de um carro de polícia.

Ele parece em colapso, ela pensa.

Como um casaco velho largado na chuva.

Parte seu coração.

Danny está sentado em uma cadeira no quarto de Terri. Em algum momento durante a noite interminável, ele cochila e sonha com Pat.

"Caia fora daí, Danny", diz ele. "Pegue sua família e vá."

"Terri está morrendo."

"Eu sei", fala Pat. "Vou cuidar dela quando ela chegar aqui, não se preocupe."

"Obrigado, Pat."

Mas Pat não parece em condições de tomar conta de ninguém. Metade de seu rosto está arrancado; a pele está preta e chamuscada da fumaça do escapamento do carro de Sal. Ele parece cansado, extenuado, como se não dormissem no céu. Se é que Pat está lá. Talvez esteja no inferno.

— Danny.

Ele acorda com um susto. A mão de Jimmy Mac está em seu ombro.

— Precisamos cair fora daqui. Eles nos atacaram.

Isso é parte de seu sonho. Danny pergunta:

— Eles nos atacaram? Quem nos atacou? Quem atacou o quê?

— Os federais atacaram o Gloc.

Danny está grogue.

— Danny, acorde! — diz Jimmy. — Os federais estão por toda Dogtown com mandados. Não sei quantos já pegaram. Precisa se mexer, Danny. *Agora.*

— Não posso deixar Terri.

Jimmy olha para Terri.

— Não há nada que possa fazer por ela.

— Posso ficar com ela.

— Ela não sabe quem você é.

— Mas eu sei quem ela é.

Jimmy aperta os ombros dele.

— Danny, você tem um filho. O que Ian vai fazer sem mãe *e* sem pai?

— Não sabemos se há mandado contra mim.

— Não sabemos se não há — diz Jimmy. — Danny, pode ter gente te esperando no estacionamento, aqueles filhos da puta.

Jimmy conta a ele o que aconteceu. Há policiais federais com seus bonés azuis com o alfabeto completo — FBI, DEA — e delegados, também. Eles levaram John, ainda não sabem de Liam.

— Kevin? — pergunta Danny. — Sean?

Jimmy não os viu.

— E Ned?

— Está no saguão, não vai sair.

Danny pega o telefone, vai até a parede, assim Terri não pode ouvir, então percebe que ela não consegue ouvir muita coisa. Graças a Deus, encontra Bernie Hughes em casa.

— O que você sabe?

— É ruim — diz Bernie. — Tentei falar com nossos policiais municipais... investigadores, equipe de narcóticos, ninguém atende meus telefonemas. Policiais estaduais, mesma coisa. É uma operação federal, e nossas conexões estão todas fora do radar.

— Caia fora daí, Bernie.

Pois Dogtown está nua, pensa Danny. *Sem proteção. Nossos homens estão na cadeia ou em fuga.*

Um belo momento para os Moretti atacarem.

Eles vão atrás de Liam.

Jardine vai até a casa dos Murphy em Providence, mas Liam não está lá.

Jardine faz uma operação para todas as direções, despacha pessoal para o aeroporto, para as estações de trem e ônibus.

Nada de Liam.

Os Moretti também se mobilizaram. Colocaram o próprio pessoal nas ruas, nas estradas, nos bares, nos hotéis, nos motéis, as putas, os cafetões e os traficantes, sempre com a mesma mensagem: se vir Liam

Murphy, melhor nos informar, pois cedo ou tarde vamos encontrá-lo, e você quer estar do lado certo disso tudo.

Policiais recebendo propina também — Natal chegando e haveria um belo presente debaixo da árvore para quem o trouxesse.

Ninguém está muito preocupado com Danny Ryan. Sabem exatamente onde ele está — no Hospital de Rhode Island, com a mulher moribunda — e podem pegá-lo quando quiserem.

— Espere até a mulher falecer — pede Peter a Jardine. — Danny é um merda, mas é uma boa pessoa.

Jardine concorda em esperar.

É Liam Murphy quem eles buscam.

Ninguém está procurando mais que Peter Moretti.

— Foda-se Liam Murphy — diz Peter. — O que quero saber é: cadê minha droga?

— Liam está com o que não estava no clube — replica Paulie. — Pode acreditar em mim. Se acharmos Liam, achamos a droga.

Peter olha para Chris.

Chris dá de ombros.

— Ele tem razão. Mas veja o lado positivo. A guerra acabou; nós vencemos. Os irlandeses estão arruinados.

— *Nós* estaremos arruinados se não conseguirmos a droga de volta — diz Peter. — Seis milhões de dólares em heroína, adiantados por pessoas que não vão entender quando dissermos que ela primeiro foi roubada e depois apreendida.

— Quando vai aprender a confiar em mim? — pergunta Chris. — Não foi tudo como eu disse que ia ser até agora? Vamos pegar a droga de volta.

— Menos doze quilos — diz Peter.

— Um preço pequeno a ser pago — retruca Chris. — Pegamos o resto da merda, vai mais que compensar por isso, você vai ver.

— Temos que pegá-la primeiro — diz Peter.

— Encontre a porra do Liam — repete Paulie.

Pensando: pegamos Liam, pegamos a droga.

E pegamos Pam.

* * *

Danny telefona de volta para Bernie.

O contador estava trabalhando no telefone de uma cabine em New Hampshire, falando com as poucas conexões que restavam que atendiam suas ligações. Um policial aposentado, um deputado estadual, um ex-prefeito. Por eles e pelo que diziam nas ruas, Bernie começou a juntar as coisas. Era ainda pior do que estavam pensando: os federais tinham uma fonte dentro da família Moretti que estavam tentando proteger. A fonte — talvez fosse Vecchio, talvez outra pessoa — tinha armado para os Murphy com a heroína.

— É ruim — diz Bernie. — Uma recepcionista no departamento federal disse que colocaram o Glocca Morra sob vigilância de áudio. Eram escutas legais, autorizadas por mandados. Têm John, você e Liam falando sobre o próprio roubo de heroína. Foi assim que esse Jardine soube que devia atingir o Gloc.

Aquilo significa que os policiais federais terão um mandado para mim, pensa Liam.

Talvez para todos nós.

— E Liam? — pergunta Danny.

— Estão tentando intimá-lo agora — diz Bernie. — Mas ele está fora do radar.

— E você?

— Os federais foram até minha casa — continua Bernie. — Decidi deixar que eles me interrogarem *in absentia*.

— E Vecchio?

— Nada dele até agora — diz Bernie.

— Então ele é o traidor.

— Parece que sim. Mas, Danny, não há acusação contra você também.

— Como isso é possível? — pergunta Danny. — Se eles me gravaram, têm o testemunho do Vecchio...

— Não sei — diz Bernie. — Precisa sair daí, Danny.

— Não posso — fala Danny. — Quer dizer, soube de Terri, certo?

— Soube, e sinto muito.

— Não posso deixá-la.

— Você precisa fazer isso, filho — diz Bernie. — Se os federais não chegarem a você agora, os Moretti vão. Você não tem nenhum soldado nas ruas, todo mundo sabe onde você está, é um alvo fácil.

— Não vou deixá-la — diz Danny. — Não até...
Ele deixa o pensamento incompleto.

— Vá — diz Danny a Jimmy poucos minutos depois, contando a ele o que descobriu. — Nem pare em casa. Pode ligar para Angie de fora do estado.
— Não — retruca Jimmy. — Não sem você.
— Não posso ir, Jimmy.
— Então acho que vou ficar.
Jimmy vai lá embaixo dar uma olhada nas coisas, volta dizendo que há pessoas dos Moretti no estacionamento e carros que se parecem muito com os dos policiais federais.
— O que estão esperando?
— Terri morrer — diz Danny.
Talvez a única coisa decente que Peter Moretti já fez, pensa Danny. *Quanto a Jardine, deveria tê-lo escutado. Deveria ter aceitado o acordo dele. Mas, como eu rejeitei, ele foi atrás de Frankie Vecchio.*
Terri está apagada, com morfina correndo nas veias.
Danny olha para a TV.
E lá está, nas notícias de fim de noite, um sorridente oficial Jardine, ao lado de uma pilha de heroína, gabando-se de como doze quilos eram a maior apreensão de drogas na história de Rhode Island, como prejudicaria o comércio de narcóticos da Nova Inglaterra, falando da prisão de John Murphy e mandados para vários outros "grandes traficantes".
— Tenho certeza — diz Jardine — de que os teremos sob custódia muito em breve. Eles podem fugir, mas não podem se esconder.
Danny não sabe o que fazer.
Ele queria que Pat estivesse ali, Pat saberia.
Mas ele não está, Danny diz a si mesmo.
Então *pense.*
Pense como um líder.
Vecchio era um traidor. Ofereceu o acordo da heroína porque precisava de dinheiro para fugir de Chris Palumbo e dos Moretti, então...
Não, ele não fez isso, pensa Danny.
Era uma armadilha o tempo todo. *Vecchio nos enganou.*

E você não percebeu, burro. Estava tão preocupado de haver uma emboscada no caminhão que não percebeu que o caminhão era a emboscada, que a droga era a arma. Os Moretti mandaram Vecchio para enganá-lo. Ele era a isca e você a engoliu inteira. Não conseguiam vencer a guerra contra você, então estão deixando a polícia federal lutá-la por eles.

E agora estamos fodidos.

O telefone do quarto toca. Danny pensa que é provavelmente Bernie com outras más notícias, mas não é.

— Danny? — pergunta a mãe.

— Como conseguiu esse número?

— Sinto tanto por Terri — diz Madeleine. — Eu gosto muito dela.

— O que você quer?

— Quero que saia daí — diz Madeleine.

— O que sabe disso? — pergunta Danny.

— Vamos apenas dizer que acompanho você de longe — fala Madeleine. — Remotamente, como você exigiu. Você me pediu para ficar longe da sua vida, e até agora cumpri seu desejo. Mas, Danny, o que você vai fazer?

— Não sei.

— Não saber não é o suficiente — fala Madeleine. — Você tem uma mulher e um filho, não tem o luxo da indecisão. Precisa sair já. Se ainda não há uma acusação contra você, vai haver. Ou os Moretti vão te matar.

— Terri está morrendo.

— Mais um motivo para você ir — diz Madeleine. — Seu filho vai ficar sem mãe...

— Igual a mim?

Ela recebe o golpe e então diz:

— E se ficar aí paralisado e sendo uma criança, Ian vai ficar sem pai, também, pois vai estar morto ou na prisão. Você ama seu filho, Danny?

— Claro que amo.

— Então precisa ir embora. Pelo bem dele.

— Não posso deixar Terri.

— É o que ela iria querer — garante Madeleine.

— Como *você* sabe o que ela iria querer?

Madeleine diz:

— Sou mãe.

Danny desliga.
Então ele desce para a capela.

Jardine agarrou Ron Laframboise pelas bolas.

Não literalmente, mas bem poderia ter sido, do jeito que Ronny se contorcia e virava, o cérebro cozinhando enquanto ele tenta encontrar uma saída.

Ele está sentado em um velho sofá em seu apartamento, onde foi flagrado com dois gramas de cocaína e uma arma sem registro, uma combinação que chega a custar até trinta anos, sem a confissão.

— Só há uma saída, Ronny — diz Jardine. — Quero saber onde Liam guardou o resto da droga.

— Eu não sei.

— Mas você sabe onde ele está — diz Jardine. — Você é um dos guarda-costas de Liam e, para guardar as costas dele, precisa saber onde estão. Então onde ele está?

— Neste exato momento? — pergunta Ronny.

— Ótimo, faça seu jogo — fala Jardine. — Eu também posso jogar. Meu jogo favorito é Mandar o Francês Idiota Para a Pior Segurança Máxima e Colocar Junto com os Hispanos, Onde Ele Vira Almofada de Alfinete.

Ronny vira e se contorce.

— Deixe-me perguntar desta maneira — diz Jardine. — Se Liam Murphy corresse risco de morrer atrás das grades e a saída dele fosse entregar você, o que acha que ele faria?

Ronny sabe a resposta.

Ele conta a Jardine sobre o esconderijo em Lincoln.

Pam enfia roupas na sacola.

Porque Liam fica falando que ela precisa se apressar.

— Podem chegar a qualquer segundo.

— Quem?

— Os Moretti ou os federais — diz Liam. — Não importa quem. Jesus Cristo, vamos logo.

Liam está histérico desde que Bernie telefonou com a notícia da batida no Gloc. Está trincado de cocaína, de qualquer modo, e, quando ligou a TV e viu o pai sendo levado para o carro da polícia, ficou ainda mais abalado.

Ele pega os três tijolos de heroína de baixo da cama e os enfia na mala.

— Graças a Deus peguei esses para vender, então temos *alguma coisa*. Porra de Danny Ryan e aquela merda de "esperar", olhe o que aconteceu. Ninguém escuta o Liam.

Ele pega a sacola dela e fecha o zíper.

— Chega. Vamos.

— Para onde estamos indo?

— Sabe de uma coisa, Pam? — pergunta Liam. — Por que não nos sentamos e temos uma longa conversa sobre o futuro? Podemos apenas ficar aqui e falar sobre nossos sentimentos até arrombarem a porta, que tal?

— Você disse que iríamos para Boca — diz Pam. — Uma casa bacana, sair do negócio...

— Boca, sua piranha burra? — retruca Liam. — Há uma acusação federal de drogas contra mim. Precisamos sair do país. México, Venezuela, talvez mais longe, não sei.

— Eu não vou. — Pam se senta na cama. — Para o México ou para qualquer outro lugar. Se quer fugir, fuja. Mas sem mim. Não vou viver como fugitiva.

— Você acha que está limpa? — diz Liam. — Está enfiada até o seu rabo apertado nisso. Você está gastando meu dinheiro de cocaína há dois anos. Acha o quê, que os federais vão te deixar em paz por ser tão linda? As sapatonas da cadeia também vão achar você linda, amorzinho.

— Liam, as coisas já estão ruins entre nós há um bom tempo — diz ela.

Ele está patético. Assustado, suado, os olhos arregalados de cocaína.

— Como assim?

— Brigamos o tempo inteiro. Nem transamos mais. Você não trepa comigo há... Eu nem acho que você consegue.

Ele bate na cara dela.

É um tapa de mão aberta, mas dói, retorce o pescoço. Então ele começa a socá-la, com cuidado para não bater no rosto, mas descendo os punhos nas costelas, nas coxas, nas pernas.
— Você acha que vai me largar, vagabunda? Depois de tudo o que fiz por você? Eu coloquei minha vida na mira por você, matei por você. Meu irmão *morreu* por você. Jamais vou deixar você me largar. Eu te mato primeiro. Vou matar você *agora*, depois vou enfiar uma bala na cabeça. É isso que você quer?
— Não. Por favor, Liam. Eu vou com você.
Ela está apavorada.
— Diz que me ama.
— Eu te amo.
— Está mentindo.
— Não — diz ela. — Eu te amo, Liam. Com todo o meu coração.
Ele sai de cima dela.
— Vá para o carro.

Danny desce até a capela, ajoelha-se no altar e acende uma vela.
Então ele reza.
— Querido Deus, mãe Maria, Santo Antônio e Jesus. Não falo com vocês como deveria e provavelmente nem deveria estar aqui, mas não sei mais o que fazer. Por favor recebam a alma de Terri quando ela chegar e a mantenham em segurança no céu. Ela é uma boa pessoa, ela nunca teve relação com todas as coisas ruins que eu fiz. Uma espectadora inocente, e por que vocês precisam levá-la em vez de me levar, jamais saberei. Mas vocês levaram, e agora tenho um filho para cuidar, um pai doente e velho, e um monte de outras pessoas que precisam de mim, e para isso vou fazer uma coisa muito ruim. Um pecado mortal. E não estou pedindo seu perdão, para dizer a verdade; o que estou pedindo é ajuda para fazer o que preciso.
Ele faz o sinal da cruz e se levanta.

Quando Jardine chega ao esconderijo em Lincoln, parece que Liam saiu às pressas. Roupas no armário, comida ainda na mesa da cozinha, merda, uma das bocas do fogão ainda está quente.
Acabou de sair.

***

Liam dirige para o norte, pela Rota 95. Não diz uma palavra a Pam por uma hora, até Massachusetts, então diz:
— Por que me faz machucá-la?
Pam não responde.
— Temos uns quinze quilos de heroína — diz Liam. — Vamos ficar bem. Vou vender no Canadá, vamos conseguir novas identidades e voar para o México. Voltar direto para a porra do negócio.
Ela ainda não diz nada.
— O que foi, está puta? — pergunta ele. — Está emburrada? Eu pedi desculpas.
— Não, não pediu.
— Bom, desculpa.
— Ah, que ótimo.
Lá por Lowell, Liam fica cansado.
Ele para em um Motel 6 e estaciona o carro nos fundos, onde não pode ser visto da estrada.
Pam vai para a recepção para fazer o check-in, dá um nome falso e paga em dinheiro. Antes de voltar para o carro, ela vai até a cabine telefônica no saguão.

Jardine atende à ligação.
Ouve uma voz de mulher dizer:
— Motel 6, Lowell. Quarto 138.
A mulher desliga.
Ele sabe quem é.
Pamela Murphy.
Ele liga para Paulie Moretti e sai.

Danny se pergunta se está fazendo a coisa certa ao partir. Deixar Terri à beira do nada, para morrer sozinha, entrar naquela estrada para Deus sabe onde.
Mas ele sabe que a mãe tem razão.
Até Deus está lhe dizendo para cair fora.

Por Ian, certamente, mas não apenas por ele. Sou o líder agora, preciso cuidar dos meus.

Preciso nos tirar daqui.

Encontrar um lugar para fincar os pés.

Ele se inclina, beija Terri no rosto.

É como se ela já tivesse partido, como se não fosse a mulher que conheceu, a mulher que amou. É estranho, ele sente o cheiro de baunilha em sua pela, mesmo que não esteja lá; sente os curtos pelos pretos no braço dela, que ele costumava acariciar com as costas das mãos quando estavam deitados depois de fazer amor, ainda que agora os braços dela estejam cobertos de curativos, tubos e agulhas. Ele a vê muito claramente — não doente, mas quando era mais jovem. Sente o corpo dela quente adormecido ao lado dele na cama, a vê andando na praia. Ouve-a respirando suavemente, do jeito que fazia quando dormia profundamente, não como o som áspero que saía do ventilador mecânico; escuta a voz dela — provocando, zombando, amorosa, dura, terna —, embora ela esteja em silêncio agora, afogada em um mar de morfina, flutuando para longe, indo embora.

Terri se foi e ele não consegue encontrar a mulher que conhecia.

Danny não sabe se é real ou se imaginou aquilo, mas pode jurar que ela abre os olhos por um segundo e diz:

— Cuide do nosso filho.

— Eu vou cuidar.

— *Prometa.*

— Eu prometo — diz ele. — Eu juro.

Ele se endireita.

Então o que será preciso?, ele pergunta a si mesmo.

Primeiro você precisa sair daqui, sair dessa armadilha.

Digamos que consiga, e aí?

Dinheiro — vai ser preciso de muito dinheiro para fugir e ficar fora do radar. Dinheiro para você e Ian, dinheiro para o resto.

Como o dinheiro que dez quilos de heroína trariam.

Você precisa sair daqui e pegar a heroína.

— Aonde vai? — pergunta Liam.

Ele está esticado na cama, mas a mão está sobre o revólver.

— Tomar um banho — diz Pam. — Tudo bem por você?

— Deixe as roupas aqui na cama.

— Liam...

— Vamos.

Pam tira as roupas e entra no banheiro. Deixa a água esquentar e fica debaixo dela. Surgiram hematomas em seu corpo, vermelhos e roxos; as costelas doem e ela se pergunta se uma delas está quebrada. O pescoço está enrijecido de quando ele a estapeou, e ela deixa a água cair sobre ele.

Então ela escorrega pela parede do chuveiro.

Senta-se ali, chora e chora.

Ela não ouve a porta do quarto de motel se abrir, mas escuta quando uma voz de homem diz:

— Não faça isso, Murphy. Jogue a arma.

Pam não se levanta.

Ela ouve Liam gritando:

— Sua vagabunda! Sua piranha! Você me matou, Pam! Você me matou. Eu te *amava*!

Então ela ouve a porta se fechar.

Danny sai no corredor, onde Jimmy está esperando.

— Diga a Ned para ir até minha casa — instrui Danny —, pegar Ian, ir até a casa do meu pai e esperar. Diga para Kevin e Sean irem para lá, ficarem pela área, mas sem entrar. Esperem por mim na estrada.

— E eu?

— Você vai me ajudar a sair daqui.

Jimmy vai para o andar de baixo; Danny encontra a escadaria para o teto e sobe. Andando na beirada, pode ver toda Dogtown, a velha vizinhança, o Gloc, as quadras de basquete, a casa em que cresceu, a casa em que mora agora.

Ou morava, ele pensa.

Isso agora acabou. Tudo acabou.

Dogtown se foi.

Ele olha para os carros no estacionamento. Pelo menos em um deles tem gente dos Moretti, em ao menos outro há policiais federais. Ele saberá quais em um minuto. Então ele ouve o motor e vê a Charger de Jimmy sair roncando, fazendo o maior barulho possível.

Um carro sai e vai atrás dele.

Então outro.

Ótimo, pensa Danny. *Se alguém pode despistá-los é Jimmy Mac, e, se não conseguir, bem, Jimmy é um bom soldado. E ele sabe que eu vou tomar conta de Angie.*

Ele vai até o outro lado do telhado e desce pela saída de emergência.

Cinco minutos depois, está na estrada, a caminho de Mashanuck e da heroína.

Apenas me deixe chegar lá, pensa Danny, *antes de Jardine.*

Jardine empurra Liam para o assento do passageiro e abre o porta-malas do carro dele.

Há uma mala lá dentro. Jardine a abre e vê três tijolos de heroína. Ele fecha o porta-malas, vai para trás do volante.

— Você está fodido.

— Por que está dirigindo meu carro? — pergunta Liam.

— Seu veículo — diz Jardine — foi confiscado e agora é propriedade do governo dos Estados Unidos. Vou usá-lo para levar você.

Liam imagina que seja sua única chance. Ele fala rápido.

— Você está perdendo dez quilos. O carregamento que roubamos era de quarenta quilos. Ainda há dez por aí. Posso dá-los a você. Posso lhes dar Danny Ryan, também. Ele é o chefe agora, isso foi coisa dele, é ele quem vocês querem. Eu testemunho contra ele, contra meu pai, mas quero imunidade. Imunidade total de acusações. Entro no programa, ganho uma vida nova.

— E Pam Davies?

— Ela que se foda — diz Liam. — Ela já fez um acordo, certo?

— Se eu prometer que não vai passar um dia na prisão — fala Jardine —, pode me dizer onde estão os dez quilos?

— Posso dizer onde eles *estavam*. Não sei se Danny chegou até eles.

— Certo. Se conseguirmos as drogas, você tem um acordo.

Liam passa o endereço. Jardine dirige um pouco mais, então para em um estacionamento atrás de um monte de galpões.

— O que estamos fazendo? — diz Liam, de repente com medo.

— Sou um homem de palavra.

Jardine pega o revólver de Liam e atira na cabeça dele, então coloca a arma na mão do corpo.

Ele pega os três tijolos de heroína do porta-malas e sai.

Um carro espera por ele.

Pam está deitada na cama de toalha quando a porta se abre.

— Oi, piranha.

Paulie aponta a arma para ela.

Danny dirige.

Ele já fez esse caminho mil vezes, mas desta vez é diferente. Desta vez, é sem volta. Ele vai pegar a porra da heroína — por favor, Deus, que ainda esteja lá —, pegar o pai e o filho, e nunca mais voltar.

Vender a droga em Baltimore ou em Washington e então virar à direita.

Seguir até encontrar o oceano.

Califórnia.

Usar o dinheiro para deixar a equipe toda em compasso de espera, esperar alguns anos, depois começar de novo, com algo legítimo.

Danny dirige.

Para em um posto de gasolina e vai para o telefone.

— O que você sabe? — pergunta a Bernie.

— Pegaram Liam.

— Quem pegou? — questiona Danny.

— Aquele agente da federal, Jardine — diz Bernie. — Pam me ligou soluçando. Disse que o Jardine entrou no quarto de motel deles e o levou embora. Eu liguei para nossos advogados, mas os federais dizem que não o encontram no sistema, os filhos da puta mentirosos.

Danny desliga.

Acabou, ele pensa.

Liam vai contar o local da heroína para Jardine para tentar um acordo. Jardine e um grupo de federais provavelmente já estão lá.

Mas ele precisa correr riscos, precisa ter certeza.

Ele continua dirigindo rumo ao sul, vira na via da praia e vê um par de faróis piscar para ele.

Jimmy Mac.

Danny estaciona e sai do carro.

— Liam está morto — diz Jimmy. — Acabei de ouvir no rádio. Encontraram o corpo dele no carro em Lowell. Dizem que foi suicídio.

— Isso não faz o menor sentido — fala Danny.

Ele conta a Jimmy o que Bernie lhe disse sobre Liam ser preso.

Liam se matando? De jeito nenhum.

Liam foi a única pessoa que Liam algum dia amou.

A cabeça de Danny não para, tentando juntar as peças. Jardine prende Liam, agora Liam está morto? O que Pam disse a Bernie — Jardine entrou no quarto de motel deles...

Aquilo também não faz o menor sentido.

Quando os agentes federais fazem uma apreensão, vão em batalhões, luzes piscando, fazendo uma ópera mongol de espetáculo.

Nenhum agente federal vai sozinho.

Mas Jardine foi sozinho, levou Liam e...

Matou-o.

Jesus Cristo.

Pense, Danny diz a si mesmo. *Pense como um líder.*

Use a cabeça uma vez na vida.

Você pensou que os Moretti encenaram tudo aquilo para descontar em você, mas Peter Moretti não pode perder 6 milhões de dólares, mesmo para ganhar a porra da guerra. Aquilo o prejudicaria muito. Aquele montante de dinheiro significaria que ele perdeu a guerra, mesmo se tiver "ganhado".

Então por quê...

Pense, Danny diz a si mesmo de novo. *Por que Peter gastaria dinheiro que não pode perder?*

Porque está esperando recebê-lo de volta. Peter traz quarenta quilos de heroína, o manipula para roubá-los, então manda Vecchio delatá-los aos federais. Então a heroína termina em custódia federal e...

Meu Deus.

Quantos quilos Jardine falou na TV que tinham apreendido?

Doze?

Você deu cinco quilos a Vecchio, guardou dez. Liam levou 25 quilos com ele para o Gloc, mas depois pegou três para vender. Então havia 22 quilos no Gloc quando houve a batida policial. Vinte e dois, não doze, como Jardine dissera na entrevista coletiva.

Então ele pegou dez para ele.

Provavelmente está com os cinco de Vecchio também.

Quinze quilos de droga. Digamos que ele divida com Peter. Isso leva os Moretti a recuperar seu investimento, uma vez que o cortam e o pisam.

Não, pensa Danny.

Peter não vai levar um golpe de três milhões, também.

Ele sabe que há mais dez quilos por aí. Jardine entregou doze. Se pegarem 28 quilos, tudo funciona para eles. Mesmo dividindo com Jardine, vão tirar um pequeno lucro.

Jardine e os Moretti agora são parceiros.

E um deles ou ambos virão atrás dos outros dez quilos.

O velho dorme em sua poltrona, envolto em um antigo cobertor vermelho esfarrapado. A televisão está ligada, jogando um brilho no rosto dele.

Vic Scalese, um dos soldados de Peter Moretti, olha para o parceiro, Dave Cousineau.

— A porra do Marty Ryan. Olhe para ele.

Cousineau se aproxima e dá um tapa na cara de Marty.

Marty acorda e pisca para ele.

— Onde está Danny? — pergunta Scalese. — Onde está seu filho?

— Não sei onde meu filho está.

— Onde ele está? — repete Scalese. Ele acende um cigarro.

— E eu lá sei, porra? — diz Marty. — Por quê?

— Ele tem dez quilos da droga do meu chefe — explica Scalese. — Por isso.

— Pergunte a Liam Murphy.

— É, perguntaríamos, só que ele está morto — retruca Scalese. — Sobram Danny e você, e Danny não está aqui. Então diga onde ele está ou onde está a droga.

— Eu não sei de nada — diz Marty.

Ele se pergunta onde está Ned.

— Melhor você saber alguma coisa — fala Scalese. — Ou vamos ter que machucar você.

Ele tira o cigarro da boca, aproxima-se e o enfia no rosto de Marty.

Marty dispara debaixo do cobertor.

A bala atinge Scalese no estômago e ele cambaleia para trás. O disparo faz o cobertor pegar fogo. Marty tenta apagá-lo e virar a arma na direção de Cousineau ao mesmo tempo, mas o tecido se prende no gatilho e ele não consegue.

Então a porra de Martin Ryan se atira da poltrona na direção da garganta de Cousineau. O homem maior, mais jovem, o golpeia com facilidade, jogando-o no chão. Então ele aponta a arma para o rosto de Marty.

— Última chance, velho babaca. Onde está a droga?

A cabeça de Cousineau explode em uma floração vermelha.

Ned está de pé no batente da porta e baixa a arma. Então ele pisa no cobertor fumegante, esfregando o pé para apagar o resto das chamas. Vai até Scalese, que está amarfanhado contra a parede, pega-o pelo queixo e pela parte de trás da cabeça e gira, quebrando o pescoço.

Então ajuda Marty a se levantar.

— Você não se apressou — diz Marty.

— Desculpe, sr. Ryan.

Então faróis brilham através da janela.

— Onde está Ian? — pergunta Danny.

— Dormindo no carro — diz Ned. — Não quis acordá-lo.

Danny reconhece os corpos, dois do grupo dos Moretti.

Costumavam ser, pelo menos.

— Eles queriam saber onde está a droga — diz Marty.

— Eles o quê?

— Está surdo? — diz Marty. — Eles queriam saber onde estava a droga ou onde você estava.

Mas Peter Moretti já sabe onde está a droga, pensa Danny, *porque Jardine teria dito a ele.*

Ou não.

Jesus, Jardine está roubando Peter também? O policial o tinha usado para trazer quarenta quilos de cocaína, Peter deixou-se ser roubado com a promessa de que receberia de volta, e então por fim o mesmo federal o roubava?

Quase isso, pensa Danny, *mas não exatamente.*

Há uma peça faltando.

Foi Vecchio quem veio até você para falar da heroína, quem o enganou. Mas Frankie V. era parceiro de Chris, não assoava o nariz sem ter a permissão dele. Então é Chris quem conecta tudo, quem se aliou a Jardine.

É uma jogada de Chris Palumbo para tirar Peter do trono e tomá-lo para si.

É genial.

Os Coroinhas aparecem um minuto depois. Kevin olha para os corpos e diz:

— Hora do show.

— Quer que levemos o lixo para fora, chefe? — pergunta Sean.

— Isso.

— Depois vamos voltar e limpar o lugar — diz Sean.

— Não precisa — fala Danny. — Estamos partindo.

Estão todos olhando para ele, esperando ordens.

Porque você é o líder agora, pensa Danny. *Tudo está fodido, tudo está perdido, tudo acabou, e olham para você em busca de salvação.*

Então, salve-os.

TRINTA E TRÊS

Danny está sentado na casa do carregamento.
Faróis brilham lá fora. Mais de um carro.
Motores param.
Ele liga para Bernie Hughes.
— Inicie o cronômetro.
Então desliga.
A porta se abre.
É Chris.
Danny não sai da poltrona, apenas aponta a arma para o peito de Chris e faz um gesto para que ele se sente.
Chris se senta, um sorriso largo no rosto.
— Você ganhou a guerra — diz Danny. — Estou pegando o restou do meu pessoal e indo embora de vez.
— Não vai embora com a droga — fala Chris. — Ainda está aqui?
Danny faz um gesto para o teto.
— Sempre gostei de você — continua Chris —, então vou lhe dar uma colher de chá aqui. Vou deixar você ir embora. Sem a droga, mas com vida.
Há dois anos, dois meses — inferno, duas horas —, Danny teria aceitado o acordo.
Mas aquele era um outro Danny.
Este tem um pai para cuidar, um filho para criar, pessoas das quais tomar conta. E uma promessa que fez para a esposa. Então, ele responde:
— Não.
Chris fala:

— Acha que vim sozinho? Tenho cinco caras lá fora. Se puxar esse gatilho, está morto. Se pisar lá fora sem que eu dê permissão, está morto. Então, vai, vamos ser adultos aqui, vamos ser homens.

— Deixe-me fazer uma pergunta, Chris — diz Danny. — Você ama sua mulher e seus filhos? Ama sua família?

— Que porra é essa, Danny?

— Porque, no momento, Sean South está em uma cabine telefônica perto da casa do seu irmão em Cranston. Kevin Coombs está em uma do outro lado da rua do apartamento de seu filho em Federal Hill. Ned Egan está perto da *sua* casa, onde estão sua mulher e sua filha. Se eu não ligar para Bernie Hughes em quinze minutos para dizer a ele que estou seguro, usando certas palavras que você não saberá quais são, ele vai telefonar para os outros e cada um vai entrar nas casas e matar todo mundo lá dentro. Os homens, as mulheres, as crianças, os gatos, os cachorros. Porra, vão matar até os peixes.

Chris empalidece. Mas mantém o sorriso no rosto e diz:

— Você não faria isso. Não tocamos nas famílias.

— Quer apostar a vida deles nisso? — pergunta Danny.

— Não, não Danny Ryan — diz Chris. — Você é o cara bonzinho. Você é muito mole.

— Mas não vou ser *eu* — explica Danny. — Kevin e Sean matariam as próprias mães. E Ned Egan? Não vai pensar duas vezes.

Danny vê nos olhos de Chris. Ele sabe que é verdade. Mas Chris, sendo Chris, tenta outra cartada.

— Tem esse federal, Jardine, em quem preciso dar um jeito. O que vou fazer?

— Deixe-o comigo — diz Danny. — Mas você deu um golpe em Peter e errou. Se eu fosse você, correria.

Danny vê Chris pensando naquilo, pensando de verdade. Tentando pesar se Danny está blefando ou se consegue mandar os caras para as casas de sua família a tempo. Ele precisa de um empurrãozinho, então, Danny diz:

— É melhor começar a se mexer. O tempo tá passando. E Chris? Se eu te vir, se eu vir qualquer um do seu pessoal, sua família está morta. Cada um deles. Por favor, não me teste.

Chris se levanta.

— Eu vou te encontrar, filho da puta. Um dia, vou te encontrar, e a história vai ser diferente.

Mas isso será outro dia, pensa Danny. *Não hoje.*

Depois que Chris vai embora, Danny vai ao telefone e liga para Bernie.

— Diga a eles para recuar.

— Graças a Deus.

Danny desliga e liga para o bipe de Jardine. Minutos depois, o agente federal liga de volta.

— Venha me encontrar — diz Danny.

Ele diz onde e quando a Jardine.

Então tira a heroína do teto e a coloca no carro.

Marty está de novo em sua poltrona, assistindo à televisão.

Ian está dormindo no sofá, com um cobertor chamuscado jogado por cima dele, o braço em torno de um cachorrinho de pelúcia.

— Vou colocar algumas coisas suas na mala — diz Danny a Marty. — Vamos embora daqui.

— Não vou para lugar nenhum.

Danny suspira.

— Pai, eles provavelmente têm um mandado de prisão para você também. Mesmo se não tiverem, acha que os Moretti vão deixar você vivo?

— Eu quero morrer.

— Porra, pai.

— Eu quero — repete Marty, a voz trêmula. — Há anos, sou um velho inútil, nada de bom para ninguém, nem para mim mesmo. Peter Moretti quer me matar? Deus o abençoe.

É, pensa Danny. *É por isso que atirou em um dos homens que Peter mandou.*

— Pai, não tenho tempo para discutir com...

— Vá! — grita Marty. — Quem está segurando você aqui? Eu não.

— Eles vão matar você.

— Eu não me importo — diz Marty.

— Você se importa com seu neto? — pergunta Danny.

— Que tipo de pergunta...

— Ian precisa de toda a família que puder — diz Danny. — Ele precisa de você, pai. Eu preciso de você.

As lágrimas escorrem dos olhos de Marty, rolam por suas bochechas secas e rachadas como papel velho.

— Não esqueça de colocar minha outra camisa de flanela.

Danny levanta Ian do sofá e o menino acorda. Ele tem olhos azuis e cabelo preto, estão emaranhados onde adormecera no travesseiro. Agora parece assustado e confuso.

— Cadê mamãe? Quer mamãe.

— A mamãe está no céu.

Danny o envolve no cobertor, leva-o para o carro de Jimmy lá fora e o acomoda no assento de trás.

— Espere aqui — diz Danny. — Não vou demorar.

Ele sai para encontrar Jardine.

Danny está na praia, na frente da casa de Pasco, e olha para o oceano.

As ondas de inverno impulsionadas pelo vento são cruéis, grandes ondas quebrando na costa como bombas. Está gelado, e aquele dia de verão quando tudo aquilo começara parece outra vida.

O céu está cinza cor de ardósia, o sol se preparando para aparecer no horizonte.

Danny se lembra de quando estava deitado na areia quente ao lado de Terri, observando a mulher sair da água.

Sabendo que ela causaria problemas.

Ele não a vê na água agora, ele vê Terri e sabe, de algum jeito, do modo como marido e mulher sentem um ao outro, que ela foi deste mundo para outro. Sabe também que fez uma promessa a ela — construir uma vida para o filho deles.

Uma nova vida.

Ele agora tem certeza de que fez a coisa certa.

Danny vê Jardine andar até a praia, as mãos enfiadas no casaco para protegê-las do frio.

Ou talvez ele esteja segurando uma arma.

— O que estamos fazendo aqui? — pergunta Jardine.

— Chris Palumbo não vai trazer sua droga.

Jardine não pisca.

— E por quê?
— Porque está comigo.
— Palumbo está vivo?
— Estava na última vez que o vi.
Jardine troca de lealdades daquele jeito, como se trocasse de carro.
— Então talvez você e *eu* possamos fazer um acordo.
— O acordo é o seguinte — diz Danny. — Você fica com o dinheiro que já ganhou. Eu vou embora. Qualquer acusação que tenha contra mim ou meu pessoal, evidências serão perdidas, a papelada será feita errado... você é um cara inteligente, sabe o que fazer.
— Ou eu poderia prender você.
— Não, se fosse fazer isso, não teria vindo sozinho — diz Danny. — Porque você sabe que eu posso testemunhar contra você e Palumbo. Posso testemunhar sobre quanta heroína tinha no Glocca Morra.
— Ninguém vai acreditar em você.
— Quer arriscar? — pergunta Danny.
Por fim, Jardine não quer.
— Onde está a droga?
— Joguei no mar.
— *Quê?!*
— Eu joguei no mar — repete Danny.
— Por que raios você fez isso?!
— Porque você a tomaria de mim e depois me daria um tiro — diz Danny. — Agora não tem motivo para fazer isso.
Aquele era um dos motivos, pensa Danny. *A droga não trouxera nada além de dor e tristeza. Era um pecado mortal, para começar; ele jamais deveria tê-la pego. Era amaldiçoada.*
Mas a verdadeira razão era...
Se você quer construir uma nova vida, uma vida correta, não pode fazer isso em cima de um pecado.
— Seu filho da puta burro — diz Jardine. — Burro irlandês estúpido. Vou colocar você *para sempre* na porra da cadeia, vou...
— Faça o que for fazer — fala Danny. — Estou caindo fora.
Ele se vira e se afasta, descendo a praia.
Sabe bem que pode levar um tiro nas costas.
Foda-se, pensa Danny.

Ele dá mais dois passos e se vira. Como de esperar, Jardine sacou a arma e a aponta.

Uma onda que quebra mascara o som do tiro de Danny.

Danny joga a arma no oceano e larga o corpo de Jardine na praia.

Eu dei uma chance, ele pensa.

Você deveria ter me deixado ir embora.

Danny dirige pela rua da praia.

Pela última vez.

Ian está adormecido no banco de trás. A testa está cheia de gotas de suor, o cabelo escuro úmido do aquecedor do carro. Uma pequena bolha de saliva aparece no canto da boca dele e então explode.

— Não achava que fosse possível — diz Marty.

— Não achava que o que fosse possível?

— Que você fosse tão burro quanto parece — fala Marty. — Eu tenho um filho, e ele joga 2 milhões no Block Island Sound.

— Você me criou.

— A puta de sua mãe me disse que você era meu filho — diz Marty.

— Sempre tive minhas dúvidas.

— Que Deus o escute.

— O que vai fazer agora para conseguir dinheiro, gênio?

— Não sei.

Ele não tem a menor ideia.

Está em fuga — da máfia, do governo. Não tem dinheiro, não tem recursos, não tem uma ideia clara de para onde está indo ou o que vai encontrar quando chegar lá, seja onde "lá" for.

Mas ele se sente pela primeira vez em muito tempo.

Marty começa a cantar uma velha canção irlandesa que Danny ouviu mil vezes no Gloc:

> *Farewell to Prince's Landing stage,*
> *River Mersey, fare thee well,*
> *I'm bound to California...*

O sol agora nasceu, e o céu está prateado, indo para o azul, um daqueles céus limpos e frios de inverno.

*It's not the leaving of Liverpool that grieves me,
But my darlin', when I think of thee...*

Danny Ryan dirige pela rua da praia pela última vez, as costas para o mar frio, o rosto virado para uma costa mais quente.

AGRADECIMENTOS

Nesta época pandêmica, seria ingrato não expressar gratidão aos trabalhadores da saúde e de serviço essenciais que trabalharam de modo tão altruísta e sacrificaram tanto para que pessoas como eu possam se sentar e escrever livros. Sou mais grato a vocês do que consigo expressar.

Falando de gratidão, um salve para meu agente, Shane Salerno, amigo e coconspirador. Sem ele, estes livros não aconteceriam.

Para todas as pessoas na The Story Factory — Deborah Randall e Ryan Coleman —, minha profunda gratidão a tudo que vocês fazem.

Para Liate Stehlik na William Morrow, meus humildes agradecimentos por todo o apoio e a confiança.

Obrigado, é claro, a Jennifer Brehl, por sua edição cuidadosa, que melhorou o livro imensamente.

Gratidão, e empatia, para minha revisora Laura Cherkas.

Para Brian Murray, Chantal Restivo-Alessi, David Wolfson, Julianna Wojcik, Carolyn Bodkin, Jennifer Hart, Kaitlin Harri, Danielle Bartlett, Frank Albanese, Christine Edwards, Andy LeCount, Nate Lanman, Andrea Molitor, Andrew DiCecco, Pam Barricklow e Kyle O'Brien.

Também tenho uma dívida de gratidão com os heróis e heroínas da equipe de vendas, marketing e publicidade da HarperCollins/William Morrow.

Para Richard Heller, advogado extraordinário, muita gratidão.

A mesma coisa para Matt Snyder e Joe Cohen na CAA pelos anos de grande representação.

Para Steve Hamilton, por seu apoio e conselhos sábios.

Pelo apoio e inspiração, minha humilde gratidão a Nils Lofgren, John Landau e Bruce Springsteen.

Para todos os livreiros e leitores — sem vocês, eu não teria este emprego.

Para os muitos amigos e locais que me deram mais apoio do que podem saber: David Nedwidek e Katy Allen, Pete e Linda Maslowski, Jim Basker e Angela Vallot, Teressa Palozzi, Drew Goodwin, Tony e Kathy Sousa, John e Theresa Culver, Scott Svoboda e Jan Enstrom, Jim e Melinda Fuller, Stephen e Cindy Gilliland, Ted Tarbet, Thom Walla, Mark Clodfelter, Roger Barbee, Bill e Ruth McEneaney, Andrew Walsh, Jeff e Rita Parker, Bruce Riordan, Jeff Weber, Don Young, Mark Rubinsky, Cameron Pierce Hughes, Mark Rubenstein, Jon Land, Rob Jones, David e Tammy Tanner, Ty e Dani Jones, Deron e Becky Bisset, Jesse McQuery, the Flipper Eddie Crew, Drift Surf, Quecho, Java Madness, Jim's Dock, Colt's Burger Bar, Wynola Pizza, Tavern on Main, Cap'n Jack's, o Charlestown Rathskeller e Kingston Pizza.

Para meu filho, Thomas Winslow — por todo seu inabalável apoio.

Para minha mulher, Jean, sempre, por seu apoio resignado, sempre paciente, sempre entusiástico. Eu te amo mais.

Este livro foi impresso pela Lisgráfica,
em 2022, para a HarperCollins Brasil.
O papel do miolo é pólen natural 70g/m^2,
e o da capa é cartão 250g/m^2.